dtv
premium

Rebecca Goldstein

Die Eigenschaften des Lichts

Ein Roman um Liebe, Verrat
und Quantenphysik

Deutsch von Gesine Strempel

Deutscher Taschenbuch Verlag

Von Rebecca Goldstein
ist im Deutschen Taschenbuch Verlag erschienen:
Die Liebe im logischen Raum (24300)

Für Mynda und Rena,
Quellen des Lichts

Deutsche Erstausgabe
Juli 2003
Deutscher Taschenbuch Verlag GmbH & Co. KG,
München
www.dtv.de

Titel der amerikanischen Originalausgabe:
›Properties of Light‹ (Houghton Mifflin, New York)

Umschlagkonzept: Balk & Brumshagen
Umschlagfoto: © photonica / Special Photographers
Satz: Fotosatz Reinhard Amann, Aichstetten
Gesetzt aus der Garamond 10,5/13· (QuarkXPress)
Druck und Bindung: Kösel, Kempten
Gedruckt auf säurefreiem, chlorfrei gebleichtem Papier
Printed in Germany · ISBN 3-423-24349-X

Sag, was ist die Welt der Materie
und ist sie tot?

William Blake

I

Die wesentliche Tatsache ist, daß ich sie hasse.

Mein Dasein gründet sich auf den Haß: physisch, formal, endgültig. Er bestimmt meine Welt. Ich habe weitgehend das Empfinden für die Dinge vergessen, die nicht mit ihm verknüpft sind. Nur die Bezeichnungen für sie kenne ich noch, leer wie geplünderte Gräber. Diese Einschränkung stört mich weniger als ich gedacht hätte, da noch soviel übrig bleibt für mich, für den Kern meiner Gedanken – mein Haß umfaßt so vieles.

Ein Haß wie der meine könnte als zwanghaft, ja, als Besessenheit beschrieben werden, obwohl diese Beschreibung falsch wäre. Würde ein Besessener die Möglichkeit eines Wahns auch nur erwägen? Die objektive Haltung, die erforderlich ist, um sich selbst zu fragen, ob man besessen ist, können die, die es tatsächlich sind, nicht einnehmen.

Das ist meine erste Beweisführung.

Führt sie zu einem allgemeineren Ergebnis, nämlich, daß die Antwort auf die Frage *Verhalte ich mich zwanghaft?* ein logisch begründetes *Nein* sein muß?

Dazu führt sie in der Tat. Das ist interessant, wenn auch nicht sehr. Ich habe in keiner Weise ein Ergebnis erzielt, das auch nur annähernd auf dem Niveau der analogen schlüssigen Bemerkungen des erhabenen Descartes zu der Frage: *Bin ich?* läge. Formal teilen sich meine und seine Beweisführung folgende Eigenschaft: ebendie Bedingungen, die erfüllt sein müssen, damit die Frage überhaupt gestellt werden kann, bestimmen die Antwort. Im Fall der cartesianischen Frage ist die Antwort affirmativ, und die Metaphysik hat in den vierhundert Jahren, die seitdem vergangen sind, nicht viel Besseres gefunden. Das ist nicht nur interessant, sondern auch höchst praktisch. Was könnte nützlicher sein als die Möglichkeit, sich selbst zu überzeugen, daß man existiert, sobald sich die Frage stellt? Ohne diese Möglichkeit würde ich womöglich in einen sehr zweifelhaften Geisteszustand verfallen. Ich würde womöglich verrückt werden.

Hier meine zweite Beweisführung, und auch sie erinnert leise an den scharfsinnigen Rationalisten. Es besteht eine fast natürliche Affinität zwischen der cartesianischen Grundvoraussetzung und mir. Mein zweites Argument: Eine Obsession bedeutet auch Exzeß, und Exzeß wiederum das Gegenteil von Notwendigkeit. Wenn mein Haß zwanghaft ist, dann muß es mir möglich sein, zumindest im Prinzip, ohne ihn zu existieren. Und doch, von allem, was ich einmal von mir als wahr angesehen habe, ist es einzig mein Haß, der nicht von mir getrennt werden kann. Alles andere, von dem ich weiß, kann man mir wegnehmen, und ich werde trotzdem existieren, denn alles andere hat man mir tatsächlich weggenommen. Aber meinen Haß? Der Fall könnte eintreten, daß ich, wenn ich ganz und gar aufhörte zu hassen, ebenso vollständig aufhörte zu existieren.

Ich bin ein reales Wesen, und ich existiere wirklich, aber was für ein Wesen bin ich? Meine Antwort ist: ein Wesen, das haßt.

Meine Gleichgültigkeit gegenüber der Welt im Ganzen ist absolut. Außerhalb meines Hasses interessiert mich nicht, was existiert oder wie oder warum. Die Eigenschaften von Materie und Energie, von Raum und Zeit? Sind für mich jetzt weniger real als ungesehene Objekte für die neugeborene Tabula rasa. Keine Anziehungskraft mehr in diesen Themen, um mich zu halten, ich rutsche ab.

Ich rutsche weg.

Meine fast allumfassende Gleichgültigkeit ist um so bemerkenswerter, wenn man bedenkt, daß ich von meiner Ausbildung her Physiker bin, von dem einige (ich ganz bestimmt) meinten, daß er ein einzigartiges Talent besaß. Von mir hätte man erwarten können, daß ich ein dauerhafteres Interesse an den grundlegenden Fragen der Existenz bewahren würde. Das habe ich nicht. Wenn ein Engel Gottes mir die definitive Beschreibung der Eigenschaften des Lichts anböte (denn mit ihnen und ihrer paradoxen Dualität, sowohl Welle als auch Teilchen, hatte sich einst mein vielversprechendes Talent hauptsächlich beschäftigt), bezweifle ich, daß ich den Cherub überhaupt ausreden ließe. Ich kann mich auf nichts anderes als auf die wesentliche Tatsache konzentrieren, ihre unlogische Geschichte, Strukturen, die nur kurz in der allgemeinen Verwirrung auftauchen. Man sollte denken, daß ich mehr wüßte. Das könnte man denken.

Es ist eine warme Nacht und windstill. Die Luft steht und ist schwer. Man spürt, daß man darauf treiben könnte wie auf einem spiegelglatten Meer. Darüber hängt tief der Mond, wie die Wölbung eines aufgetriebenen Bauches.

Das war ein abstoßender Vergleich.

Früher habe ich gedacht, die Dunkelheit sei ebenso real wie das Licht, sogar noch realer. Ich stellte mir die Dunkelheit nicht als die Abwesenheit von Licht vor, sondern eher das Licht als die Abwesenheit von Dunkelheit.

Als Kind war ich ein eingefleischter und erfinderischer Theoretiker. Ich las die sichtbare Welt instinktiv als ein System kodierter Zeichen. Meine Theorie über die Dunkelheit gehörte zu meinen frühesten Jugendsünden, sie stammt aus einer Zeit, als ich noch im Nebel untrainierten Bewußtseins lebte. Immer noch recht jung, mußte ich sie aber fallen lassen, da die Theorie als solche einen Nachteil hatte: Sie war falsch. Licht ist das Existierende und Dunkelheit sein Fehlen. Ich kann mich nicht mehr an die genaue Überlegung erinnern, die dazu führte, daß ich die Vorrangstellung der Dunkelheit verwarf. Der Unterschied zwischen wahr und falsch hat mir immer viel bedeutet.

Eine warme Nacht und windstill. Sommernächte sind wie dafür gemacht, von alten Erinnerungen und dergleichen bewohnt zu werden, alle möglichen Andeutungen schweben schwerelos in dünner Luft. Eine ruhige Nacht, tief in Sommer getaucht, die sich für jede Art von Körperlosigkeit anbietet, für Sehnsüchte, vollkommen bewahrt in der Bitterkeit der Gedanken.

Es gibt andere, die ich ebenso aus ganzer Seele hassen könnte, so wie ich *sie* hasse, und doch hasse ich die anderen nicht. Mein Haß ist, auch wenn er für mich wesentlich ist, im wesentlichen von ihr bestimmt und ist, so gesehen, äußerlich. Ich war kein haßerfülltes Kind. Haß verlangt ein Maß an Aufmerksamkeit, das ich noch nicht bereit war, an Menschen zu verschwenden. Ich hatte andere Dinge, über die ich nachdenken mußte. Was Menschen anging, war ich weitgehend nicht interessiert, ausgenommen nur Jake Childs, mein Vater, und Cynthia Childs, geborene Rosenthal, meine Mutter. Meine Welt war um sie herum verankert, und darin gab es für mich nichts zu hassen.

Meine Eltern und ich waren, seit ich denken kann, die besten Kumpel, wir bildeten einen vollkommenen Platonischen Körper, so daß der ständige Kommentar meiner Altersgenossen – *Langweiler! Blödmann!* – nur schwach zu hören war, wie ein weit entfernter Geisterchor. Ich glaube, ich *war* ein Langweiler und Blödmann, zu langweilig und blöd, um mir etwas daraus zu machen. Ich denke, die Worte trafen kaum. Wir waren, was wir waren, wir drei, mit überlappenden Interessen: mein Vater und ich an abstrakten Argumenten; meine Mutter und ich an Schönheit; mein Vater und meine Mutter an mir. Wir verstanden einander in vollkommener Übereinstimmung, die für einen wohlgeneigten Außenseiter in dem Maß erfreulich zu beobachten gewesen wäre, wie seine Beobachtung den Zustand, der beobachtet wurde, gestört hätte.

Das ist ein Ärgernis, das in der modernen Physik eine ganz zentrale Rolle spielt.

Es war eine rührend typische Knabenkindheit, *mutatis mutandis* natürlich, denn es ist wahr: In dem Alter, in dem andere Jungen mit ihren kleinen schweinchenrosa Ringelschwänzchen wedelten, zitierte ich feierlich das Prinzip des ausgeschlossenen Widerspruchs – *Jede Aussage ist entweder wahr oder falsch, und keine Aussage ist beides!* – und konstruierte Wahrheitstabellen zur Logik erster Ordnung. Und kein Abend, das ist wahr, hat je die drei Childs' – Papa Childs, Mama Childs und Kind Childs – gemütlich aneinandergekuschelt vor einer der sanft leuchtenden Mattscheiben versammelt gesehen, deren unruhige Trugbilder von den Fensterscheiben unserer Nachbarn abgestrahlt wurden. Wir besaßen keinen Fernseher, sondern fanden alles, was wir uns an Schauspiel wünschten, am Nachthimmel. Gewöhnlich legten wir uns in unserem bescheidenen und verwunschenen Garten hinter dem Haus ins Gras. Eifrig murmelnd lagen wir selbst in der kalten Jahreszeit auf dem ungepflegten Rasen und starrten nach oben in die sanft leuchtenden Galaxien, bewohnten einen Raum, der in den Zeiteinheiten gemessen wurde, die die Geschwindigkeit des Lichts lieferte. Meine Mutter, deren Tagesschüchternheit unter den Gestirnen verging, zeichnete die Sternbilder mit dem Finger nach und erzählte die alten Mythen, die zu ihnen gehörten.

Und doch unterschieden wir uns letzten Endes gar nicht so sehr von den aneinandergekuschelten Massen. Papa Childs, Mama Childs, Kind Childs: All die Sicherheit, die die überlieferte Wahrheit uns geben konnte, besaßen wir.

Ich habe immer in Universitätsstädten gelebt. Das Haus meiner Kindheit, unten weiß, oben mit grünen krummen Schindeln, lag in einer Universitätsstadt. Sie hieß *Olympia*, so daß wir alle zusammen *Olympier* waren.

Dies hier ist auch eine Universitätsstadt, sehr berühmt, abartig vornehm. Hier lebt *sie*, das ist der Grund, daß ich, obwohl ausdrücklich unerwünscht, trotzdem gekommen bin. Im Moment habe ich den Namen der Stadt vergessen, der sinnlose Klang ist mir entglitten. Die Sterne sind gedroschen, und die Bedeutungen sind gedroschen aus ihrer Spreu. Er wird mir bald wieder einfallen, der Name dieses Ortes.

Im Sommer ist es hier bei weitem ruhiger als in den anderen Jahreszeiten. Von Studenten unbelastet, nimmt die Universität ihre Idealform an. In der Stille vor der Morgendämmerung habe ich den Campus für mich, ohne Angst, daß ich plötzlich mit Jugendlichen mit glasigen Augen konfrontiert werde, die nach den Unmengen von Alkohol und animalischen Gelüsten stinken, die sie in sich haben. Ich bin außerordentlich empfindlich gegen Gerüche. Die Erde ist ein wimmelndes Durcheinander von Gerüchen, und ziemlich viele davon sind widerlich.

Die Asphaltwege, die sich kreuz und quer durch die üppigen Rasenflächen ziehen, sind im Mondlicht quecksilbergrau und glänzend. Auf ihnen wandere ich zu all meinen Lieblingsplätzen. Man sagt, es sei ein schöner Campus, und sogar ich finde das jetzt. Für mich ist er sehr schön.

Als ich das erste Mal hierherkam, hatte ich kein Auge für seine eigentümliche Schönheit, düster, gotisch und großartig. Massiver Stein und hochaufragende Türme. Sie machten mich klein, bis es mich fast nicht mehr gab. Ich hasse es überhaupt, wenn die Materie so dominant wird.

Nun bin ich allerdings sehr verändert und wandle mit so etwas wie Liebe vorbei an den schloßartigen Studentenwohnheimen, deren schattige Höfe meine besonderen Lieblingsplätze sind. Eine Wasserlache fängt den flüchtigen Schimmer des Mondes und von mir ein und kräuselt sich sanft, Wasser auf Stein.

Es gibt da eine Holzschaukel, die an einem langen gelben geflochtenen Seil, wie Rapunzels zum Zopf geflochtenes Haar, hängt, eine Zauberleiter, an der ein Prinz hochklettern könnte, um sein Vergnügen zu finden.

Lassen Sie mich also mein Vergnügen finden.

Die Schaukel bewegt sich leicht, als ich vorbeikomme, ihr leises Knarren folgt mir, während ich die Straße überquere, die früher die natürliche Grenze der Universität bildete, doch wurde diese jetzt weiter hinausgeschoben durch die Kräfte der Naturwissenschaften sowie der anderen gut ausgestatteten Institute.

Der Physik-Komplex, dessen banale Funktionalität einen aggressiven Kontrast zum verschwenderischen Romantizismus des älteren Campus bildet, wird wieder einmal ausgebaut, Ziegelsteine und Mörtel warten auf der schrumpfenden, unregelmäßigen Rasenfläche, denn die Spendengelder fließen kontinuierlich, sammeln sich hier wie Motten um das Licht. Es ist eine hochgerühmte Fakultät, heute mehr denn je, drei Nobelunsterbliche und sieben MacArthur-Genies, der erhabenste und beliebteste Ort dieser wunderbaren Universität. Ich kann selten zurückkehren, aber ich muß eine Weile innehalten und auf die strenge Struktur starren, in der die labyrinthische Physik der Zeit entsteht.

Einst war ich Physiker. Hier, in dieser Welt, hatte ich meinen Platz. Oben im siebten Stock wurde mir ein Büro zugeteilt, im sternhellen Siebten, wo die strahlendsten Gestirne sind.

Es würde mich nicht im mindesten überraschen, wenn es dort ebenso schlaflose Seelen wie mich gäbe, selbst jetzt, zu dieser menschenleeren Stunde, die in fieberhafter Geistestätigkeit die Flure auf und ab gehen, mit dürftigen Berechnungen auf die gut bewahrten Mysterien der wahren Natur der Materie zielen. Ein Doktorand vielleicht, oder ein ganz junger Dozent, zu allein, um eine Vorstellung davon zu haben, wie einsam er ist, so wie auch ich früher bis zum ersten Morgenlicht durcharbeitete, um erstaunt hochzublicken und zu entdecken, daß es hell wurde.

So ist es am besten, die Wohnheime leer wie die Hohlköpfe. (Ich bin ein Phrasendrescher geworden. Ich habe die Zeit dazu.) Die, die geblieben sind, können sich selbst beim Denken zuhören, so wie ich mich selbst denken höre, das, was ich jetzt gerade denke, wenn man das *denken* nennen kann, wenn man das *jetzt* nennen kann.

Das Vergehen der Zeit ist nichts Reales. Es ist eine Chimäre, gesponnen aus einem hauchdünnen Bewußtsein und mehr nicht, eine erschreckende Erscheinung, die von unserem verwirrten Denken heraufbeschworen wird. Wir wissen das von Einsteins Physik, die uns eine Zeit zeigt, die so still steht wie der Raum. Die Zeit ist statisch, ihr Fluß unwirklich: das ist Einsteins Wahrheit, und das *ist* die Wahrheit, die die Bedingungen der perfekten Symmetrie, die der Geometrie auferlegt ist, hinter sich läßt. Diese Ebbe, die so schrecklich und wirklich scheint, die einem jeden Schatz fortzutragen scheint, einen selbst zurückläßt wie eine aufgeplatzte Truhe auf den Wellen: Sie ist unwirklich, unwirklich.

An Wintersamstagen, die im Norden des Staates New York lang und hart und charakterbildend sind, pflegten mein Vater und ich die alten Holzskier von dem Pflock in der Wand der »Rumpelkammer« (wie wir sie nannten) zu nehmen, die er und sein älterer Bruder Freddy (umgekommen in einem Weltkrieg, an dessen Bezeichnung ich mich jetzt nicht mehr erinnern kann – dem Ersten, dem Zweiten, dem Dritten) schon als Jungen benutzt hatten, und zu den sanften Hügeln des Country Club von Olympia aufzubrechen.

Der Wechsel der Jahreszeit hatte den Golfplatz verzaubert, sämtliche Spuren des Schlenderns und Schlurfens nach den im Sommer geschlagenen Bällen gelöscht. (Ich habe die Zeit dazu.) Diese Transformation machte ihn zu unseren ureigenen Elysischen Gefilden, neu erstanden im Winterlicht, der Geruch von Schnee lag auf den Tannen, und mein Vater und ich, sonst immer uneins mit unseren großen ungelenken Körpern, wurden hier zu gleitenden Göttern.

In einem schützenden Tannenwäldchen packten wir ambrosische Sandwiches mit Bologneser Wurst und Senf aus, auf denen Eiskristalle knirschten. Der süße, heiße Kakao, der aus einer rot-grün karierten Thermosflasche in den roten, oben abschraubbaren Plastikbecher gegossen wurde, erlangte einen Teil seiner Köstlichkeit durch das Gefühl von Wärme auf den eiskalten Lippen und in der trockenen, kalten Mundhöhle. Dies waren Empfindungen des Körpers, an die ich mich mit vollkommener Klarheit und Gelassenheit erinnern kann. Auserlesene Freuden, doch ohne späteres Würgen in der Seele. Beim Essen schoben wir unsere gemeinsame Leidenschaft für die Abstraktion beiseite und gaben nur die Äußerungen von uns, die mit dem Fortlauf unseres Vergnügens zu tun hatten. »Noch ein Sandwich, mein Sohn?« – »Kakao ist alle.«

Und so, von Ekstase getragen, kehrten mein Vater und ich dann zu der weißen Musik unserer Glissandi zurück, bis die früh hereinbrechende Dämmerung die silbrige Landschaft in

Blei verwandelte und die grausame Schärfe der Kälte offenbarte.

Immer noch haftete etwas von dem Gottähnlichen an unseren Körpern, wenn wir dann durch die Tür unseres kleinen schachtelartigen Hauses traten, meine kindlichen Wangen kribbelten brennend, ungewohnte Leichtigkeit, die auf die vorangegangenen Phasen der Erschöpfung folgte, durchströmte meine Arme und Beine.

Meine Mutter war da, ihre Brillengläser in dem schweren schwarzen Gestell über dem Trapez, das von ihrer Nase und ihrem Mund geformt wurde, waren beschlagen wie Milchglas, ihre plumpen Hände streckten mir eine Tasse des vollkommensten Kakaos entgegen, gekrönt von dem Glanz eines ätherischen Leuchtens, das als Marshmallowcreme bekannt ist. In meiner Familie liebten wir Marshmallowcreme sehr, ein vielseitiges Nahrungsmittel, das mit Erdnußbutter zwischen zwei Brotscheiben sogar als Hauptgericht dienen konnte. Das Rezept dafür war hilfreich auf dem Etikett abgedruckt, auf dem es als *Pfeffernuss* bezeichnet wurde. Das war, glaube ich, mein erstes fremdsprachiges Wort, ich konnte es sagen, bevor ich zwei war. Wie herrlich unerwartet muß es aus meinem kindlichen Mund geklungen haben, und wie mußten sich meine Eltern in der Liebe zu meiner frühreifen Person gesonnt haben – das hatten sie, das hatten sie. Das ist ein Punkt auf meiner Tabelle der Tatsachen.

Den Winter habe ich immer als die Zeit unseres geringsten Mißvergnügens empfunden. Unsere Begierden ziehen sich zurück wie das Quecksilber. Selbst Vergewaltiger sind ruhiggestellt. Der Sommer ist die hinreißende Jahreszeit, die die unstillbaren Sehnsüchte entfacht. Das Begehren steigt wie öliges Wasser, höher, höher, bis über deinen Kopf. Lerne es einzuatmen, oder du ertrinkst, allein, allein, dein Schrei bleibt ungehört.

Jetzt ist Sommer.

Es war eine gesegnet unkomplizierte Kindheit, so langweilig

wie Doughnuts. Ich besaß genau das stumpfe Bewußtsein, das ein Kind haben sollte. Die Subtilität war mir nicht angeboren. Es ist Leiden, das mich weich gemacht hat, mich weichgeklopft hat wie ein wehrloses Stück Fleisch. Für das Kind, das ich war, schien die Welt so einfach und selbstverständlich überschaubar wie meine sorgfältig konstruierten Wahrheitstabellen; ohne Kontrafakten, die Bedauern und Verlangen über uns bringen. Es gibt keine Proustizismen tief auf dem Boden meiner Erinnerungen verhakt wie ein Anker, um von einem bestimmten Geschmack gelöst zu werden. Marshmallowcreme lotet keine verborgenen Tiefen aus.

Proust habe ich durch meine Mutter kennengelernt. Jedes Jahr las sie alle sieben Bände von *À la recherche du temps perdu*. Das war eine Gewohnheit, die meinen Vater und mich ungemein stolz machte. *Wer, glauben Sie, ist ihr Lieblingsschriftsteller?* pflegte er Menschen zu fragen, die sie gerade erst kennengelernt hatten.

Von kleinen Jungen wird behauptet, daß sie ihre Mütter schön finden, aber ich konnte mich nie dazu durchringen, Züge von einer Schönheit zu entdecken, die nicht vorhanden war, hat doch der Unterschied zwischen wahr und falsch mir immer viel bedeutet. Zwischen den Notenblättern, von denen sie und mein Vater ihre Stücke für zwei Baritonhörner spielten, befanden sich einige wenige Bilder von ihr als Mädchen, sie sah ernst, dick und traurig aus.

Ihr dickes, dunkles, von breiten weißen Streifen durchzogenes Haar war noch genauso geschnitten wie das des pausbäckigen Mädchens auf den Fotos, mit schnurgerade über der Stirn abgeschnittenem Pony. Zwischen ihren Brauen standen zwei tiefe senkrechte Furchen. Sie sahen aus wie die Spuren, die mein Holzschlitten im Schnee hinterließ, als wäre ihre Nase ihr Gesicht hinuntergerutscht, bis sie schließlich festgehalten wurde wie ein Ruder von einer versteckten Baumwurzel und stehenblieb. Als ich ihr das erzählte, lachte sie, während gleichzeitig zwei Finger hochfuhren, um die Linien nachzuzeichnen, die sie möglicherweise nie bemerkt hatte. Sie betrachtete ihr Gesicht nie. Sie besaß keinerlei Eitelkeit. Aber sie hatte eine mädchenhafte Stimme, ein schüchternes und mädchenhaftes Lächeln. Ihr Lachen war schön. Eine Grundstimmung erstaunter Dankbarkeit war ständig in ihr und drückte sich in all ihren Gesten aus. Das verlieh ihr Süße.

Eine höchst amerikanische Kindheit, *mutatis mutandis*, so idyllisch wie gemalt. Beide starben, als ich neunzehneinhalb war. Ein betrunkener Autofahrer kam aus einem versteckten Chaos geschossen, um sie aus unserem gemeinsamen Leben in die kalte Unendlichkeit zu schleudern. Ich war eine Waise, allein, allein, die grausame Schärfe der Kälte ein Dauerzustand.

Hieß es tatsächlich *Pfeffernuss*? Hieß es so? Es ist das Wort, das mir in den Kopf kommt, aber es ergibt keinen Sinn, und wie soll ich sicher sein, *es nachprüfen und wissen*?

Sie waren auf dem Heimweg von einem Kammermusikkonzert des Instituts für Musik an dem kleinen College im Norden des Staates New York, an dem mein Vater die Unmöglichkeit der Metaphysik unterrichtete und meine Mutter in der Bibliothek arbeitete. Ich war in den Semesterferien zu Hause, zurück vom California Paradise Tech, wo ich, frühreif, an meiner Dissertation arbeitete. Ein Betrunkener, der noch von Weihnachten übrig war, schlingerte in Olympia, New York, auf der falschen Seite die Route 61 entlang, kaum fünfzehn Minuten nachdem die Musiker des Olympia College ihre Aufführung von Schuberts *Unvollendeter* beendet hatten (jedenfalls habe ich es so, vielleicht zu symbolisch, in Erinnerung), der Cynthia und Jake Childs zweifellos applaudiert hatten, bis ihre weißen weichen Handflächen kribbelten und rot waren. Selbst Amateurmusiker, geizten sie nie mit Beifall.

Ich kann das Bild meiner Mutter genau heraufbeschwören, so wie ich sie, während ich im Schneidersitz auf dem Bett meiner Kindheit saß, das letzte Mal gesehen habe: Mädchenhaft errötet, weil sie mit ihrem Jake ausging, mühte sie sich ab, in ihren unförmigen rot-schwarz karierten Wollmantel zu kommen, den mein über einsachtzig großer Vater ihr, die nur knapp einsfünfzig groß war, zu hoch hinhielt. Dieser Blick erstaunter Dankbarkeit wegen seiner üblichen Galanterie war unerschütterlich, selbst als ihr in direkter Folge seiner Ritterlichkeit die Brille von der Nase flog. Er war ihr edler Held, brillant, anglo-irisch und hochgewachsen, der sie aus dem Dasein als Cynthia Rosenthal gerettet hatte, dieses hausbackene Mädchen, das allein dasaß und las und in die Sterne starrte und las und allein dasaß.

Ich hatte meine Eltern an jenem Abend nicht zu ihrem Konzert begleitet, weil ich, anders als sie, Musik nicht mochte. Für meinen Geschmack ist sie ein willkürlicher, pervers in die Länge gezogener Lärm. Ich habe mal gelesen, daß die Musik Mozarts mit dem Spiel des Lichts auf Wasser vergleichbar sei. Ich verstehe etwas von den physikalischen Bedingungen des Spiels des Lichts auf Wasser und kann mit dieser Analogie nichts anfangen.

Meine plötzlich zu tragischen Figuren gewordenen Eltern, Cynthia und Jake, liebten die Musik in all ihren Varianten. Musik war der eine kleine Punkt der Nichtübereinstimmung zwischen meinen Eltern und mir, und aus ihm ergab sich eine Nichtübereinstimmung, die sich bis in alle Ewigkeit ausdehnte.

Das Licht ging aus. Es gab kein Licht, es gab keine Logik. Wie konnte das sein? Es dauerte noch Jahre, bis ich es wußte, aber dann wußte ich es.

Wir alle tragen unser eigenes vorbestimmtes Ende in uns, unser ureigener Tod reift in seiner eigenen Geschwindigkeit in uns heran. Es gibt unbedeutende Menschen, die, ohne es zu wissen, die Erhabenheit eines großen Todes in sich bergen. Wir tragen ihn in uns wie eine dunkler werdende Frucht. Sie öffnet sich und läuft aus. Das ist der Tod.

Der Betrunkene starb ebenfalls. Hätte er überlebt, dann, glaube ich, hätte ich früher die Eigenschaften des Hasses kennengelernt, von denen ich jetzt weiß.

Da ich ein Einzelkind war, hatte ich nie die Möglichkeit gehabt, ein Geschwisterkind zu hassen. Ich hatte natürlich nie eins gewollt, egal ob Mädchen oder Junge. Ich glaube nicht, daß ich je den bewußten Wunsch hatte, daß kein anderes Kind erscheinen möge, das mir meine Exklusivität entwinde. Die Möglichkeit war so undenkbar, daß sie mir einfach nie in den Sinn kam. Wir drei bildeten den vollkommenen Körper: in sich selbst ruhend, vollständig.

Sie war auch ein Einzelkind. Darin ähnelten wir uns. Und jetzt ist sie eine Waise, allein auf der Welt, fast so allein wie ich, die grausame Schärfe der Kälte für sie fast ebenso permanent verankert, in dieser Stadt, an deren Namen ich mich nicht erinnern kann, obwohl es ein Name ist, den ein junger Mann auf der Brust tragen könnte wie ein Ordensband, oder zumindest früher tragen konnte, ehe die jungen Damen kamen.

Ja, die jungen Damen okkupieren jetzt den Campus. Sie schlafen in Trainingshosen in den harten und schmalen Betten der Wohnheime. Sie machen sich Notizen in den großen Hörsälen, in denen die Stimmen längst dahingegangener Professoren in diesen nächtlichen Stunden nachhallen, wahre Überzeugungen mit falschen vermischen. Die Lacrosse-Mannschaft der Frauen ist ein Hexenzirkel von Champions.

Es war völlig anders, als ich das erste Mal hierherkam. Damals erschienen die jungen Damen für gewöhnlich nur an Wochenenden auf dem für kurze Zeit dem mönchischen Dasein enthobenen Campus, wenn Fußballspiele ausgetragen oder besondere gesellschaftliche Anlässe angesetzt wurden. Das … Wochenende. Das …

Habe ich es vergessen oder wußte ich es nie?

Und der Name des Marshmallow-Nuß-Sandwichs.

Ich sah, wie die jungen Männer auf dem kleinen Bahnhof warteten, im Winter stampften sie mit den Füßen, um warm zu bleiben, Atemwolken stiegen aus ihren offenen Mündern und den geblähten Nasenlöchern, die langen Schals mit den Farben der

Universität um lange und kurze Hälse geschlungen. Das nichtssagende Zimmer, das ich gemietet hatte, war nicht weit von dem kleinen Bahnhof entfernt. Am Freitagnachmittag war ich oft dort, um die vergoldeten Mädchen aus dem Bummelzug aussteigen zu sehen, der den Bahnhof der Stadt mit der Hauptlinie verband.

In meiner Erinnerung sind alle Mädchen, die aus diesem Zug stiegen, schön. Selbst wenn sie sich im Winter eingemummt hatten, waren sie den schimmernden Strahlen der Himmelskörper ähnlicher als den plumpen Erscheinungsformen von Materie, die auf sie warteten und die unsagbar unwürdig waren.

Nicht daß ich mich selbst für würdig hielt. Oder doch? Nein. Der Anblick von Schönheit schüchtert selbstverständlich ein, erlegt unserer kleinlichen Natur Schweigen auf. Und doch hatte ich, kurz bevor ich hier eintraf, die aufregende Tatsache entdeckt, daß ich selbst gut aussah. Ich wußte noch nicht, was ich mit dieser Tatsache anfangen sollte. Ich glaube, ich habe es nie herausgefunden. Es war eine Tatsache, die nur lose mit meinem Selbstgefühl verbunden war, die unbeholfen an mir herumschlenkerte. Ich wurde in meinem zweiten Jahr als Doktorand unmißverständlich von einem Bewunderer des im großen und ganzen falschen Geschlechts darauf aufmerksam gemacht, aber es war trotzdem eine authentische Information. Ich sah, daß es wahr war, und ich war erstaunt. Nur jemand, der so zu Recht die Beinamen *Langweiler! Blödmann!* an den Kopf geworfen bekam, konnte es versäumen, diese Tatsache von selbst herauszufinden. Die androgyn ebenmäßigen Gesichtszüge meines Vaters, sein reiner blasser Teint, kombiniert mit den Augen und dem Haar meiner Mutter, dunkles und seidiges Haar und Augen, die verschwenderisch von Seele sprachen, hatten mir dieses herumschlenkernde Attribut eingebracht.

Ich wußte immerhin – ich war kein Idiot –, daß die Tatsache meines guten (ich glaube, vielleicht sogar sehr guten) Aussehens in enger Verbindung stand mit dem Zustand, nach dem ich mich sehnte: daß ich tatsächlich (mit welchen Worten?) eines der ankommenden jungen strahlenden Geschöpfe ansprechen würde, es würde meinen Blick erwidern und... so weiter... und weiter... ich wagte kaum, die Möglichkeiten in eine Reihenfolge zu bringen. Ich schwelgte lediglich in der schimmernden Ungewißheit ihrer Fortsetzung. Nie hatte ich Mädchen wie diese gekannt, nie mit ihnen gesprochen, sie nie mit meinen Fingern berührt.

Mein Ausschauhalten hatte, glaube ich, eine für mich charakteristische Qualität. Ich spürte, wie das Licht dieser Mädchen mein eigenes zum Vorschein brachte, Lichtfinger, die in meinem Gehirn entstanden und aus meinen Augen bebend in ihre Richtung gingen, sie fast berührten, leicht von ihnen abglitten. Ich hatte diese leuchtenden Finger als Junge gespürt, sie durchbohrten die Linse meines Teleskops, um die unscharfen dunklen Körper zu erforschen, die locker auf dem weiten Nachthimmel ausgebreitet waren. Manche Mädchen fühlten meine mystischen Finger auf sich, so schien es mir. Vielleicht waren es noch weit mehr als die, die durch äußere Zeichen das plötzliche Aufflammen der Erkenntnis verrieten: das zitternde Wissen eines Sichtbarwerdens, Erkennen und Erkanntwerden. Ein entschwindendes märchenhaftes Mädchen, das mit der Banalität an ihrer Seite Schritt hielt und einen schnellen Blick zurückwarf. Ich wartete auf die eine, die sich zu mir wenden und bleiben würde, ein antwortender Engel.

– *Wer sind Sie?*

– *Dana Mallach.*

– *Seine Tochter also.*

– *Ja, seine Tochter, ja.*

Jetzt, in dieser hinreißenden Jahreszeit, bin ich wieder der geübte Beobachter geworden, zurückgekehrt in diese Stadt, die meinen Haß einschließt. Ich würde ihr überallhin folgen. Durch Täler und durch Hügelland. Doch will ich finden, wohin sie ging.

Ich bin hier.

Ich verharre einen Moment am Ende des Häuserblocks, um mich zu sammeln. Um das Wesentliche dessen, das mich ausmacht, zu sammeln und wieder zu sammeln.

Ich bin ein reales Wesen, und ich existiere wirklich.

Als ich das erste Mal hierherkam, hatte ich noch keine Ahnung, daß sie existierte. Das ist eine Tatsache: Es hat einmal eine Zeit gegeben, als ich sie nicht kannte, sie nicht liebte und nicht haßte. Damals wußte ich kaum, daß er existierte, ihr Vater, Samuel Mallach, der wie ich Physiker war, aber ein mehr als einzigartiges Talent besaß.

Er hatte eine außergewöhnliche Arbeit über die Quantenmechanik veröffentlicht, seine Arbeit aus dem Jahr 19 ... Das Erscheinungsjahr der Arbeit ist mir entfallen, obwohl ihr Inhalt für mich einst die ganze Welt neu strukturiert hatte.

Das Wissen von der Physik kommt tröpfelnd wieder zurück, obwohl mir das wenig bedeutet, ich merke, wie es zurückkommt, ich war erschüttert von Mallachs Arbeit, der Einführung der sogenannten versteckten Variablen, die die lose schlenkernden Formalismen jener grotesken Theorie wieder an einer Welt befestigten, die wir als unsere eigene erkennen konnten. Er hatte eine Leistung vollbracht, die von fast allen, die sich dem Nachdenken über diese Dinge widmeten, für unmöglich gehalten worden war. Die Physiker waren geneigt, die Realität aufzugeben zugunsten mehr geisterhafter als gegenständlicher Dinge, zugunsten unverbundener Ergebnisse von Beobachtungen und Messungen, zwischen denen obszön das Nichtvorhandensein hervorschielte.

Ich war im Namen der Realität voller Zorn, und genauso ist es, viele Jahrzehnte länger, Samuel Mallach ergangen.

Sie kommt zu mir zurück, die erkaltete Erinnerung an meinen glühenden Eifer, an die Physik, die sich ihren Weg durch die Stunden meiner Nächte und Tage gebrannt hat, die Stunden meines Lebens. Mallachs versteckte Variablen stellten die Objektivität der Materie wieder her, was heißt, daß sie die Materie selbst wiederherstellten. Mallachs Arbeit hat das Elektron dem Wahnsinn entrissen und die Psychose wieder in die Psyche verwiesen, wo sie hingehört.

Samuel Mallach war ein großer Physiker, aber mit einer Wunde in der Seele, die sich schließlich als tödlich erwies. Sein Tod, der zweite, der endgültigere, war letzten Endes nicht meine Schuld. Daran kann ich mich mit absoluter Gewißheit erinnern: daß ich kein Mörder bin. Sie und ihr Vater hatten unrecht, mich in dieses Licht zu rücken, mich in die Form einer Ungeheuerlichkeit zu pressen, mich jeden Mitgefühls zu berauben.

Nußschaumknaller. So hieß mein Lieblings-Sandwich, und das war überhaupt kein ausländisches Wort. Es liegt ein Verrat in der scheinbaren Gewißheit der Erinnerung, und ich muß es als Regel der Bewußtseinsvorgänge akzeptieren, daß die Erinnerung so fragwürdig ist wie ein ertappter Lügner und in ihrem Innern eine geheime Tücke versteckt. *Pfeffernuss* ist gar kein Ding, es ist überhaupt ein Nichts in der Welt, vielmehr ein Phantasiegebilde, das von gesetzlosen Assoziationen des Bewußtseins aufgeworfen wurde, von Vorstellungen, die kollidieren wie das wirre Gerede von Verrückten, welche auch ihre Wahnvorstellungen als konkret auffassen, obwohl sie verrückt sind, und das bin ich nicht, aller Wahrscheinlichkeit nach bin ich das nicht, denn Verrückte stellen sich fast nie die Frage, ob sie verrückt sind.

Er hatte das Unmögliche vollbracht, hatte dargestellt, daß die Elektronen sich auf kohärenten Bahnen bewegen. *Elektronen gibt es*, könnte man gegen den Kult der wissenschaftlichen Verdummung einwenden. *Elektronen bewegen sich.* Aber weil er vollbracht hatte, was von seinen Kollegen als unmöglich erachtet wurde, ist sein Werk unbeachtet untergegangen. Das Unmögliche hat eine Art, sich unbemerkt zwischen uns zu bewegen.

Er wandelte durch die Gänge des Instituts wie ein Geist, und er wurde wegen seiner Quantenketzerei dazu verdammt, eine

Vorlesung abzuhalten, die sie »Physik für Poeten« nannten. Doch er widmete sich seiner Strafe mit unschicklicher Freude. Es war die erste Arbeit seit den versteckten Variablen, die er liebte, wobei die Poeten ihn mehr interessierten als die Physik. Er unterrichtete »Physik für Poeten« für verwirrte Erstsemester, die lediglich ihren erforderlichen naturwissenschaftlichen Schein machen wollten, ohne sich der mentalen Qual, die man Mathematik nannte, unterziehen zu müssen. Das Etikett sollte nur das bezeichnen, was glücklicherweise fehlte, aber er hatte sich grimmig der Noetik der Poetik angenommen.

Die Erstsemester waren, um es vorsichtig auszudrücken, wenig begeistert. Er stand vor ihnen und sang die ›Lieder der Unschuld‹ von Blake. Die Studenten beschwerten sich scharenweise, obwohl es selten schwere Problemstellungen gab und die Noten, wenn auch nach dem Zufallsprinzip, gut ausfielen. Einige aus seinem Seminar waren verärgert genug, um zu einem richtigen Kurs zu wechseln und die Konsequenzen auf sich zu nehmen.

Er gab mir auf, Verszeilen seiner Wahl zu lesen. Er gab mir William Blake und William Yeats, Dichter von Glanz und Düsternis. So gedachte er mich für das formidable Problem zu wappnen, das wir auf Teufel komm raus lösen wollten, und das, wenn wir es nur gelöst hätten ... wenn wir es doch nur gelöst hätten ...

Ich bin Justin Childs, und ich bin etwas, solange ich glaube, daß ich etwas bin, daß ich Justin Childs bin, ein Wesen, das haßt.

Die Häuser, schön plaziert auf ihren weichen Rasenflächen, liegen zu dieser Stunde ganz im Dunklen. Es gibt alte Bäume und teure Büsche, umgeben von gefälligen Schatten. Die Bäume, deren Kronen von der dünnen Milch des Mondes übergossen sind, beben leicht.

Ein schwerer Ast bewegt sich mit einem langen Ächzen, und die tiefhängenden Blätter murren, das Mäkeln der Materie.

Wie voll von falschen Ansichten die vegetativen Seelen sind.

Das Schild, das am Ende des Häuserblocks steht, ist vom Mond erleuchtet und verrät den Namen der Straße: Es ist die

Bagatelle Road. Jedes Haus der Straße sehnt sich nach einem anderen Ort und einer anderen Zeit, Sehnsüchte, die für diese Umgebung sehr typisch sind. Auf der ganzen langen Bagatelle Road befindet sich kein Haus, das ich als amerikanisches Haus bezeichnen würde, keines wie das amerikanische Haus meiner vollkommen handfesten Kindheit.

Von meinem Platz neben dem mondbeschienenen Straßenschild kann ich gerade ihr Haus ausmachen. Die Störungen im Feld beeinträchtigen meine Sehmuster. Es gibt ein Kräftefeld, das aus diesem Haus nach außen strahlt, und dieses Feld ist für mich stark aufgeladen, reißt meine Geschichte auseinander.

Was für ein Wesen bin ich? Was für ein Wesen?

Die Kraftlinien summen lauter, ein Summen wie das von Elektronen, die durch heißen Draht strömen, wie eine Mücke im Ohr, deren Summen Wahnsinn ist.

Jeder Augenblick ist jetzt eine Lebenszeit voller Leidenschaften und Beunruhigungen, vermischt mit den Düften der Vergangenheit, so daß der Geruch ihres Shampoos, der mich einmal ganz und gar durchbohrt hat, mich nun wieder durchbohrt. Ich keuchte nicht laut, das glaube ich nicht, ich keuche nicht, nur muß man alles langsamer nehmen, sich weniger heftig bewegen als man es sich wünschte, um nicht überwältigt zu werden.

Vor allem muß man der Ungeduld widerstehen. Ungeduld wäre das Ende für mich. Verlangt wird eine vollkommen kalte Distanz. Verlangt wird, zu bewegen, nicht bewegt zu werden. Nichts soll mich bewegen.

Ich bin Justin Childs, und die wesentliche Tatsache ist, daß ich sie hasse.

Es ist ein Haus im englischen Tudorstil, sehr elegant und in sich ruhend. Auch dieses Haus scheint sich der Dunkelheit zu überlassen, wie seine nachtschlafenden Nachbarn, aber ich weiß es besser. Dies hier ist beileibe nicht mein erster nächtlicher Besuch, und ich weiß, daß sie, selbst wenn sie es schafft, ein paar wenige unruhige Stunden Schlaf zu bekommen, immer die Lampen brennen läßt, ein Zeugnis ihrer unruhigen Seele.

Sie hat Angst vor der Dunkelheit, aber sie träumt, glaube ich, von Feuer. Ich sehe Feuer in ihren Träumen.

Ziemlich häufig sehe ich sie wach, sie wandert in diesen kurzen Stunden in ihrem großen und leeren Haus umher, läßt das Licht brennen, wo sie geht und steht.

Und ich bin hier, und ich weiß durch das Summen, das wie der Wahnsinn klingt, daß sie in der Nähe ist, in diesem Haus, und daß sie die Nacht fürchtet und sie durchwartet, wach bleibt.

Es ist ein schönes Haus. Auch seine Dimensionen haben mich einst klein gemacht, sie sind über mich hinweggegangen wie ein Tafelschwamm, ließen mich verschmiert zurück, aber jetzt bin ich verändert und dem Gelöschtwerden weniger preisgegeben. Das Haus hat einmal ihren Großeltern mütterlicherseits gehört. Es war ihre Mutter, die seit langem dahingegangene Dotty, ich zumindest habe sie Dotty genannt, die ich schnell zu verabscheuen gelernt hatte, die den Reichtum in die Familie gebracht hatte, dessen Sichtbarkeit bei meinem ersten Besuch die Verwirrung meines Zustands noch vertiefte. Es schmückt einen Physiker nur im allerabstraktesten Sinn, ein Materialist zu sein, darauf zu bestehen, daß alles Materie ist. Was wollte ein theoretischer Physiker mit soviel Wohlstand? Und Samuel Mallach war ganz und gar kein weltlicher Mann, er war ein Außerirdischer, der unbemerkt durch die Flure seines Instituts wandelte, ein Mann ohne Sinn für intellektuelle Moden, den Rücken defätistisch gebeugt und immer noch schwach vom Geruch des alten Wahns umweht. Jeder Wahnsinn hat seinen eigenen Geruch, und die meisten von ihnen sind scheußlich.

Sie hat ihre Ausbildung beendet. Sie ist jetzt formal, offiziell ausgebildet. Sie hat ebenso viele akademische Grade wie ich. Aber sie ist nach Hause gekommen und hat die Urkunden in irgendeiner nie benutzten untersten Schublade begraben. Sie ist eine Erbin, sie hat mehr als ein Erbe angetreten, Geld, Erinnerung und anderes. Sie lebt allein in dem schönen Haus, in dem sie aufgewachsen ist, in dieser Stadt, die sich mit derart perfekter Würde umgibt, daß sie fast das marmorne Aussehen des Todes angenommen hat.

Es ist seltsam, daß sie zurückgekommen ist. Hat sie gedacht, die Abweichung in meinen Koordinaten würde mich davontragen, mein Wesen auslöschen, meinen Haß annullieren?

Ich bin *ihre* versteckte Variable.

Zur Rückseite, wo die undurchsichtige Architektur Platz macht für Glas.

Das war eines von Dottys letzten Vorhaben, ihr Haus aufzubrechen, Transparenz zu schaffen, eine überwältigende Eruption befreiten Lichts, Photonen strömen unbekümmert in die Nacht, rufen aus dem nahen Wald Schwärme zarter Lebewesen, die wild und lichttrunken mit den Flügeln flattern, während andere, von Liebe gelähmt, an den Scheiben flachgepreßt werden, wie aufgemalt, Flügel ausgestreckt, eine atemlose Gefolgschaft des Leuchtens von innen.

Sie trägt einen langen weißen Morgenmantel, und sie ist winterbleich im Hochsommer, und uns trennt nur der gefrorene Atem dieser hauchdünnen Glasscheibe. Sie sitzt da und taucht das Teekörbchen in eine Porzellantasse, bewegt es langsam auf und ab, eine Meditation über das Bereiten von grünem Tee.

Sie ist immer noch schön, während ich so zerstört bin, obwohl auch sie vom Unheil gezeichnet ist. Etliche Jahre sind vergangen, drei oder fünf oder sieben, und ihre Hände und Arme sind immer noch von den Verfärbungen gebrandmarkt, die zurückgeblieben sind, die Geister der Flammen greifen immer noch nach ihren Schultern, und unter dem Morgenmantel ist ein Bein, das hinken muß, und die Erinnerung an das Feuer brennt immer noch laut in ihren Träumen. Ich sehe ihre Träume nicht, aber trotzdem weiß ich es, und ich habe gesehen, wie ihre Lider angstvoll über den Bildern, die sie sah, zitterten.

Auf den Glasscheiben gefangen, mit ausgestreckten Flügeln und unbeweglich, drücken sich die leichtsinnigen Motten und mein leichtsinniges Ich flach an die glatte harte Oberfläche, während sie, das Objekt unseres Starrens, nach unten blickt, auf ihren dampfenden Tee, ihr liebliches, liebliches, liebliches ... Gesicht immer noch gnädigerweise zum Teil verhüllt, während ich zerstört bin.

Ich bin Justin Childs, und ich bin etwas, solange ich denke, daß ich etwas sei, soll der, der mich täuschen möchte, sein Bestes versuchen, ich bin und bin und bin

Verdammt.

Ich muß mich wappnen angesichts dieser Augen, die ihre Farbe und das Leben und das Licht und die Sehkraft noch haben; ihre schlanken Hände sind um die blaßgrüne Tasse gelegt, deren Inhalt sie nicht schmeckt, denn sie ist in ihrer grüblerischen Stimmung.

Ich kenne diese Stimmung, weiß aber nicht, worüber sie nachgrübelt. Ihre Grübeleien gehören nur ihr. Sie hat ein Innenleben, das ist die traurige Wahrheit. Das haben die meisten, in einem gewissen Maß, aber sie treibt es auf die Spitze. Dort drinnen befindet sich ein Universum, eine gekrümmte und geschlossene Unendlichkeit. So eine schöne Gestalt: warum hätte das nicht alles sein können? Das Bild im Spiegel, warum hätte nicht alles ganz und gar so sein können?

Geschichten der Liebe, mit silbernem Faden gestickt
Von träumenden Frauen auf das Tuch,
Wovon die mörderische Motte sich nährte.

Lesen Sie Yeats, hatte ihr Vater mir aufgetragen. Lesen Sie Blake. Nachdem er die Physik, zusammen mit seinem Verstand, an die Verheerungen unermeßlicher Trauer verloren hatte, suchte er sie verzweifelt in der Poesie.

Er ist verrückt, dachte ich, aber ich werde trotzdem Physik

von ihm kriegen. Ich werde die glorreiche Physik aus ihm herausbekommen.

Sie hat sie mir gestohlen. Sie hat mir den alten Traum von Feuer und Göttlichkeit genommen, den Traum davon, sich ins Feuer zu stürzen und als Gott herauszukommen. Sie hat ihn mir gestohlen.

Hinter der Scheibe trinkt sie ihren Tee und sieht die schweigende Versammlung draußen nicht. Das Glas klebt vor Besuchern.

Ich bin ein reales Wesen und existiere wirklich; aber was für ein Wesen? Ich habe geantwortet: Ich habe geantwortet.

Manchmal liest sie und manchmal schreibt sie. Ich habe keine Mathematik in dem, was sie schreibt, gesehen, aber das beweist gar nichts. Ihre Vorstellungskraft nimmt, wie die ihres Vaters, andere Wege.

Bald wird es hell werden. Müde wird sie die Treppe hinaufgehen und das Licht unten noch anlassen, das weiter brennen wird, bis es im Licht des Tages nicht mehr zu sehen ist.

Regungslos sehen wir zu, die ausgehungerten Motten und mein ausgehungertes Ich, an die Scheibe gepreßt, während hinter uns verrückte Bewegungen ausgebrochen sind, ein trockenes Flattern wie von Emigranten aus dem Hades, Gaffer, die nach Licht hungern, werden durch die Eigenschaften der Strahlung über die Grenze getrieben, ihr Verlangen lastet auf ihnen wie das Gewicht der Sterblichkeit in ihnen, so daß manchmal, wie jetzt, eines so von Begehren getrieben wird, daß es an der Scheibe stirbt, mit einem Geräusch, wie wenn etwas Zartes zerbricht.

Es ist ein Zerbrechen, das kaum wahrnehmbar ist in dem Verrat der Dinge, die zu durchsichtig sind, das zarte Geräusch eines zu zarten Geschöpfes, das leise stirbt für das Licht.

Trotzdem wird es drinnen gehört.

Sie erschrickt und sieht schnell auf, die Gnosis des grünen Tees ist vergessen, die heiße Flüssigkeit schwappt über zitternde Hände, und die Gewalt des Zusammenfahrens verzerrt ihr ganzes Gesicht, so ist sie, einen Moment lang, eine häßliche Frau, nicht ein erwähltes Mädchen; aus dem goldenen Netz geworfen.

In ihren Augen steht ein so nacktes Entsetzen, daß sie wie die eines sehr kleinen Kindes scheinen. Oder wie etwas, das von einem Kind gezeichnet wurde.

Es macht einen lächeln, zu sehen, wie dieses Gesicht einer kritzelnden Kinderhand unterworfen wird, seine Schönheit entstellt.

Ein denkwürdiger Anblick, sie starrt auf die Gaffer, die dicht an dicht an ihrer Scheibe kleben ... einer von ihnen lächelt.

Sie glaubt an Geister. Armes Kind, sie glaubt an mich.

II

»Glauben wir an die Seele, Justin?«

Das große Erkerfenster ihres Schlafzimmers war weit geöffnet, und durch die dünnen Vorhänge drangen die duftenden Sehnsüchte der Sommernacht.

Langsam hatten sie sich voneinander gelöst. Er hatte beobachtet, wie ihre Körper sich trennten, als sie von ihm abrückte, mit zur Seite gedrehtem Gesicht, so daß er dessen Ausdruck nicht entziffern konnte.

Sie hatten beide Körper, die schmal waren und sehr weiß; obwohl der Sommer weit fortgeschritten war, Mitte August, waren sie beide winterbleich, sie verbrachten ihre Tage tief unten in ihrer verschlossenen Pyramide, bei den wilden Eigenschaften des Lichts.

Sie legte sich zurück, ihr Haar leicht feucht und dunkler vor dem weißen Kissen. Wenn sie sich so hinlegte, zeigte sich hoch oben an jedem Bein eine Höhlung, was, wie er dachte, einzigartig sein mußte, herzzerreißend geformt. Er dachte, daß es ihm nicht möglich sein würde, je eine Frau zu lieben, die nicht genau diese in jeden Schenkel eingegrabene Ellipse hatte. Auch ihr Bauch war konkav und lieblich; soviel Lieblichkeit und der seufzende Duft der Sommernacht, der in das Zimmer strömte.

Es gab nur das dünne Licht des Mondes, und er mußte sie deutlicher sehen, er mußte sehen, wie ihr Gesicht in diesem Moment aussah. Er knipste die kleine Lampe neben ihrem Bett an.

»Zu hell, das tut weh«, sagte sie, beugte sich über ihn, fischte ein schwarzes Seidentuch aus der Nachttischschublade und warf es über die Lampe. Dann drehte sie sich wieder zu ihm zurück, so wie sie vorher gelegen hatte, einen Arm hinter dem Kopf, was die Form ihrer Brüste leicht veränderte, und sie wiederholte ihre Frage.

»Wir glauben an den Körper, Justin, aber glauben wir an die Seele?«

Noch Minuten zuvor, als sie mit gespreizten Beinen über ihm saß, schien sie fast furchterregend viel zu wissen. Jetzt konnte er sie in dem seidengedämpften Licht sehen, ihre Pupillen waren groß und löschten fast das ganze Blau aus, und er sah, daß sie lächelte, ihre Lippen kräuselten sich spielerisch, obwohl sie wollte, daß er antwortete. Das konnte er an ihrem Mund erkennen. Manchmal war sie so, kindlich und bezaubernd, und manchmal wieder erschreckte sie ihn durch das, was sie wußte.

»Natürlich nicht, Dana. Wir sind Wissenschaftler, Physiker. Wie können wir an die Seele glauben?«

Ihre Lippen waren leicht wund, geschwollen von seinen harten Küssen. Zuerst hatte sie nicht küssen wollen, es schien das einzige von all den Dingen zu sein, die ihre Körper miteinander anstellten, das ihr unangenehm war. Jetzt setzte sie seinem Mund auf ihrem kaum je Widerstand entgegen. Manchmal, obwohl das selten war, merkte er sogar, daß ihr Mund von sich aus seinen suchte.

»Ich kann es. Ich bin voll und ganz in der Lage zu glauben, daß ich eine unsterbliche Seele besitze. Ich denke, ich bin sogar in der Lage zu glauben, daß du etwas halbwegs Seelenähnliches besitzt.«

Die wunden Lippen machten sie für ihn noch kindlicher, als hätte sie sich verletzt, weil sie mit dem Rad gestürzt oder vom Baum gefallen wäre, und es weckte Zärtlichkeit in ihm, zu viel und zu schnell auf einmal. Er fühlte den erschreckenden Ansturm und ließ ihn in etwas wie einem Lachen entweichen.

Sie lächelte zurück, kindlich und bezaubernd.

Jetzt war wenig von dem furchterregenden Mädchen in ihr zu erkennen. Vor Minuten erst hatte sie sich über ihm so wissend bewegt, all sein Begehren fest in ihrem Griff, als würde sie in seinen Gedanken wohnen und hätte Zugang zu den Empfindungen seines Körpers, als würde sie seine Wünsche viel besser kennen als er. Jetzt sah sie ihn an wie ein Kind, wartete auf seine Antwort.

»Ich meinte, wie können wir das rechtfertigen, Dana: wie können wir gerechtfertigterweise an sie glauben?«

»Oh, *gerechtfertigt*!«

Ihre armen mißhandelten Lippen verzogen sich zu einem breiten Grinsen. Er stützte sich auf seinen linken Ellbogen und küßte sie. Sie drehte den Kopf weg.

»Tun sie weh, deine Lippen?« fragte er und fuhr leicht mit einem Finger darüber.

»Mmm, jetzt, wo du es sagst. Tier.«

»Seelenloses Tier.«

»Alle Tiere sind seelenlos. Das ist der Unterschied.«

»Alle Dinge sind seelenlos, du eingeschlossen.«

»Ich nicht.«

»Manchmal denke ich, du besonders.«

Sie lachte ein leises Lachen, tief aus dem Bauch heraus, so daß er seinen Mund ihren Körper hinuntergleiten ließ, seine Küsse zaghaft vor Zweifel. Er würde nie ihre Gewißheit besitzen, wenn es um diese Art von Wissen ging. Er machte immer noch Fehler. Er machte sie oft.

»Weißt du, Daddy glaubt genau das Gegenteil.«

Justin zog seinen Mund weg und sah zu ihr hoch. Offensichtlich hatte er wieder einen Fehler gemacht.

»Daddy glaubt, daß alle Dinge beseelt sind.«

»Dein Vater ist ein großer Physiker, Dana, nicht weil er diese Ansichten vertritt, sondern trotzdem.«

Sie lächelte lieb. Das war ein alter Streitpunkt zwischen ihnen, der manchmal süß war und manchmal bitter.

Justin schob sich wieder im Bett hoch, so daß er jetzt neben ihr lag. Er streckte die Hand aus und strich mit einem Finger über ihre Lippen, zeichnete sie wieder und wieder nach, jedesmal ein bißchen fester, und versuchte, sich in ihren Körper hineinzuversetzen. Er kannte seine Zweifel sehr genau, während sie immer zu wissen schien, wie sie ihn dazu bringen konnte, genau das zu fühlen, was sie ihn fühlen lassen wollte.

Verzauberin der Welt.

Jetzt drehte sie den Kopf, um ihn anzusehen, so daß sein Finger über ihre Wange glitt.

»Dann denkst du also, daß es nur uns und unseren Körper gibt?«

»Kein ›und‹, Dana. Wie kann es ein ›und‹ geben, wenn es doch eine einzige Sache ist.«

»Ich liebe das ›und‹. Ich bin sehr für das ›und‹. Ohne es finde ich es zu einsam.«

»Mir kommt es einsamer mit ihm vor. Wenn du irgendwo hier drin eine Seele versteckt hast«, sagte er und strich mit der Hand von ihrer Schulter bis zu ihrem Schenkel, in den Fingerspitzen spürte er kurz die herzzerreißende Süße in ihrem Fleisch, »wie kann ich sie dann je kennenlernen? Wie, Dana? Ich habe Zugang zu deinem geheimnisvollen Körper, aber nicht zu deiner geheimnisvollen Seele. Seelen sind für mich die einsamste Möglichkeit überhaupt.«

»Das ist vielleicht die beste Begründung, die du für die Existenz der Seele geben kannst«, hatte sie geantwortet, leise gelacht, nichts mehr von einem Kind an sich.

III

Die Nachtfalter sind dicht an die Scheibe gepreßt, und sie sind ausgehungert.

Ihre blutleeren Körper lassen sich leicht zu Asche zerkrümeln. Sie sterben an der Scheibe, und sie sind Asche, und Einsamkeit ist die Luft, die sie atmen. Sie atmen sie ein und atmen sie wieder aus, unverändert.

Und Seelen sind die einsamste Möglichkeit überhaupt.

IV

Er sah sie zum ersten Mal in einem Spiegel.

– *Ich dachte, Sie sind nicht echt.*

– *Nicht echt?*

– *Ich dachte, Sie sind ein Gemälde.*

Sie starrte in den Spiegel, der auf dem Treppenabsatz in ihrem Haus hing.

Er war diese Treppe hinuntergekommen, langsam, Stufe für Stufe tastete er sich diese ganze phantastische Treppe hinunter. Im Spiegel war ihr Bild, und darüber ergoß sich Licht aus einem hohen Fenster, so daß er in tiefe Verwirrung stürzte, er hatte nicht einmal gewußt, daß es sie gab.

Er war an jenem Tag aus einem bestimmten Grund hierher, in dieses schöne Haus in der Bagatelle Road, gekommen, er wollte feststellen, ob Samuel Mallach mit dem Verfasser der Arbeit identisch war, die für ihn die Offenbarung dargestellt hatte. Und wenn es dieser Samuel Mallach war, dessen versteckte Variablen das Unmögliche erreicht hatten, wollte er, mit all der Vermessenheit, deren er einst so fähig gewesen war, eine Art Zusammenarbeit vorschlagen.

Es war ein verwegener Plan, bedachte man, daß er erst im letzten Frühling seine Doktorarbeit beendet hatte. In Paradise, Kalifornien.

Paradise. An diesen Namen erinnerte er sich. Und er erinnerte sich, daß es in Paradise, Kalifornien, Gewächshausschönheiten dutzendweise gegeben hatte, die mit Tennisschlägern in den braungebrannten Händen herumliefen oder langsam auf Fahrrädern vorbeiradelten. Sie kleideten sich in Hellrosa und Hellgrün und Hellgelb, und ihr glänzendes Haar wurde durch farblich passende Stirnbänder davon abgehalten, ihre helle Sicht der Welt (denn welche andere Sicht sollten solche Mädchen haben?) zu verdunkeln.

Besonders die Stirnbänder beeindruckten und rührten ihn, denn sie erweckten unklare Vorstellungen von den unsichtbaren Fingern, die voll Bedacht diese leuchtenden Bänder ausgesucht hatten, sie deuteten auf Wege der Geistestätigkeit, die für ihn so geheimnisvoll weit entfernt waren, daß genausogut die Ra-anbetenden Ägypter darauf wandeln könnten.

Sie veränderten das Licht des Alltags von Paradise, diese schimmernden Mädchen, sie warfen es zurück, wenn sie vorbeischlenderten. Sie schufen ein Licht, das Ungleichgewicht erzeugte und wilde Ehrfurcht, wo immer es hinfiel, und ehrfürchtig dachte er, daß es vielleicht das uralte Licht war, das aus dem einen goldenen Auge des Sonnengottes herabgeschienen hatte, obwohl sie Sonnenkinder einer anderen Art waren, aus Kalifornien, Töchter der Pharaonen von Paradise, und dennoch waren sie eine Offenbarung, mit ihrem schrägen Strahlen und den farblich passenden Stirnbändern.

Entweder hatte es solche Mädchen zu Hause in Olympia nicht gegeben, oder er hatte, als er mit seinen Eltern den perfekten Platonischen Körper bildete, einfach versäumt, sie zu sehen.

Die Mädchen von Paradise waren eine Offenbarung gewesen, die Physiker von Paradise weniger. Es hatte ihm nicht gefallen, was sie über die Materie sagten. Es hatte ihm nicht gefallen, was sie über die Welt sagten. Sie hatten die Schwierigkeiten in der fundamentalen Theorie der Materie als Freibrief genommen, um die Natur des Realen zu verdrehen, so daß Justin ihre Ansichten nur als ontologische Sabotage werten konnte: die Objektivität der Materie verleumdend und die Rationalität der Welt auflösend.

Sein Gefühl von Verrat war in jenen Tagen kosmisch gewesen, es war etwas Ungeheuerliches gewesen, die dämonische Logik des Kontrafaktischen plapperte entsetzlich in jeder wachen Stunde seiner Tage und Nächte.

Er hatte Gedanken wie diese:

Wenn er, ihr einziger Sohn, sie doch nur an jenem Dezemberabend begleitet hätte, seine Gleichgültigkeit gegenüber ihrer Musik hätte sie vielleicht zur Eile angetrieben. Oder vielleicht war es eher so, daß sie es eilig hatten wegzukommen, weil Justin zu Hause auf sie wartete und allein war. Armer Justin, hatten sie vielleicht zueinander gesagt. Armer Justin, wir haben ihn bei seinem ersten Besuch allein zu Hause gelassen. Jeder Elternteil hätte es sagen können, und der andere hätte zugestimmt – *der arme, verlassene Justin!* Wenn er sie doch nur begleitet hätte, so daß sie vielleicht die drei oder vier Minuten länger geblieben wären, die ihnen den Rest ihres Lebens vergönnt hätten.

Kurz, unzählige Faktoren hatten sich verschworen, um die Ausgangsbedingungen herbeizuführen, die ihren Tod auf der Route 61 in Olympia, New York, bestimmten, und darunter war Justins Fernbleiben gewesen: ein notwendiger, aber allein nicht ausreichender Bestandteil eines kausalen Ereignisses, das ausreichend, aber nicht notwendig war.

Vier Tage nach Ende der Winterferien kehrte er an die Paradise Tech zurück. Sein Mitbewohner, Zeno Wicks, sagte, noch einen Tag später, und er hätte angenommen, Justin sei tot. Zeno wollte wahrscheinlich nur einen Witz machen. Nach Justins wohlüberlegter Meinung damals, und auch noch später, war es ein Witz und lud daher nicht unbedingt zu einer Erklärung von der Art, wie sie Justin hätte geben müssen, ein. Logischerweise sagte er also nichts und wartete auf einen besseren Zeitpunkt. Er würde es Zeno oder jemand anderem, aber höchstwahrscheinlich Zeno, in einem günstigeren Moment erzählen, daß er diese vier Tage gebraucht hatte, um seine Eltern zu beerdigen. Doch in den folgenden dreieinhalb Jahren, die er und Zeno zusammenwohnten, hatte es nie einen besseren Zeitpunkt gegeben als den einen, der gekommen und gegangen war. Je länger das Ereignis sich vom gegenwärtigen Augenblick entfernte, um so ferner rückte die Chance, darüber zu sprechen, obwohl er davon träumte, er träumte Tag und Nacht, besonders davon, daß ein Mädchen wie aus dem Märchen sich ihm zuwenden und ihn ansprechen würde mit der Stimme eines antwortenden Engels, und er würde es ihr sagen, und sie würde es verstehen.

Die Physik war alles, was ihm von der Zeit davor geblieben war. Wenn Justin an die Physik dachte, dann schien die Welt wie ein Ort, den er verstehen könnte, ein Universum, das mit den Fähigkeiten seines eigenen Denkens korrespondierte, der Logos seiner Gedanken fügte sich zu dem Logos der Welt. Deshalb dachte Justin über Physik nach und erwarb sich einen beträchtlichen Ruf, selbst an einem Ort wie der Paradise Tech, obwohl es niemanden gab, dem es besonders viel bedeutet hätte, als die Zeit kam und er zum Besten seines Jahrgangs erklärt wurde, und später, als die Zeit kam, da er noch höher eingeschätzt wurde.

Aber Justin hatte es nicht gefallen, was die Paradiser über die Materie sagten, es hatte ihm nicht gefallen, was sie über die Welt sagten: die wilde Drehung, die sie der Physik der Materie in Bewegung gaben. Olympia hatte ihn nicht vorbereitet, die Olympier hatten seine Erwartungen verwirrt.

Es war keine Frage gewesen, daß Justin das örtliche College besuchen würde, denn er war erst sechzehn, er war gerade sechzehn geworden, als er seinen High-School-Abschluß machte, und sehr jung für sein Alter, zu unerfahren, um allein wegzugehen, ohne Cynthia und Jake zu leben, keiner von ihnen hatte das je in Betracht gezogen. Er lebte zu Hause, aß fast jede Mahlzeit zu Hause, ein Teller mit scharf gewürzten gefüllten Eiern brachte ihn über lange Studiennächte. Er konnte zu Fuß zum College gehen, eine lange steile Straße führte von der Stadt hinauf zu dem bescheidenen College, das funkelnd auf dem Hügel ausgebreitet war.

Am liebsten mochte er diesen Weg im Winter, durch Olympias üppige Schneewelt. Für viele Bewohner Olympias war dies ein Grund zum Jammern, für ihn war er berauschend, der Geruch von Schnee am frühen Morgen. Abends, in wärmeren Monaten, wenn er mit seinen Büchern fertig war und seine Mutter, mit verträumten Augen hinter dem schwarzen Brillengestell, das Geschirr weggeräumt und abgewaschen und abgetrocknet hatte, gingen die drei, sein Vater auch, manchmal auch nur sie beide, nach draußen und legten sich auf den ungepflegten Rasen, unter das Netzwerk der Sterne.

Er schwelgte im Palast des Wissens seiner Mutter.

– *Was studierst du?*

– *Schönheit.*

– *Was soll ich studieren?*

– *Das gleiche. Im Griechischen bedeutet das Wort für Universum auch Schönheit: Kosmos.*

Ihm wurde erlaubt, am College Kurse in Naturwissenschaften und Mathematik zu belegen, auch als er noch die High School besuchte, seine letzten zwei Jahre auf der Ionia County High School, deshalb war es ganz natürlich, danach zum Olympia College zu wechseln. Es kam ihm kaum wie ein Wechsel vor, nur daß die Kurse besser wurden, die Lehrer mehr wußten, obwohl die Ausrichtung des Olympia College mehr auf praktischen Fächern lag, wie Landwirtschaft und Maschinenbau, und das Drei-Mann-Institut für Physik seine Existenz rechtfertigte, indem es Grundkurse für Studenten anderer Fakultäten abhielt. Im ersten Semester seines zweiten Studienjahres hatte Justin alle angebotenen Mathematik- und Physikkurse ausgeschöpft, was ihn gewissermaßen ohne Paddel auf dem Fluß zurückließ, wie Professor Krebs, der Leiter des Instituts, es ausdrückte.

»Wir müssen dir ein Paddel besorgen, mein Junge«, sagte Josiah Krebs, der keinen Doktortitel hatte, dafür aber Hühner, sechs oder sieben Rhode Island Reds, und eine kleine Tochter, die aussah wie eine Elfe und jedes Jahr auf der Weihnachtsfeier des Instituts Cello spielte. Die Rhode Island Reds legten Eier, die braun und sehr schmackhaft waren, und er verschenkte sie an die Ehefrauen seiner Kollegen, die er am liebsten mochte, darunter Cynthia Childs mit den bezaubernden Sternenaugen, die die Eier für Justin füllte und scharf würzte.

Professor Krebs arbeitete Justin einen Lehrplan für ein eigenständiges Studium aus und arrangierte alle nötigen Voraussetzungen für dessen Abschluß in drei Jahren, so daß Justin an die angesehene Paradise Tech ging, als er gerade neunzehn geworden und nicht wirklich vorbereitet war auf ein Leben unter Nicht-

Olympiern, auf deren Art, die Realität niederzumachen, auf deren Art, dumm zu sein, so wie nur wirklich kluge Köpfe dumm sein können, und die Objektivität der Materie zu unterminieren und die Rationalität der Welt aufzulösen. Nichts dergleichen hatte er je von dem freundlichen Landwirt, dem vielleicht absurden Professor Krebs gehört, der ihm die Quantenmechanik aus Merzbachers Lehrbuch mit einem gerüttelt Maß Argwohn beigebracht hatte.

– *Das ist doch nichts als Kikeriki!*

Ja, das kann man wohl als Argwohn bezeichnen. Er hatte einen hageren Hals, der Professor Kikeriki, der sich streckte, wenn er seiner Meinung Nachdruck verlieh, und die eiförmige Wölbung seines Adamsapfels zeigte. Er war der Direktor des Instituts für Physik am Olympia College, aber am stolzesten war er auf das Können seiner Legehennen und auf seine kleine Tochter. Mit vier oder fünf Jahren spielte sie Mozart auf einem Miniaturcello.

»Du kannst doch nicht behaupten, daß du weißt, worum es dabei überhaupt geht, oder?« hatte er von Justin wissen wollen und dabei auf Schrödingers Gleichung zur Entwicklung der Wellenfunktion gestarrt, symbolisiert durch das Zeichen Psi. Erwin Schrödinger, der 1933 mit dem Nobelpreis ausgezeichnet wurde, hatte demonstriert, daß die Wellenfunktion, ein präzise definiertes mathematisches Objekt, den Zustand jedes Systems der Quantenmechanik vollständig beschreibt. So lautet wohl die naheliegendste Antwort auf Professor Krebsens nörgelnde Frage *Worum geht's dabei überhaupt?*, daß es in der Quantenmechanik um das Verhalten der Wellenfunktionen geht. Aber es ist auch Schrödinger gewesen, der überzeugend dargelegt hat, daß die Wellenfunktion, weil sie sich hartnäckig über den Konfigurationsraum verteilt – den abstrakten Raum aller möglichen Zustände der Teilchen –, exakt bis zum Moment ihres Kollapses allen Versuchen widersteht, sie mit einer erkennbaren Welt wie unserer eigenen zu verbinden. Konfrontiert mit dieser Widerspenstigkeit, offiziell als »Meßproblem« bekannt, haben viele Leuchten der Physik, von Bohr und Heisenberg bis weiter nach unten, einen radikalen Schritt unternommen und die Existenz einer unabhängig existierenden physikalischen Welt überhaupt verneint, womit sie erstaunlicherweise durchgekommen sind. In anderen, nichtwissenschaftlichen, Zusammenhängen wird der Unterschied zwischen denen, die an eine unabhängig existierende Realität glauben, und jenen, die das nicht tun, roh mit der Unterscheidung zwischen gesund und psychotisch in Beziehung gesetzt.

»Hör auf, die hübschen Gleichungen zu bewundern, und beantworte meine Frage«, hatte Professor Krebs geschimpft. Der Tonfall seiner Stimme hätte sich in Beziehung zu gekräuselten Lippen setzen lassen, aber da sein Mund praktisch lippenlos war, konnte man das schwer sagen. »Du kannst einfach nicht sagen, was das Ganze soll, Justin Childs, ich weiß, daß du es nicht kannst, denn ich habe noch von niemandem gehört, der das könnte. Jedenfalls nicht so, daß ich es dann verstanden hätte. Es ist ein praktisches Instrument, natürlich, Teil einer Maschinerie zur Produktion von Prophezeiungen. Aber was es über die Welt aussagt, zumindest soweit ich das erkennen kann, ist bloß Kikeriki.«

Alle anderen Doktoranden am Paradise Tech waren von Colleges gekommen, die viel schicker waren als das von Olympia. Zeno hatte das Micomicon Institute of Technology besucht, und der Unterschied zwischen dieser Schule und der von Olympia wurde Justin ziemlich schnell klar. Ganz offensichtlich hatte Zeno nie gehört, daß jemand die Quantenmechanik als Kikeriki bezeichnete. Während seines ganzen ersten Semesters hatte Justin sich wie ein naturwissenschaftliches Landei gefühlt, das einen Spin nach oben nicht von einem nach unten unterscheiden konnte. Erst nachdem er von der Beerdigung seiner Eltern auf dem Friedhof am Fuß des Hügels zurückgekommen war, den er immer frühmorgens erklommen hatte, um zum Campus des

Olympia College zu kommen, hatte er den Verrat der Koryphäen durchschaut, die in teuren Fachzeitschriften die verdrehtesten Theorien darlegten, um ihren Unsinn auszuführen, wie zum Beispiel, daß *das Meßsystem die Wirklichkeit schafft, so daß es schlicht sinnlos ist zu fragen, was geschieht, wenn keine Messung vorgenommen wird.*

Auch Justins Vater hatte die starke Macht des Wortes »sinnlos« eingesetzt, allerdings in verantwortungsvoller Weise, er richtete es nur gegen das Gerede der Metaphysiker, nicht gegen die Welt selbst, nicht gegen die Wirklichkeit von Materie, Raum und Zeit und die Gesetze ihrer Kausalität.

In Paradise hörte Justin zum Beispiel von der Auffassung, daß *die gesamte Vorstellung von einer objektiven Realität, die auch unbeobachtet und nicht gemessen existiert, durch die Entdeckungen der Quantenmechanik ungültig geworden sei,* und das machte ihn wütend. Er stellte sich auf die Seite der Realität und war entsprechend verärgert. Jeder Unsinn ist eine Beleidigung der Wahrheit, und hier, schäumte Justin, handelte es sich um einen derart extravaganten Unsinn, daß er noch nicht mal solide falsch war. Menschen, die es besser hätten wissen sollen, begingen eine Dummheit und beleidigten die Realität, und Justins Empörung kannte keine Grenzen, konnte keine Grenzen kennen. Es war eine Empörung, die sich nach außen richtete, die Vektoren der Aufmerksamkeit drehten sich weg vom Ich, seine eigene persönliche Wut überflutete ihn ganz und verschwamm mit der Wut einer Realität, die beleidigt worden, die verachtet worden war, so daß Justin Childs sich der Wirklichkeit mit einer Überlagerung von unstillbarem Zorn näherte.

Es hatte ihm nicht gefallen, was sie über die Materie sagten. Es hatte ihm nicht gefallen, was sie über die Welt sagten.

Ein großer Mann hatte eine Beweisführung ausgearbeitet, um die Unmöglichkeit irgendwelcher versteckten Variablen zu zeigen, die die Lücken in der Logik füllen und die Substanz und die unabhängige Realität der Materie – kurz, ihre Materialität – wiederherstellen könnten. Die anderen großen Männer hatten applaudiert und sich nicht die Mühe gemacht, zu genau nach Mängeln zu suchen. Physiker waren im Namen irgendeines Wahnsinns, der ihn verschont hatte, plötzlich sehr von der Vorstellung eingenommen, daß die Materie irrational sei. Saulus, auf dem Weg nach Damaskus, hatte eine Vision und änderte seinen Namen.

Pauli. Wolfgang Pauli.

Wolfgang Pauli hatte behauptet, daß die Quantentheorie, vollständig und lückenlos wie sie war, die Irrationalität der Materie enthüllt habe, und Bohr (aus Kopenhagen) und Heisenberg (aus einem sehr bösen Berlin) plapperten auf parallelen Bahnen, die sich, wenn schon nicht in der Unendlichkeit, so in äußerster Unwissenschaftlichkeit trafen, und von Neumann hatte sich mit einer verdächtigen Beweisführung eingeklinkt, die vorgab, die Unmöglichkeit versteckter Variablen zu belegen.

War es die unheilvolle Wirkung des mächtigen Mythenproduzenten aus Wien, die das Gewirr seiner Mythen über Sprache und Denken warf? Mußte sich die Physik nicht nur mit der Komplexität der Materie befassen, sondern auch mit ihren Komplexen?

Eines Tages, wenn das grelle kalifornische Paradise mit seinem unbarmherzigen Sonnenschein der Vergangenheit angehörte, wollte Justin eingehender über diese Dinge nachdenken und seinen Weg über das Grelle hinaus zur Klarheit finden. Bis dahin ließ ihm sein Dissertationsthema nur wenig Zeit zum Nachdenken, aber irgendwann, bald, würde er sich den Luxus leisten können, diesen fundamentaleren Fragen nachzugehen.

Er hatte vier Tage lang seine Vorlesungen versäumt und war fortan gezwungen, sich ausschließlich auf die Arbeit zu konzentrieren, um das Versäumte nachzuholen. Niemand versäumte jemals Vorlesungen an der Paradise Tech. Er war sich dieser vier Tage für den Rest seiner Jahre dort bewußt, für den Rest seiner Jahre.

Justin mußte, in Übereinstimmung mit der Physik à la mode,

Formeln bearbeiten und nicht darüber nachdenken, was sie bedeuten könnten. Das machte er gut, er war zu einigen mathematisch schönen Ergebnissen gekommen, denn seine Liebe zur Schönheit war groß, hatte er sie doch durch seine Mutter kennengelernt.

– *Was studierst du?*

– *Schönheit.*

– *Was soll ich studieren?*

– *Das gleiche.*

Seine Ergebnisse hatten die richtigen Köpfe beeindruckt, wenn auch aus den ganz falschen Gründen, und hatten ihm – wieder an der Ostküste – einen Posten verschafft, an einer höchst bedeutenden Universität.

Paradoxerweise hätte er vielleicht ohne seinen Mitbewohner überhaupt niemals Mallachs erstaunliche Thesen entdeckt. Zeno Wicks studierte Festkörperphysik und hatte bislang keinen Appetit auf Hausmannskost wie Grundlagenforschung gezeigt. Zeno hatte sich größtenteils damit zufriedengegeben, die Quantenmechanik so zu benutzen, wie man es ihnen allen beigebracht hatte, und nicht darüber nachzudenken, was sie tatsächlich zu bedeuten hatte. Doch Zenos Doktorvater war Nathan Martin, ein Paradiser der ersten Riege. Er war nicht nur ein erstklassiger Forscher, sondern hatte auch den Ruf, die vielleicht fesselndsten Vorlesungen in der Welt der Physik zu halten, und Nathan Martin hatte, wenigstens für kurze Zeit, eine kluge Frau, der Zeno mehrmals begegnet war, wenn er ihren Mann zu Hause aufsuchte. Es war Mrs. Martin, die Zeno gegenüber die Arbeit von Mallach erwähnte, während ihr Mann seine ehelichen Rechte wahrnahm und heftig spottete. Und obwohl der Spott aus der allerersten Riege kam, hatte Mrs. Martin Zeno dazu gebracht, sich Mallachs Arbeit herauszusuchen.

Auch als Mrs. Nathan Martin nicht länger Mrs. Nathan Martin war – die Ehe war plötzlich zerbrochen, und Nathan Martin hatte mit einer Schnelligkeit, die seinem Einfluß und seiner Reputation entsprach, wieder geheiratet –, hatte Zeno weiter versucht, sich durch dieses Papier zu arbeiten. Justin sah, wie sein Mitbewohner hin und wieder die Stirn darüber runzelte und es schließlich aufgab, und nach und nach war es immer tiefer unter dem Müll versunken, der sich um ihre Betten herum ansammelte. Ein paar Wochen nachdem Justin seine Dissertation abgeschlossen und seinen prestigeträchtigen Posten angeboten bekommen hatte, fischte er es zufällig heraus und begann zu lesen.

Justin las Mallachs Papier mit so etwas wie Bestürzung, weil er klar erkannte, daß hier das Unmögliche vollbracht worden war: ein objektives Modell der Quantenmechanik.

Mallach hatte eine Versteckte-Variablen-Version der Quantenphysik formuliert, die Wunder für die materielle Welt bewirkte. Er hatte sie vor den Mathemystikern gerettet, den Kabbalisten aus Kopenhagen, die mit den Händen fuchtelnd ihre Verwirrungen psalmodierten und die Materie in ein elendes Gespenst ihrer selbst verwandelten, das im Nicht-ganz-hier-nicht-ganz-da der Quantenparadoxie schwebte, deren Durcheinander sie zelebrierten. Mallachs Arbeit, die Mallach-Mechanik, wie Justin sie später nannte (wenn auch nicht ohne Bedenken seitens Mallachs), war genau der Gegenzauber, um den grausamen Fluch zu brechen. (Mallach hatte nicht im mindesten etwas gegen die Verwendung seines Namens einzuwenden, sondern gegen das Wort »Mechanik«. »Bezeichnen Sie es lieber als die ›Mallach-Nichtmechanik‹«, hatte er gesagt, und seine Tochter Dana hatte zustimmend genickt.)

In Mallachs Modell, hinter dem umfangreichen Dickicht dorniger Mathematik, das in diesen untersten Regionen der Physik wuchert, wartete wie die Prinzessin im Märchen das Elektron, mit realer Position und realem Moment. Alles war real und existierte, auch dann, wenn es nicht beobachtet wurde, und genau das, nämlich das Elektron, war der wahre Wert, der mit den »versteckten Variablen« bezeichnet wurde. Welche Ironie, daß das, was schließlich hinter dem geheimniskrämerischen Epitheton »versteckt« zu Tage trat, das Naheliegendste war, das Elektron, das jetzt mit Existenz gesegnet war.

Alles in Samuel Mallachs Arbeit war dazu bestimmt, Justin in Erstaunen zu versetzen, selbst die Zugehörigkeit des Autors zu der Universität, an die Justin selber in weniger als sechs Wochen gehen sollte. Oder jedenfalls hatte Mallach an dieser Universität gelehrt, als er seine erstaunliche Arbeit veröffentlichte, die, zugegeben, schon einige Jahrzehnte alt war.

Er kann nicht mehr hier sein, möglicherweise lebt er gar nicht mehr, hatte Justin überlegt, nachdem er selbst seit mehr als einem Monat an der Universität unterrichtet und nie Samuel Mallachs Namen hatte nennen hören noch ihn je zu Gesicht bekommen hatte, wobei ihm entgangen war, daß Mallach an Justins allererstem Tag hier geräuschlos auf dem Gang des Instituts an ihm vorbeigeglitten war. Justin hatte dagestanden und sich mit dem Direktor des Instituts unterhalten, Dietrich Spencer, einem unduldsamen Mann und energiegeladenen Physiker, der, so wurde allgemein erzählt, höchst ungeduldig auf die in Stockholm ausgeteilte Unsterblichkeit wartete.

»Hier, schauen Sie – würden Sie bitte hinsehen? –, ich erkläre Ihnen ein paar Formalitäten«, hatte Spencer von Justin verlangt, während er gleichzeitig drei-, viermal mit den Fingern der linken Hand schnippte, eine für ihn typische Geste, obwohl Justin das natürlich nicht wissen konnte, er wußte nicht, daß die Sitzungen der Fakultät, die Spencer leitete, fast immer von diesem unaufhörlichen leisen, drängenden Schnippen begleitet wurden.

Dieses herrische Fingerschnippen hatte Justin erschreckt. Er dachte, daß er es irgendwie geschafft haben mußte, Dietrich Spencer zu verärgern, und die vage Unruhe, die der Mann schon in ihm ausgelöst hatte, verstärkte sich zu einem deutlichen Unbehagen.

Dietrich Spencer wirkte wie pure Energie, die kaum von Masse gebändigt wurde. Sein Kopf hatte die Form eines Projektils und war ebenso haarlos. Hals und Schultern waren kräftig und breit. Er war im gleichen Alter wie Mallach, die beiden waren im selben Jahr am Institut eingestellt worden, eine bemerkenswerte Tatsache, denn Spencer sah aus wie ein Mann in der Blüte seiner Jahre, und wenn er das nicht sein sollte, dann war es leicht beunruhigend, sich vorzustellen, wie die Blüte seiner Jahre ausgesehen haben mochte.

Das alarmierendste Merkmal war eine lange, dünne Narbe, die die linke Seite von Spencers Kopf entstellte. Sie ging über seine Braue und endete genau über dem Ohr. Unter den Doktoranden kursierte das Gerücht, daß sie von einem Duell stammte, das er, wie einige ausschmückten, in irgendeinem adäquat gotischen Hof in Heidelberg ausgefochten habe. Justin fiel es immer schwer, die Augen nicht zu dieser Stelle wandern zu lassen, zu dieser langen, dünnen Narbe, deren Haut unnatürlich weiß war.

Spencer hatte einen Akzent, den Justin nicht einordnen konnte, obwohl Heidelberg oft erwähnt wurde. Sein Akzent schien über den Globus zu mäandern, mit einer Stimme, die seltsam hoch war für einen Mann seiner ausgeprägten Physis. Diese unzulängliche Stimme war eine tröstliche Anomalie, sie neutralisierte ein wenig die Wirkung seiner geballten Energie, die leise Andeutung von Gewalttätigkeit, die in seiner Narbe lag, in seinem berechnenden Charme und seinem ständigen Fingerschnippen.

Keiner der beiden, weder Spencer noch Mallach, hatte erkennen lassen, daß er den anderen sah, was zur Folge hatte, daß auch Justin die geisterhafte Bewegung auf dem Gang kaum wahrnahm, so schnell und geräuschlos wie sie war. Wie die Manifestation eines Elektrons in einer Nebelkammer, eine Spur von Dampf, die erscheint und wieder verschwindet, kaum meßbar, und man war sich keineswegs sicher, ob er überhaupt dagewesen war. Jedenfalls waren sie beide, Professor Spencer und Justin, mit drängenderen Dingen beschäftigt – Justins Lehrverpflichtungen, die tägliche Zusammenkunft zum Tee, an der er, wie ihm nachdrücklich geraten wurde, so oft wie möglich teilnehmen sollte – als mit den flüchtigen Spuren eines einsiedlerischen Physikers.

Ein paar Wochen später stellte Justin fest, daß es Mallach gab. Er hörte, wie jemand den Namen rief, drehte sich schnell um und sah gerade noch eine in der Ferne entschwindende Gestalt.

Justin erwog, allerdings nur vage, die Möglichkeit, ob es zwei Samuel Mallachs geben könnte, beide Physiker.

Einer hatte vor mehreren Jahrzehnten eine erstaunliche Arbeit veröffentlicht, die Justin immer wieder, mit so etwas wie Verblüffung, gelesen hatte. Der Autor dieser Arbeit hatte die Materie aus der unsicheren Existenz befreit, die seine Kollegen ihr zugewiesen hatten, von dem flatterhaften Kommen und Gehen, das für Dinge wie Erinnerungen und Nachbilder und … andere Zweifelhaftigkeiten zutreffen mag, aber nicht, das können wir versichern, auf die Materie.

Und dann gab es diesen anderen Mallach mit dem müden Körper, der durch die Flure des Instituts geisterhafter als ein Geist wanderte und alle mied bis auf die Erstsemester, die größtenteils ihn mieden.

Er sah niemandem in die Augen. Man konnte den Strahl seines Blicks nicht beugen, so daß er dem eigenen begegnete.

Er war ein erloschener Stern, sagten sie (wenn sie sich überhaupt die Mühe machten, über ihn zu sprechen), doch als er etwas über dreiundzwanzig war (Justins Alter), hatte Albert Einstein mehreren Kollegen anvertraut, daß er Samuel Mallach als seinen legitimen Erben betrachtete. Jetzt unterrichtete Mallach in düsterer und kalter Verschlossenheit die Erstsemester und selbst von diesen die Stiefkinder des Instituts.

Der Tod eines Sterns ist ein eindrucksvolles Schauspiel, das gewaltigste im gesamten Kosmos, aber Mallach schien ausgesprochen harmlos zu sein (wenn man kein Erstsemester war), er sprach von Photonen und mischte Gedichte von Blake darunter, wechselte zwischen quälender Schüchternheit und Andeutungen ehrfurchtgebietender Transzendenz.

Wenn die Physik Dichtung ist, dann ist Dichtung Physik, erklärte er mit der Präzision eines Geistesgestörten. Und doch stellte Justin sich vor, die reinste Form von Poesie von ihm bekommen zu können. Er und Justin: zwischen ihnen gab es eine Komplementarität, obwohl das ein Wort war, das Justin aus Prinzip mied, denn es war ein Wort, das Physiker zur mystischen Religion erhoben hatten. »Komplementarität« lautete das Losungswort des metaphysischen Mobs, der sich zuerst um Niels Bohr versammelte, den Begründer der »Kopenhagener Deutung« und Hohenpriester des Quantenokkultismus, der Einsteins letzte Jahre verdunkelt hatte. »Komplementarität« war das Wort, mit dem der alte Bohr den virulenten Erreger der Metaphysik in den heiligen Körper der Wissenschaft einhauchte und die leidende Materie mit den Pocken häßlicher Widersprüche infizierte.

Wie eine Seuche brach die Metaphysik im Haus der Physik aus. Mallach war, auf seine Weise, ebenso von dem Virus angesteckt wie der alte Bohr, aber seine Physik blieb, wie durch ein Wunder, gesund. Er hatte einen direkteren Zugang. Er fühlte die Physik in sich selbst, in den Muskeln seines Körpers. Er sagte es Justin. Er zeigte es ihm. Einmal tanzte er für ihn die Bewegungen des Lichts im Doppelspaltversuch, dem Experiment, das paradoxerweise zu der Schlußfolgerung zu führen scheint, daß das Licht sowohl Welle als auch Teilchen ist, und das der auslösende Funke für die begriffliche Explosion war, die zur Quantenphysik wurde. Mallach hatte das Paradoxon hinweggetanzt, und Justin hatte nicht gewußt, ob er lachen oder applaudieren sollte, denn der Tanz war absurd, und der Tanz war die Wahrheit.

Zusammen, einander komplementär ergänzend, konnten er und Justin vielleicht zu dem Physiker werden, der nötig war, um die letzte Berechnung anzustellen, das formidable Problem zu lösen, die Unvermischbarkeiten der Relativitäts- und der Quantenwahrheiten zu verschmelzen. Kurz, um zu zeigen, daß die Mallach-Mechanik Lorentz-invariant ist, ja, und mit dieser Beweisführung wie der verrückte Empedokles in den Feuerstrom zu springen und daraus ... als Gott hervorzugehen.

Justin jedenfalls war im Besitz der mathematischen Pyrotechnik, das war bekannt. Das war das Talent, das ihm, jung wie er war, die Aufmerksamkeit des glänzenden Instituts beschert hatte. Es gab wenige Physiker, die das Feuer der höheren Mathematik besser beherrschen konnten als er. Darin lag seine einzigartige Begabung.

Aber Mallach? Es gab niemanden, das wußte Justin, auch wenn es andere nicht wußten, der eine vergleichbare physikalische Intuition besaß. Es war ein unheimlicher Prozeß, mit dem Mallach das *être intime* der Materie durchdrang. Es war absolut nicht mathematisch, sondern eine ganz andere Form der Vorstellung, direkter als Mathematik. Vielleicht konnten er und Justin zusammen die verbleibende Hürde nehmen, hinein in das blendende Licht der Wahrheit dieses letzten Problems, wie der alte Philosoph, der in die Lava sprang.

Glühend vor Erwartung hatte Justin also den Mann angesprochen, als er auf dem Flur nicht weit von Spencers Büroräumen vorbeischwebte. Die Tür des Vorzimmers stand offen, so daß Spencers dünne Stimme, die sich vor Ärger fast überschlug, auf den Flur drang. Er schalt mit seinen beiden Sekretärinnen wegen ihres »Übermuts«, eine hämische Wortwahl, denn es war schwer, sich weniger übermütige Menschen als Della und Joyce vorzustellen.

»Professor Mallach.«

Er drehte sich erschrocken um, mit einem förmlichen Gesichtsausdruck, um die winzige Andeutung eines aufgesetzten Lächelns herum arrangiert.

»Professor Mallach, ich möchte mich Ihnen vorstellen, wenn ich darf. Ich bin Justin Childs.«

»Sind Sie einer meiner Studenten, Mr. Childs?«

»Ich bin Mitglied des Lehrkörpers.«

»Verzeihen Sie. Das hat man mir nicht gesagt. Also Professor

Childs. Verzeihung, Verzeihung.« Seine Stimme klang leise und zögernd, seine Aussprache war ebenso förmlich wie sein Lächeln. »Meine Unhöflichkeit war völlig unbeabsichtigt. Und was kann ich für Sie tun, Professor Childs?«

Obwohl Mallach etwas bestürzt wirkte, als der ihm unbekannte Childs den Wunsch äußerte, mit ihm über Physik zu sprechen, hatte er schnell eingewilligt, sich mit ihm zu treffen, und zwar in seinem Haus in der Bagatelle Road, denn er hielt seine Vorlesungen ab und floh dann sofort vom Campus.

»Selbstverständlich würde ich mich überaus freuen, mit Ihnen über Physik zu diskutieren«, sagte er, runzelte aber die Stirn und der Ausdruck seiner Augen besagte, daß er sich absolut nicht vorstellen konnte, wozu. »Kommen Sie doch zu mir nach Hause. Ich bin immer zu Hause, außer wenn ich unterrichte. Und Sie müssen mir verzeihen, daß ich nicht gewußt habe, wer Sie sind, Professor Childs. Ich komme mit den Angelegenheiten des Instituts kaum mehr in Berührung.«

Mallach hatte ihn an der Tür begrüßt. Justin hatte die melodisch läutende Klingel betätigt, und der ältere Physiker öffnete, liebenswürdig trotz seiner Verwunderung, und führte Justin dann die eindrucksvoll geschwungene Treppe hinauf in einen kleinen vollgestopften Raum, der ihm als Arbeitszimmer diente. Bücher und Papiere, stapelweise. Er kramte ständig in seinen ungeordneten Stapeln herum, konnte, was er suchte, nicht finden, obwohl es, wie er wußte, da sein mußte, irgendwo versteckt in dem Chaos, er verlieh seiner Verwirrung laut murmelnd Ausdruck – *wo, mein Gott, wo!* –, aber die wenigen Male, die seine Tochter versuchte, etwas Ordnung hineinzubringen, geriet er außer sich und schickte sie weg.

Es gab keinen Stuhl außer seinem eigenen, so daß Justin, als Mallach ihn bat, Platz zu nehmen, nur sehr verwirrt stehen bleiben konnte.

So standen sie sich in dieser Rumpelkammer von Arbeitszimmer gegenüber, in einem Durcheinander, das, wie es Justin vorkam, einen eigenartigen Prozeß der Loslösung in Gang setzte, das Zimmer vom Rest des Hauses, das die statische Pracht eines Museums ausstrahlte, abkoppelte.

Nach einigen Minuten ging Mallach hinaus, um einen zweiten Stuhl zu holen. Es war ein extrem großes Haus, von der Anzahl der Räume hatte Justin weder damals noch später jemals eine genaue Vorstellung, und er fragte sich völlig zu Recht, ob es nicht irgendwo in diesen zehn oder zwanzig oder dreißig anderen Zimmern zwei Stühle gab, auf denen zwei Physiker sitzen und über ihre Wissenschaft diskutieren konnten.

Mallach kehrte mit einem schweren Polstersessel zurück, den er in den überfüllten Raum quetschte, und die beiden Wissenschaftler waren jetzt bestens gerüstet, um über die Natur des Universums zu sprechen, nur taten sie es nicht, so daß Justin sich fragen mußte, warum Mallach eingewilligt hatte, sich überhaupt mit ihm zu treffen.

Ihm kam es so vor, als wäre Mallach mit seiner eigenen Arbeit nicht vertraut, als wäre er schlecht informiert über das, was er geleistet hatte – und das war, natürlich, das Unmögliche. Jedes Wort, das Mallach sagte, mit einer murmelnden Stimme, die kaum die Schwelle des Hörbaren überstieg, schockierte Justin aufs neue. Das wenige, das zu verstehen war, war schockierend schief.

Mallach hatte ein Modell für das geliefert, von dem von Neumann und die anderen, die das »Realitäts-Dogma« verspotteten, behauptet hatten, es sei, wie sie bewiesen hätten, unmöglich. Seine versteckten Variablen hatten den Fluch der Subjektivität gebrochen, mit dem die Physiker die Natur der Materie zu belegen versuchten, denn in Mallachs Modell sind die Elementarteilchen reale Dinge und existieren real, mit festgelegten Positionen und Bahnen, ihre Geschwindigkeiten werden in einer »Leitgleichung« in den Begriffen der Wellenfunktion ausgedrückt, so daß die gesamte Konfiguration sich in einer deterministischen Bewegung entwickelt, choreographiert durch die Wellenfunktion mit dem Symbol Psi.

Justin lauschte Mallachs undeutlichen Erörterungen der Bedeutung der Wellenfunktion, es war eine ausführliche Lektion in Verschrobenheit.

»Neulich habe ich gedacht, daß die Wellenfunktion vielleicht eher ein Verb ist als ein Substantiv. Dann gäbe es keine Wellenfunktion und damit auch nicht das Problem ihres Kollapses. Der Kollaps der Wellenfunktion wäre dann nur ein Pseudoproblem, das von einem syntaktischen Irrtum herrührt.«

Justin starrte den murmelnden Mann in erschütterter Ratlosigkeit an. Er fragte sich: Ist das eine Art Test? Wird von mir jetzt erwartet, daß ich im geheiligten Namen des gesunden Menschenverstandes und der Existenz der stofflichen Welt aufschreie?

»Oder vielleicht«, sagte Mallach in seiner zögernden Art, »erfahren wir aus der Wellenfunktion nicht etwas über das System, sondern nur über den Systematisierenden, so wie Traumbeschreibungen nur etwas über den Träumenden aussagen.«

Jede Frage, die Justin stellte, verlor sich in dem Schaum, den Mallach in ihrem Kielwasser schlug. Justin drückte sich, wie er dachte, völlig klar aus, aber Mallach sah ihn derart verwirrt an, daß Justin sich fragte, ob der Mann sein Gehör verloren und noch nicht gelernt hatte, Lippen zu lesen, so wenig konnten Justins Worte die murmelnden Ausführungen beeinflussen, bis ihm schließlich die Wahrheit dämmerte, und die war folgende:

Mallachs Arbeit war für unmöglich erklärt worden, war von der Menschheit nicht beachtet worden, und jetzt hatte selbst Mallach sie vollständig vergessen. Justin konnte nicht ergründen, wie das möglich sein sollte, aber es hatte den Anschein, daß Mallach die Erinnerung an seine eigene Physik verloren hatte. Er hatte die Erleuchtungen seiner eigenen Arbeit vergessen, die ein objektives Modell für die Quantenmechnik vorstellte, er konnte sich kaum daran erinnern, sie veröffentlicht zu haben.

»In Ihrer Darstellung erfolgt der Kollaps der Wellenfunktion als Konsequenz aus der Schrödinger-Gleichung und Ihrer eigenen Leitgleichung. Es besteht keine Notwendigkeit, künstlich irgendeinen speziellen Status der Beobachtung herbeizureden.«

»Ich denke manchmal, daß wir den Barden vielleicht umschreiben sollten: *Wir sind die Träume, aus denen der Stoff gemacht ist.* Sehen Sie, Professor Childs, dann würden wir feststellen, daß der *Stoff* aus dem *Kollaps des Traums* kommt.«

Plötzlich wandte Mallach den Blick vom Fenster ab, aus dem er gestarrt hatte, und sah seinen Besucher direkt an, so daß Justin zum ersten Mal die Physiognomie des Mannes richtig wahrnahm, die Züge seines zerstörten, gutaussehenden Gesichts: Es war lang und schmal, die Stirn zerklüftet und die Wangen tief zerfurcht, die Nase ebenfalls schmal und fein geformt, bis auf die Spitze, die sich ausgesprochen weit nach unten zu der langen und traurigen Linie des Mundes senkte. Seine Augenbrauen waren ein struppiges Gewirr aus starren weißen Haaren zwischen schwarzen und grauen, und unter dieser Anarchie der Augenbrauen hatten seine dunklen Augen den betrübten Ausdruck, den schwere Augenlider hervorrufen. Es ist eine Tatsache, wenn vielleicht auch keine von Bedeutung, daß eine unverhältnismäßig hohe Zahl von Menschen mit wahrem Genius solche Augenlider hat, und dieses Augenpaar hier blickte weiterhin inquisitorisch in Justins, so daß dieser sich wieder fragte, ob er möglicherweise einer subtilen Prüfung unterzogen wurde. Ja, vielleicht war es tatsächlich eine fortgeschrittene Form von Test.

»In Ihrem Modell ist kein Platz für Metaphern von Träumen«, sagte er langsam und nachdrücklich und hielt sorgfältig Mallachs Blick stand. »Es herrscht absolute Klarheit, es *gibt* das Elektron. Es ist alles zu klar für Metaphern und Träume.«

Mallach starrte ihn weiter an, sein Lächeln war immer noch formell höflich, aber sein Fuß hatte leise begonnen, einen ungeduldigen Rhythmus zu klopfen.

»Meine Leitgleichung?«

»Ja.«

»Es ist meine Leitgleichung?«

»Ja.«

»Sie meinen $dQ / dt = (\hbar / m) \mathrm{Im}(\nabla \psi / \psi)$?«

»Ja. Warum? Haben Sie sie durch eine neue Berechnung ersetzt?«

Mallach gab keine Antwort. Von diesem Punkt an sagt er kaum noch ein Wort.

Das Gespräch schien ihn nur noch zu langweilen. Die Eigenschaften von Materie und Energie, von Raum und Zeit? Der komplizierte Tanz der Wellen und der Teilchen des Lichts?

All das schien ihm gleichgültig, machte ihn ungeduldig. Seine langen dünnen Beine, die aussahen wie die eines unwahrscheinlich gefärbten tropischen Vogels, hatte er übereinandergeschlagen, ein abgezehrtes Knie über dem anderen, er stützte seinen rechten Ellenbogen darauf, und ganz oben ruhte, auf der rechten Hand, verdrießlich der Kopf.

Der untere Fuß klopfte irritierend ein wenig lauter als vorher. Mallachs Gesicht war das eines Asketen nach einem langen Bußfasten. Sein Gesichtsausdruck, während Justin redete, besagte, daß sein derzeitiger Besucher nur eine weitere Buße war.

Er sah Justin nicht wieder in die Augen, sondern schräg an ihm vorbei, sandte seinen Blick wieder aus dem Fenster.

Was war das für ein aufgeschlagenes Buch, das er umgedreht auf den Schreibtisch gelegt hatte? Justin versuchte den Titel zu lesen, während er sich gleichzeitig bemühte, Mallach seine eigenen hoffnungsvollen Beiträge zu dessen Ideen zu skizzieren, die logischen Konsequenzen, die sich seiner Meinung nach aus der Ordnung, die Mallach geformt hatte, ergaben.

Justin wollte über das formidable Problem sprechen. Wenn Mallach keine Gedanken mehr in sich hatte, für die er die Billigung eines Ebenbürtigen erhielte, würde Justin den Mangel freudig wettmachen. Wonach sich jeder wirkliche Denker – eigentlich jeder wirkliche Mensch – am meisten sehnt, ist Lob, obwohl der Denker es in vornehmer Umschreibung »Würdigung« nennt.

Mallach war im Grunde nicht anders als jeder andere. Was hatte ihn denn so nahe an den eisigen Hauch des Wahnsinns getrieben (und war er nicht immer noch wahnsinnig?), wenn nicht die geballte Gleichgültigkeit seiner Kollegen? Durch Unlogik ausgeschlossen, die grausame Schärfe der Kälte ein Dauerzustand.

Er mag verrückt sein, dachte Justin, aber die Physik kriege ich trotzdem aus ihm raus.

Die Hauptpfuscher, denen sich Mallach mit seiner in Wut umgeschlagenen Trauer geschlagen geben mußte, waren vielleicht etwas zu eifrig gewesen, den Wahnsinn auszureißen, denn sie hatten das Genie gleich mit vernichtet. Oder vielleicht war es die Traurigkeit selbst, die die Erinnerung an seine Physik in den Untergrund geschickt hatte. Er war so freundlich zufrieden damit, seine Physik für Poeten zu lehren, weil er die dunkle Vorstellung hatte, daß er dort Antworten finden würde, daß versteckt in irgendeinem symboltriefenden Sonett das wesentliche Etwas war, das sich verlaufen hatte.

Nur Justin, schien es, bewahrte noch die Erinnerung an das Modell der versteckten Variablen, wußte, daß es möglich war, wußte, daß es wahr war. Jemand hätte versucht sein können, einen Vorteil aus dieser Situation zu schlagen.

An jenem Tag hatte Mallach Justin kaum zugehört. Er bot nicht einmal an, ihn nach unten zu begleiten, eine Verletzung der guten Manieren, die er sonst beinahe unbewußt an sich hatte. Aber seine Geduld war sichtlich immer kleiner geworden durch die bedrohliche Zähigkeit des jungen Mannes. Sein Fuß hatte seine Unruhe hörbar gemacht, und der Ausdruck seiner Augen besagte, daß er ratlos war. Hatte er es ausgesprochen?

»Ich weiß nicht, was Sie von mir wollen. Ich begreife nicht, was Sie suchen. Warum gehen Sie nicht und sprechen mit meiner Tochter? Ich habe eine Tochter, wissen Sie.«

Justin hatte es nicht gewußt.

Mallachs Abschied war hastig gewesen, nicht die Andeutung

eines *au revoir*. Justin hatte noch nicht den Raum verlassen, als Mallach das Buch hochnahm, dessen Lektüre der Besucher offensichtlich unterbrochen hatte. Es war kein Physikbuch. Es waren, wie Justin schließlich sah, Gedichte von Yeats.

Geschichten der Liebe, mit silbernem Faden gestickt
Von träumenden Frauen auf das Tuch,
Wovon die mörderische Motte sich nährte.

Justin war abgestoßen. In dem Gedankengebäude, in dem er damals wohnte, war ein Physiker, der die Physik im Stich ließ, ein Prophet, der sein Gesicht vom einzig wahren Gott abwandte. Justin war (er ist) Waise. Er wußte (er weiß), was es bedeutet, Waise zu sein: ausgeschlossen, verlassen, krank, krank vor Sehnsucht nach zu Hause, bis in alle Ewigkeit krank vor Sehnsucht nach einem Zuhause, das für immer verloren ist. Trotzdem begriff er den Charakter von Mallachs Verzweiflung nicht.

Tatsächlich war Mallach in Justins Augen im höchsten Maß vom Glück begünstigt, weil er es geschafft hatte, die Realität um seine versteckten Variablen herum zu rekonfigurieren.

Die Rekonfiguration der Realität: das ist die Hälfte dessen, was ein Leben bedeutungsvoll macht. Die andere Hälfte ist das Lob anderer. Warum hatte Mallach, nachdem er die eine Hälfte erreicht hatte, so schnell aufgegeben, vor den Kopenhagener Kabbalisten kapituliert, sich abgewandt von der Konfiguration der Realität, um statt dessen auf schöne Worte zu starren, die doch nichts anderes als Marshmallow-Schaum waren?

Geschichten der Liebe, mit silbernem Faden gestickt.

V

Lichtlinien und Sehnsuchtslinien gehen durch mich hindurch, unmeßbar, ein Wesen voller Sehnsucht.

Und nichts weiter? Bin ich nichts weiter?

Ich werde mir die Augen zuhalten. Ich werde meine Sinne zurückrufen, ich werde die ganze Welt aus meinen Gedanken tilgen oder da dies kaum möglich ist, werde ich sie als hohl und falsch verwerfen und mich so nur noch mit mir selbst beschäftigen und meine eigene Natur erforschen, werde mich bemühen, nach und nach eine größere Vertrautheit und Intimität zu erreichen mit dem Wesen, das ich bin.

Ich bin ein Wesen, das sich erinnert.

Ich sah ihr Gesicht das erste Mal als Spiegelbild. Sie starrte in den Spiegel.

Vor diesem Augenblick hatte ich nicht gewußt, daß es sie gab. Ich wußte es selbst dann nicht, als ich sie sah. Ich hatte ihren Vater gesucht, von der Tochter hatte ich nichts geahnt.

Die Mutter war gestorben, den Tod einer Betrunkenen, ein Motiv, das sich durchzieht.

Dana war ihrem leidgeprüften Vater sehr ergeben, sie sorgte für ihn in dieser Stadt, an deren Namen ich mich nicht erinnern kann, ob er nun melancholisch vor sich hin brütete oder vorübergehende Geistesblitze hatte.

Die Sterne sind gedroschen, und die Seelen sind gedroschen aus ihrer Spreu. Daran erinnere ich mich. Das ist Blake.

Die Erde hat sich gedreht, und die Nacht ist jetzt sehr lang. Es ist die Jahreszeit des geschwundenen Tageslichts, der geschwundenen Sehnsüchte, und immer noch bin ich hier. Blinde Bewegung regiert die Welt, und die Welt steht schief.

Als ich an jenem Tag hinging, war es Herbst, und ich ging durch die Tür und die Wendeltreppe hinauf wie durch den Perlmuttschimmer der Innenseite einer Muschel, ein Weg wie aus einem Traum.

Ein Prinz könnte diese Stufen erklimmen, um sein Vergnügen zu finden.

Lassen Sie mich also mein Vergnügen finden.

Letztlich ist es die Zeit, die den Unterschied ausmacht. Wie sehr unterscheidet sich doch die tiefe und anhaltende Stille der Zeit von dem dünnen Tropf-Tropf-Tropf des Jetzt. Das ist des Universums allerbester Trick. Wer den durchschaut, der hat die Schönheit erkannt, den Weg zur verlorenen Zeit gesucht und gefunden, zu dem dunklen, strahlenden Geheimnis auf der anderen Seite des Lichts.

Ich ging wortlos hinter ihm her, in Gedanken bei den Möglichkeiten unserer Zusammenarbeit, ich stieg die Stufen dieser geschwungenen Treppe hoch, so wie ich es jetzt nicht kann, mich überfallen Momente hier, Momente in der Vergangenheit, das Tropf-Tropf-Tropf des Jetzt, das jeden Augenblick wieder vom seichten Verrinnen der Zeit vernichtet wird, durchzogen von den Schrecken der Sehnsucht, auf Stufen, die in Regionen führen, über die man kaum nachdenken kann, sie sind so fern wie Mitleid, unendlich weit weg und ein paar Schritte entfernt: der lange dunkle Korridor ungesehener Verknüpfungen.

Ich hatte daran gedacht, ihm vorzuschlagen, daß er und ich vielleicht zusammenarbeiten, gemeinsam das formidable Problem angehen könnten, die Quantenrealität, die jetzt durch seine Arbeit geklärt ist, mit Einsteins Wahrheit zu verschmelzen. Er hatte ein realistisches Modell nicht-relativistischer Quantenmechanik präsentiert. Die Aufgabe lautete jetzt, dieses Modell mit der relativistischen Zeit in Einklang zu bringen.

Das Vergehen der Zeit ist nichts Reales, sondern eine Projektion unserer inneren Welt. Das wissen wir aus Einsteins Physik, die uns eine Zeit zeigt, die so still steht wie der Raum. Die Zeit ist statisch, der Zeitfluß nicht real: das ist Einsteins Wahrheit, und es ist die Wahrheit. Der Fluß der Augenblicke, der so unbarmherzig erscheint und so real, der einem jeden Schatz wegzuspülen scheint, einen selbst zurückläßt wie eine aufgeplatzte Truhe auf den Wellen: nicht real, nicht real. Das Rätsel ist, daß es eine scheinbare Entsprechung dieser nicht-realen Zeit in der Quantenwelt gibt, enthalten in der Quantenverschränkung. Ich hatte vor, dieses Problem zu meinem zu machen und daraus mein Lebenswerk.

Es war ihr Abbild, das ich zuerst erblickte, als sie in den Spiegel starrte. Ich wollte gerade hinuntergehen, mein Fuß war in der Luft, suchte die feste Stufe. Es war an einem Spätnachmittag, und ein Streifen der Herbstsonne kam durch das Oberlicht, ließ sie im Schatten, wie hinter Spinnweben, während der Lichtstreifen über ihr Spiegelbild fiel.

Ein Trick des Lichts. Davon verstehe ich etwas. Ich hatte mehrere vielversprechende Aufsätze über die Probleme partieller Diffusion veröffentlicht. Ich sah ihr Gesicht als Spiegelbild und dachte zuerst, heimgesucht von partieller Konfusion, es sei ein Porträt, in Gold gerahmt, das einen Moment im Leben eines jungen Mädchens einfing. Ein Ausdruck höchster Befremdung lag auf ihrem sonst unglaublich lieblichen ... lieblichen ...

Lieblich.

Wie dieses Gesicht beschreiben, das so verwundert starrte, ein Mädchen, das aus loderndem Gold gehämmert war: ich kann es nicht. Ich sehe es jetzt vor mir, aber ich kann es nicht. Ja, ihr Haar war hell, ja, das kann ich sagen, und daß ihre Augen blau waren, weil ich das weiß und immer noch sehen kann, das Irisch-Blau, hibernisches Blau, tiefes hibernisches Blau, aber in ihrer geheimnisvollen Unzugänglichkeit – von einer extravaganten Seele sprechend – die andere Abstammungslinie, die ihres Vaters; die Dualität der Linien ihrer Herkunft ein Spiegelbild meiner eigenen, und sie setzte sich fort bis in ihr Gesicht, *lieblich lieblich lieblich*, so wie die Heerscharen riefen, *heilig heilig heilig*, alles Eigenschaften der Materie, aber welche Eigenschaften waren es, die aus diesem Gesicht dieses Gesicht machten, o Gott, dieses Gesicht?

Ich verliere meinen Antrieb und laufe Gefahr, noch weit mehr zu verlieren, denn es könnte sein, daß, wenn ich aufhöre, ganz und gar zu hassen, *ich dann auch aufhören werde zu existieren*.

Ich hatte geglaubt, es wäre ein Bild an der Wand, in Gold gerahmt. So still starrte sie, nur ihr wild verwunderter Gesichtsausdruck war ein tonloses Keuchen.

Ich hatte davon geträumt, diesen Ausdruck in einem Gesicht hervorzurufen, und auch tiefer innen. Eine würde aus dem Zug aussteigen, sich zu mir umdrehen, mich ansehen, erstaunt und dann erkennend. Aber ich mißverstand den Gesichtsausdruck vor mir nur als Darstellung, seelenlos hinter Glas aufgehängt, und keine Lichtfinger hatten sich vorgetastet, um zitternd sein Geheimnis zu enthüllen.

Später und später, nach Tagen und sogar Wochen, in denen ich mir ihr Gesicht immer wieder vergegenwärtigte, erkannte ich, warum sie mit diesem verstörten Gesichtsausdruck in den Spiegel geblickt hatte.

Der Grund war natürlich, daß sie *mein* Bild in dem goldgerahmten Spiegel gesehen hatte, den sie anstarrenden Unbekannten, der im Ungleichgewicht des unterbrochenen Hinabsteigens verharrte. Das einfachste optische Gesetz: Licht bewegt sich in geraden Linien. Wenn ich ihr Bild sah, dann sah sie meins.

Als sie herumwirbelte, um mich anzusehen, hatte sie immer noch diesen wilden Blick. Der Blick, den ich zurückgab, muß genauso erschrocken gewesen sein.

– Ich dachte, Sie sind nicht echt.

– Nicht echt?

Ihre Stimme war ein heiseres Flüstern, ohne jede Verbindlichkeit, als würde sie aus einer kaputten Lunge gepreßt. Sie schüttelte den Kopf, um anzudeuten, daß sie mehr als die Stimme verloren hätte. Ich tat das gleiche. Spiegelbildlich schüttelten wir beide die Köpfe.

– Ich dachte, Sie sind ein Gemälde.

Ihre Augen waren blau, kalt und brennend zugleich, das hatte ich noch nie gesehen, und ich hatte, mit der Gewißheit eines gut ausgebildeten Instinkts, Angst.

– Wer sind Sie?

– Dana Mallach.

– Seine Tochter also.

– Ja, seine Tochter, ja.

Ihr Bild war hier drin, in dieser Scheibe aus totem Glas, die mir nichts zurückgibt, ihre Augen öffneten sich weit, mit erschrockener Aufmerksamkeit für den Eindringling, der in ihre Selbstbespiegelung einbrach.

Sie hatte in dieses Glas gestarrt, und warum, frage ich mich. Einen Augenblick, ehe ich sie störte, hat sie vielleicht ihr Haar gerichtet oder sich der Metaphysik des Ichs überlassen:

Wer bin ich, und was, und wo, und was immer das ist, das ich bin, wie kann es sein, daß ich das bin, einfach dieses Eine und nichts anderes, daß ich ein Wesen in *der Welt bin und nicht die Welt selbst oder etwas ihr Ähnliches?*

Ich glaube nicht, daß ich sie je wieder in einen Spiegel habe schauen sehen.

Die Linien gehen kalt durch mich hindurch, sie gehen an mir vorbei, ich bin ein abstoßend ungespiegeltes Wesen, das Glas ist leer wie der ausdruckslose Blick eines unbarmherzigen Menschen, oder, ja, noch bei weitem mehr und schrecklich und wahr, wie das Auge eines jungen Mannes, der gewaltsam der Sehfähigkeit beraubt wurde, das Auge kein Spiegel der Welt mehr, und da ist ein Mädchen, das neben ihm auf dem Rasen hockt, die bedeutungslose Botschaft ihrer klappernden Zähne der einzige Kommentar in dieser plötzlich zerrissenen Nacht, so eine große Stille nach so einem großen Lärm, und das stumpfe Auge füllt sich mit Leere, wie dieses blicklose Auge vor mir.

Ich dachte früher, daß die Dunkelheit das Reale sei und das Licht bloß ihr Fehlen. Die Dunkelheit schien mir die eigentliche Trägerin von Substanz. Ich hatte gedacht, es wären die Eigenschaften der Dunkelheit, die Farbe über die Welt gießen.

Wir lagen unter dem Baum in unserem Garten hinter dem Haus, im mythischen Land des fernen Olympia, und das Licht einer Taschenlampe spielte auf der Unterseite der tintenschwarzen Blätter. Der Mann neben mir war mein Vater. Kein Metaphysiker wäre in seiner Gegenwart sicher gewesen, aber ich war sicher. Selbst in der dunklen, dunklen Nacht, so sicher wie man überhaupt nur sein kann. Er hatte wenig Geduld mit ausgesprochenem Unsinn, aber er hatte unendlich viel Geduld mit mir.

– Schau, Justin. Siehst du das Licht dort oben im Baum? Wo ist das Licht hingegangen?

Mein Vater schwenkte die Taschenlampe, so daß sie jetzt hinaus in die Dunkelheit zeigte und kein Licht mehr da war.

– Du hast sie ausgeknipst.

– Nein, habe ich nicht. Schau.

Er nahm meine kleine Hand und legte sie über das Ende der Taschenlampe, und die Dunkelheit meiner Hand schmolz dahin. Da waren meine Finger: eins, zwei, drei, vier, fünf. Er richtete die Taschenlampe wieder zurück auf die Borke des Baumstamms, und ich verfolgte den geisterhaften Kreis, wie er den Stamm hochwanderte, hinauf bis in die raschelnde Krone und dann in den weiten Himmel, wo er verschluckt wurde und nicht mehr zu sehen war.

– Ich auch!

Mein Vater legte mir die Taschenlampe in die Hände, sie waren so klein, daß ich beide brauchte, um die schwere Lampe hochzuhalten, und ich richtete den Strahl hinauf in die Blätter und fühlte, wie die Lichtfinger sich ausstreckten und nach oben wanderten, um die Blätter zu berühren, die sich über uns ausbreiteten. Ich wischte die Dunkelheit weg, und wo ich wischte, kamen gedämpfte Farben, aber sobald meine Lichtfinger die Oberfläche der Blätter verließen, ergoß sich wieder Dunkelheit über sie.

Ich bin oben. Die Treppe schwingt sich unter mir hinab.

Mallach hatte mich an jenem Herbstnachmittag in dieses Zimmer geführt, in sein unordentliches Arbeitszimmer, und wir saßen uns gegenüber. Ich hatte ihm aufgelauert, als er versuchte, auf dem Flur des Instituts unsichtbar an mir vorbeizukommen, und er hatte mich aufgefordert, ihn zu Hause aufzusuchen und über Physik zu sprechen, aber warum hatte er mich eingeladen, konnte ich mich jetzt nur fragen. Er war ausnehmend höflich, obwohl sein übergeschlagenes Bein vor Ungeduld wippte und sein Gesichtsausdruck verwirrt war, als könnte er keinen Sinn in dem, was ich sagte, entdecken, so wie ich keinen Sinn in seinen Worten sah, jeder von uns sprachlos angesichts der Unverständlichkeit des anderen. Er hatte Bücher und Papiere, Physik, Metaphysik, Theologie und Dichtung, alles übereinandergestapelt, alles lebte zusammen und kreuzte sich quer durcheinander in diesem Zimmer, so wie in seinem zerstörten Denken.

Jetzt ist er aufgeräumt, dieser Raum, das Werk meiner Dana, die nur dafür lebt, alles zu ordnen, im dunklen Licht ihrer Verzweiflung. Sie glaubt, daß sie dadurch ein nützliches Leben lebt, sie glaubt, das sei ihre Erlösung. Sie glaubt, an nichts anderes zu denken.

Hier ist altes Leid hoch in den Ecken aufgehäuft, der abgestandene Geruch der alten Verzweiflung ihres Vaters, die seine Gefühle verwüstete in all den Jahren, seit sie starb, diese leichtsinnige Frau, die er als *außergewöhnlich* bezeichnete. Ihr Abgang, betrunken an einem Straßenbaum der Stadt, hatte dazu geführt, daß sich seine existentielle Verankerung lockerte, das und sein Versagen in der Welt. Die Verankerung war auf eine Art schlaff geworden, die sich nicht mehr rückgängig machen ließ, mit jedem Zug leierte sie mehr aus, und Dottys Tod war so ein Zug, ein heftiger.

Daraus läßt sich eine Schlußfolgerung ziehen. Eine unangenehme Ableitung.

Das Elend seines alten Kummers lastet immer noch schwer. Jeder Wahnsinn hat seinen eigenen Geruch, und ich kenne seinen, so wie ich den ihren kenne, denn der Geruch ihres Wahnsinns ist ebenfalls in diesem Haus, Danas eigener Wahnsinn, vor dem ich, wahnsinnig, geglaubt hatte, sie retten zu können.

Man erkennt, wie es war: daß ich sie liebte. Eine weitere Schlußfolgerung. Werden die Rückschlüsse nie aufhören?

Ich bin ein reales Wesen, und ich existiere wirklich, aber was für ein Wesen, was für ein Wesen bin ich?

Das heimgesuchte kleine Mädchen geht über diesen unbeleuchteten Korridor, dessen Länge verdoppelt und verdreifacht wird in ihrer rasenden Phantasie. Ich sehe, daß sie jetzt von ganz hinten näher kommt, ihre tastenden Augen sieben die Dunkelheit, Körnchen für Körnchen.

– Jede Nacht, Dana?

– Mmm. Bis meine Mutter eines Nachts aufwachte und mich in ihrer Tür stehen sah. Sie brachte mich dazu, ihr zu erzählen, was ich da machte und daß ich Nacht für Nacht das gleiche tat. Daß ich Dinge sah, schreckliche Dinge, und daß ich gekommen war, um nachzusehen, ob bei ihr und Daddy alles in Ordnung sei. Sie sagte es meinem Kinderarzt, und er verschrieb mir so etwas wie ein Beruhigungsmittel für Kinder. Von meinem achten bis zu meinem elften Lebensjahr war ich sediert.

Sie sprach wie das kleine Mädchen, das sie gewesen war und zu dem sie immer noch manchmal wurde, kindlich und bezaubernd, das Mädchen, dem das erschreckende Wissen fehlte, und ich neckte sie, daß die frühe Sedierung die Erklärung dafür sei, warum sie nie ihre volle Körpergröße erreicht hat, denn nach ihren langen schmalen Fingern zu urteilen, hätte sie eine größere Frau werden müssen, als sie ist. Es sei entweder der Schlafmangel, neckte ich sie, oder dessen brutale Heilung gewesen, was es ihr verwehrt hatte, die Statur, für die sie vorgesehen war, zu erreichen.

Sie kommt langsam auf mich zu, das kleine barfüßige Mädchen in dem weißen Nachthemd, das Tropf-Tropf-Tropf der Zeit gestört, so daß ich sehen kann, wie sie auf diesem langen unbeleuchteten Korridor näher kommt. So wie sie Nacht für Nacht geht, auf dem Weg zum Schlafzimmer ihrer Eltern, und sie wird die Tür geräuschlos öffnen und sehen, wie sie in dem gemeinsamen Bett nebeneinander schlafen. Ich könnte ihr folgen und die beiden selber sehen.

Sie nähert sich und wird an mir vorbeigehen, sie tappt leise auf kleinen eiskalten Füßen, und ich sehe, wie die Eigenschaften der

Dunkelheit ihre Pupillen geweitet haben, so daß ihre Augen voller Schwärze sind, wie sie versuchen, den Eindringling in ihrem Haus zu erspähen, und sie kommt auf mich zu, und sie geht so nah an mir vorbei, daß ich das klägliche Zittern spüre, das das Leben in ihr bewirkt, und ich bin hier.

Ich bin überflutet, ich bin überflutet, denn das ist Danas Zimmer, Danas Zimmer, Justin Childs ist in Danas Zimmer, und ich bin Justin Childs.

Und wie einzigartig meine Situation ist, welche Einzigartigkeit es ist, in der ich lebe, so daß sie mich bemitleiden sollte, warum kann sie mich nicht bemitleiden? Ich würde sie bemitleiden, wenn ich sie so kennen würde, ich würde sie so tief bemitleiden, wie Mitleid nur gehen kann, und ich würde vor Mitleid laut herausschreien – *vor Mitleid* –, weil ich nicht weitergehen könnte, weil ich nicht mit ihr durch all diese endlosen Weiten gehen könnte, die man allein durchwandern muß, zu groß die Entfernung, als daß Mitleid dorthin reichen könnte und die Stimme des Mitleids.

Das ist Danas Bett, das ist Danas Bett, und der Duft, der zu ihr gehört, dringt in mich ein wie mein eigener tiefster Gedanke, nur tiefer als ein Gedanke, und ich muß mich beruhigen, mich weniger eifrig bewegen als ich möchte, Eifer wäre mein Ende, vor allem muß ich dem Eifer widerstehen. Ich muß mich zwingen, wieder den Weg zur Unbeweglichkeit zurückzugehen, muß mich zurück zwingen und noch weiter zurück, bis mich absolute Regungslosigkeit umschließt.

Ich bewegte keinen Muskel, solange sie schlief, und ich beobachtete, wie ihre Augenlider im Traum zitterten.

– *Träumst du von mir, Dana?*

Ich bin kein Traum, obwohl ich vielleicht ihren Schlaf in der Morgendämmerung heimsuche, so wie ich sie in ihren schlaflosen Nächten heimsuche, ich bin kein Traum.

Das ist ihr Bett, das ist ihr Bett, und es muß mich jetzt aufnehmen, so wie einst, selbst so, wie ich jetzt bin, das ist ihr Bett.

Es war eine andere Dana in diesem Bett, das ist ein Teil davon, von dem Schmerz, der sich weit öffnet, um sich mit Ekstase zu füllen, und sich wieder leert, plötzlich wurde eine andere Dana enthüllt, das ist ein kleiner Teil davon, von den großen Geheimnissen, die in den Körperbewegungen der Liebe enthalten sind, verwundert diesen Anderen zu beobachten, der heraustritt, den geheimen Anderen, den kein nicht erwähltes Auge je sehen wird. Man sieht ihn auftauchen, und der Anblick ist für die Seele von einer so bestürzenden Süße, sein Anblick und seine Berührung. Sie führte meine Finger zu diesem ihrem versteckten Anderen.

Hier war eine andere Dana, wo jetzt keine Dana ist, keine Dana schläft hier, mit zitternden Augenlidern über schreckenvollen Träumen. Danas Bett ist abgezogen, das Haus darum herum ist eiskalt, die verängstigten Moleküle der Luft nehmen Reißaus. Ihre Bücherregale sind nackt und die Kleiderschränke ausgeräumt. Sie hat ihre Bücher genommen und ihre Kleider und ist aus dieser Stadt geflohen, an deren Namen ich mich, wie ich jetzt glaube, nie mehr erinnern werde. Sie ist geflohen und hat meine ganze Welt mit sich genommen.

In diesem Bett war eine andere Dana, eine andere Dana kam plötzlich zum Vorschein. Ich glaube nicht, daß ich laut nach Luft rang, nicht laut, das glaube ich nicht, aber ich konnte das Zittern nicht unterdrücken, als ich das plötzliche Hervortreten der anderen Dana in den Körperbewegungen der Liebe sah.

Ich war zum Abendessen gekommen. Wir tranken alle Wein, es gab teure Flaschen, die noch seit den Tagen der betrunkenen Dotty im Keller lagerten. Wir hatten unsere Zusammenarbeit begonnen, Mallach und ich. Er war es, der mich wenige Wochen nach meinem ersten Besuch aufgesucht hatte.

Eines Tages erschien er unangemeldet in meinem Büro, einem schöneren Büro, als meine sehr untergeordnete Position rechtfertigte, ein kleiner Raum, wohl wahr, aber er hatte eine große Wandtafel und ein Fenster, aus dem ich hinaus und hinunter sehen konnte auf die ganze einschüchternde Architektur, von der vorteilhaften Position des siebten Stocks aus, wo die hellsten Leuchten unseres Instituts versammelt waren, zwei Nobelpreisträger und die, die auf der Warteliste standen, Dietrich Spencer als erster in der Schlange, für seine Arbeit über Hintergrundstrahlung.

Spencers Fingerschnippen war nicht persönlich gemeint gewesen, denn er hatte eindeutig Gefallen an mir gefunden und dafür gesorgt, daß ich ein Büro in seiner Nähe bekam.

Samuel Mallach hatte kein Büro im besternten siebten Stock.

Ich war sehr überrascht, als ich die Erscheinung in meiner Tür sah, die mit einer Entschuldigung für die Störung hereinkam, während ich bestürzt dastand, weil der Verfasser dieser erstaunlichen Arbeit *mich* aufsuchte und sein Benehmen so unangemessen respektvoll war, als wüßte er nicht, wer ich war, daß ich das allerjüngste Mitglied des Instituts war, dem er länger angehörte, als ich auf der Welt war.

Sein Verhalten mir gegenüber war also sehr verwunderlich. Während ich ehrerbietig wartete, daß er etwas sagte, kam von ihm nichts, nur ein furchtbares, langes Schweigen, das er schließlich mit dünner Stimme brach.

– *Sie interessieren sich für ein objektives Modell der Quantenmechanik.*

– *Ich interessiere mich für Ihr Modell.*

Noch mehr Schweigen, nur nicht ganz so anhaltend wie das erste, bis er wieder sprach.

– *Es gibt keinen Kollaps in einem geschlossenen System. Es erfolgt kein Kollaps, es sei denn, ein System interagiert mit einem anderen.*

Ich nahm natürlich an, daß er von der subatomischen Situation sprach. Das war eine mehr als naheliegende Annahme unter den Umständen, sowohl seinen als auch meinen.

– *Eine Interaktion zwischen zwei Systemen: so wie eine Messung, meinen Sie.*

Bei meinen Worten stand er auf und entschuldigte sich, daß er mich gestört habe, schüttelte mir die Hand und ging ebenso unvermittelt wie er aufgetaucht war.

Etwa eine Woche später kam er wieder, diesmal blieb er länger. Er stand an der Wandtafel meines Büros und rechnete für mich, was mich verwirrte, ein paar nicht so schrecklich schwere Gleichungen aus. Als er weg war, starrte ich lange Zeit auf die blassen Spuren des Kreidestaubs, den er hinterlassen hatte, dann ging ich langsam zur Tafel und wischte einige falsch gesetzte Symbole weg, korrigierte den Fehler, den er gemacht hatte.

Als er das nächste Mal kam, war er weniger zögernd und vage, und als er ging, drehte er sich zu mir um und lud mich, als sei es ihm gerade eingefallen, zum Abendessen zu sich nach Hause ein.

– Nur mit meiner Tochter und mir. Sie ist wahrscheinlich in Ihrem Alter. Ich habe eine Tochter, ihr Name ist Dana, wissen Sie.

Ich wußte es.

– Wer sind Sie?

– Dana Mallach.

– Seine Tochter also.

– Ja, seine Tochter, ja.

Während des Essens saß sie da und sagte kaum ein Wort, irgendeine schweigsame Frau stellte die Platten mit dem Essen hin, räumte sie später wieder ab und verschwand durch die geräuschlos schwingende Tür zur Küche. Seine Tochter sagte kaum ein Wort, aber sie hörte gespannt zu, mit einer aufmerksamen Spannung, die ich mir nicht im mindesten erklären konnte. Ich war verblüfft, daß bei den nüchternen, schweren Themen, die wir erörterten, ihr Gesicht von unidentifizierbaren Emotionen erfüllt war, ein Mädchen mit einem Licht von einer anderen Welt, das Erschütterung und Ehrfurcht aufleuchten ließ, wo immer es hinfiel. Es schien kaum begreiflich, oder überhaupt wünschenswert, daß ein solches Mädchen, das aussah, als hielte es sich in noch ferneren Gefilden auf als eine Pharaonentochter, sich so brennend für die Themen interessieren könnte, über die ihr Vater und ich diskutierten, denn wir redeten und redeten an jenem Tag bis weit in die Nacht.

Er sprach an jenem Abend mehr als ich, verwandelte sich dabei in ein Muster inspirierter Klarheit. An jenem Abend hatte Mallach nichts Vages oder Zögerndes an sich. Sogar seine Stimme hatte sich verändert, sie war weniger steif und ungezwungener, als er das versteckte Leben des Elektrons beschrieb und die Bedeutung der Wellenfunktionen enthüllte und die Bedeutung ihres Kollapses.

Sie sagte von sich aus kein Wort, aber trotzdem sah ihr Vater sie ebenso häufig an wie mich, stellte ich fest, als wäre es ihm wichtig, daß sie ihn auch verstünde. Ich konnte überhaupt nicht ermessen, wieviel sie wirklich begriff, und dachte, er würde sie aus väterlicher Gewohnheit ansehen, oder weil es für jedes menschliche Auge schwer war, sie an jenem Abend nicht anzusehen. Sie war ein hinreißender Anblick.

In ihren Augen stand ein seltsames Licht, als sie ihren Blick auf ihrem Vater und mir ruhen ließ, meistens aber auf ihm. Ein Mädchen aus wildem Licht, jenseits des matten Silbers des Kerzenscheins, denn es gab sowohl Kerzen als auch Blumen, man hatte ein großes Ereignis daraus gemacht, mit Weinkelchen, die funkelten, als wäre Diamantstaub in das Glas gemischt worden. Dana trug ein Kleid aus weinrotem Samt und ein dünnes Samtband um ihren langen weißen Hals geschlungen, und die Lichtschimmer und Schatten spielten über ihre durchsichtige Zartheit, wenn sie sich bewegte. Sie brachte grüne Flaschen aus dem Keller, pustete den Staub weg und lachte, als sie die guten alten Weine dekantierte, euphorisch noch ehe sie den ersten Tropfen gekostet hatte, ihre Augen ruhten auf ihrem Vater, während er sich über die Eigenschaften des Lichts ausließ.

Ich konnte überhaupt nicht ermessen, wieviel sie von dem, was er sagte, verstand, konnte nicht ahnen, daß sie versucht hatte, genau das zu tun, was ich getan hatte, seine Gedanken wieder auf seine Physik zu lenken, so wie ich es gemacht hatte, weil ich entschlossen war, seine glorreiche Physik aus ihm herauszubekommen. Denn letzten Endes war es nur Justin Childs, und ich bin Justin Childs, der Mallach an das erinnerte, was er verloren hatte und was er wiedererlangen könnte.

Er redete und redete an jenem Abend, jede Gleichgültigkeit und jedes Zögern war verschwunden, die Stimme, die geflattert hatte wie graue Rauchfetzen, vibrierte jetzt vor hellen Tönen und eindringlicher Intensität, unermüdlich begeisterte er sich für die Suche nach der Wahrheit, so wie wir Physiker es kennen.

– *Die Welt, wie sie letzten Endes wirklich ist, die Welt, wie sie wirklich ist.*

So hat er es formuliert.

– *Sich abwenden von den Schatten auf der Rückwand der Höhle, aus dem Inneren der Höhle heraustreten und die Welt sehen, wie sie letzten Endes wirklich ist.*

Er gestikulierte mit den Händen, und seine Bewegungen waren fließend und irgendwie schön. Die Bewegungen der Jugend und Schönheit waren in seinen fließenden Händen erhalten geblieben.

– *Und wir, die wir das tun, müssen unsere Subjektivität unterdrücken.*

Über dem Geflacker der Kerzen war ihr Gesicht von irgendeiner geheimnisvollen Begeisterung gepackt.

– *Das Ego unterdrücken sowie Irrtum und Irrelevanz jeder Art. Das ist nicht leicht, das ist ein hartes Tagwerk, ein hartes Lebenswerk. Und dann machen es die Mistkerle noch schwerer.*

Seine Rede geriet plötzlich ins Schlingern, wandte sich scharf ab von der Lobpreisung seiner Liebe zur Beschimpfung jener, die er haßte, denn Mallachs Haß war ebenso stark wie alles andere, was er je gedacht oder gefühlt hatte. Er haßte jene, die ihn kalt ausgegrenzt hatten, die die Reihen um ihre ausgewählten Dogmen herum geschlossen und ihn und seine versteckten Variablen kalt ausgegrenzt hatten.

– Professor Childs, ich möchte Ihnen etwas sehr Komisches erzählen. Das wird Sie zum Lachen bringen.

Er sah mir in die Augen, einen dunkleren und traurigeren Blick hätte ich mir nicht vorstellen können.

– Wissen Sie, als ich es damals schaffte, als ich das erste Mal mein objektives Modell der Q.M. ausarbeitete, konnte ich nicht fassen, daß ich der erste sein sollte, der es erkannte, daß ich es war, Samuel Mallach, der ausersehen war, die allgemeine Sicht der Elementarteilchen der Materie zu verändern. Ich wußte wohl, daß ich nur ein gesprungenes Gefäß für die Wahrheit war, aber da war sie. Ich hatte sie. Ich wußte, daß es eine Kontroverse geben würde. Kontroversen und Faustschläge, das hatte ich erwartet. Schließlich hatten Bohr und seine Meute sich gefährlich weit vorgewagt mit ihrem Komplementaritätsdogma und was nicht allem. Sie hatten sich weit, weit vorgewagt. Aber das allerletzte, was ich erwartet hätte, war, ignoriert zu werden. Das kam in meinem Kalkül der möglichen Folgen gar nicht vor. Ich dachte, daß nur die objektiven Verdienste der Arbeit selbst zählten, vor allem in der Wissenschaft. Wenn nicht in der Wissenschaft, wo dann sonst? Ich dachte, daß jeder einfach das, was ein Mann gemacht hatte, danach beurteilen würde, wie gut es war, wie nah es an die Wahrheit herangekommen war. Ich wußte nicht, wie die Dinge in dieser Welt wirklich funktionieren, wie darüber entschieden wird, was Beachtung finden soll, daß alles manipuliert ist, das ganze System manipuliert. Die großen Tiere entscheiden, und die kleinen marschieren einfach im Gleichschritt mit. Es sind die Macher, die das letzte Wort haben. Das pflegte mein Vater immer zu sagen, egal ob er über die Gemeindepolitik in der kleinen Synagoge in Scranton sprach oder über Stalin oder Roosevelt. »Macher sind keine mallachs*«, sie sind keine Engel. Das war einer seiner Witze. Denn »mallach« heißt auf hebräisch Engel.*

– Und die Macher?

– Die Macher? Die großen Tiere. Wie würdest du es erklären, Dana?

– Macher? Mmm. Das sind die Drahtzieher.

– Richtig. Die Drahtzieher. Und mein Vater hatte recht: Sie sind keine mallachs. *Als Kind habe ich mich nie um das gekümmert, was er sagte. Ich dachte, er wüßte überhaupt nichts, weil er nicht das mindeste von Naturwissenschaft verstand. Aber der Ignorant war ich. Ich war vollkommen ignorant, was die Welt betraf. Die Macher sind keine* mallachs. *Wenn sie mich angegriffen hätten, dann hätte ich auf sie reagieren können. Ich hätte auf jeden ihrer Einwände antworten können. Ich hatte mich vorbereitet. Die ganze Zeit, in der ich auf die Veröffentlichung meiner Arbeit wartete, bereitete ich mich auf die großen Kämpfe vor. Aber dazu waren sie zu schlau. Warum sollten sie mühevoll versuchen, mich zu widerlegen, wenn sie mich ebenso wirksam erledigen konnten, indem sie mich ignorierten? Mich viel wirksamer erledigen konnten. Und noch etwas, was Sie vielleicht lustig finden, Professor Childs.*

Das bezweifelte ich sehr. Ich hatte bereits gute Gründe, seinen Vorhersagen hinsichtlich meiner Belustigung zu mißtrauen.

– Wissen Sie, daß ich manchmal nur noch ein einziges starkes Gefühl zu haben scheine, nur eine einzige wahre Leidenschaft, und das ist Haß? Haß auf die Kräfte, die so viele Leben zerstört haben, auch meines.

– Daddy, du bist nicht zerstört, sag das nicht.

– Ich bin es, Dana. Ich bin zerstört. Gemessen an dem, was ich hätte sein können, bin ich zerstört.

Wenn er so von seinem Haß und seiner Verzweiflung redete, dann wichen der glückliche Ausdruck und all die warmen Farben aus ihrem Gesicht, und ihre Augen suchten bittend meinen Blick. Wortlos flehten sie mich an, ihm zu helfen, der Bitterkeit in seiner Seele etwas entgegenzusetzen.

Es war, als hörte ich sie direkt zu meinem innersten Bewußtsein sprechen, und als Antwort auf ihre stumme Aufforderung schnitt ich das formidable Problem an. Er verstand natürlich sofort, worauf ich hinauswollte: die Notwendigkeit, sein Modell für die Q.M. zu relativieren, es als Lorentz-invariant zu beweisen und damit die Relativitätstheorie mit der Quantenmechanik zu versöhnen. Wobei der springende Punkt im Grunde folgender war:

Relativität und Quantenmechanik, die jede für sich eine große begriffliche Revolution herbeiführten, prallen auf der kognitiven Ebene gegeneinander. Beide decken die Phänomene, die ihnen direkt zugeordnet sind, wunderbar ab: Im Fall der Quantenmechanik sind das die Elementarteilchen der Materie; im Fall der Relativität ist es die vierdimensionale Raumzeit. Aber wenn sie zusammengeführt werden, wie sie letztendlich zusammengeführt werden müssen – die Materie ist schließlich in der Raum-Zeit-Domäne angesiedelt –, wird das übergeordnete Gebilde unverständlich, und abstoßende Absurditäten dringen ein.

Die Mallach-Mechanik scheint, auf den ersten Blick, noch weniger mit der Relativitätstheorie in Einklang zu bringen zu sein als andere Formulierungen der Quantenmechanik, wie die sehr wenigen Physiker, die sich die Mühe machten, seine Arbeit zur Kenntnis zu nehmen, hervorhoben. Aber nur deswegen, weil sie ans Licht bringt, was die anderen Formulierungen verdunkeln, nämlich die absolut erstaunliche, aber trotzdem absolut unwiderlegbare Tatsache, daß die Natur, mit den Worten des Physikers, »nichtlokal« ist: Ereignisse können sofortige und unmittelbare Auswirkungen auf andere, weit entfernte Ereignisse haben. Daß die Nichtlokalität und also die Quantenmechanik mit Einsteins Relativitätstheorie unvereinbar ist, läßt sich grob verstehen, wenn man sich erinnert, daß es grundlegend für die Relativität ist, daß nichts sich schneller fortbewegt als das Licht, während die genannten unmittelbaren Auswirkungen auf superluminale, sogar unendliche Geschwindigkeiten hinzuweisen scheinen. Diese kognitive Dissonanz kann viel subtiler und technischer ausgedrückt werden, wenn man die relativistischen Konditionen der Lorentz-Invarianz mit einbezieht, die, wenn sie mit der Nichtlokalität der Quanten verbunden wird, so inakzeptable Anomalien wie »rückwärts gerichtete Kausalität« zuläßt, was hieße, daß die Zukunft die Vergangenheit beeinflußt.

Einstein verfolgte in seinen letzten traurigen Jahren seinen trügerischen Traum von einer »einheitlichen Feldtheorie«, die problemlos sowohl die Quantenmechanik als auch die Relativitätstheorie umfassen sollte, und es war im Geist von Einsteins letztem Traum, daß ich Mallach gegenüber unseren möglichen Aufbruch zur Suche nach der letzten Berechnung ansprach.

Er verstand natürlich, daß die Beseitigung der Schwierigkeiten, diese beiden monumentalen Theorien der Physik des zwanzigsten Jahrhunderts miteinander in Einklang zu bringen, nicht weniger verlangte als die Lösung des Problems der Zeit. Er verstand genau die Folgen meines Vorschlags, daß er und ich, einander ergänzend, uns vielleicht zusammen dem formidablen Problem nähern und wie Empedokles ins Feuer springen könnten, um daraus, alle beide, wie Götter hervorzugehen.

– Die Lösung müßte sehr tiefgreifend sein, und ich weiß, daß sie sehr schön sein würde. Ich kann die Form, die sie haben wird, noch nicht sehen, aber ich weiß, daß sie sehr schön sein würde.

Als ich dies abschließend sagte, stieß er sich vom Tisch ab, die dünnen Beine übereinandergeschlagen, den rechten Ellenbogen auf ein Knie gestützt und das Kinn auf die Hand. Er sagte mindestens fünf Minuten kein Wort, während Dana ihn und ich alle beide ansah.

– Tja.

Das war alles, was er sagte, und er stieß es hervor wie einen endlosen Seufzer.

– Tja.

Wie wenn jemand über einem Grab seufzt.

Dann saßen wir alle drei mehrere Minuten so da, ganz benommen von unseren Gedanken, bis er über den Glanz des Kristalls und der Kerzen hinüber auf sein eigenes Bild des Mädchens blickte und es traurig anlächelte. Sein Lächeln gehörte zu seinen traurigsten Äußerungen. Ein kaum wahrnehmbares Nicken ging von ihm über den Tisch zu ihr und von ihr zurück zu ihm, irgendein Austausch von Information fand zwischen ihnen statt, schneller als mit Lichtgeschwindigkeit, wie Tachyonen, die über den Eßtisch sausten, und ich sah zu.

Erst dann schien ich ihm wieder einzufallen, und er lächelte mich an, nicht ganz so traurig wie sie.

– Ich werde über das, was Sie sagten, nachdenken, Professor Childs. Sie werden nachdenken und ich werde nachdenken. Vielleicht ist die Arbeit, an die Sie für uns beide denken, möglich. Vielleicht ist sie sogar immer noch für mich möglich. Obwohl ich des Wanderns müde bin.

Es folgte ein kurzes Geräusch, etwas wie ein Lachen, das verschwand, ehe ich ganz sicher sein konnte, ob es ein Lachen gewesen war.

– Kennen Sie das Gedicht? Das Gedicht von Yeats?

Ich schüttelte den Kopf.

– Sie müssen Yeats lesen. Sie müssen Blake lesen, Justin Childs. Sag es ihm, Dana.

Sie lachte, mit einem Schlag entfaltete sich wieder ihr ganzer Zauber, und gehorsam wiederholte sie die Worte ihres Vaters.

– Sie müssen Yeats lesen, Sie müssen Blake lesen, Justin Childs.

Es war das erste Mal, daß sie meinen Namen aussprach. Nie hätte ich wissen können, wie es sein würde, meinen eigenen Namen zu hören, wenn er über ihre sich öffnenden Lippen kam, *Justin Childs*, und ich bin Justin Childs.

– Nein, nein, das Gedicht. Sag das Gedicht für ihn auf.

Sie sah mich an, richtete ihre seltsam verzückte Aufmerksamkeit voll auf mich, und sie zuckte ihre mit Samt bedeckten Schultern und wurde rot vor Verlegenheit. Ich dachte, ich wäre schon so tief verstrickt wie nur möglich, aber beim Anblick des weinroten Hauchs, der sich auf ihrer Haut ausbreitete, die der Samt unbedeckt gelassen hatte, verstrickte ich mich noch tiefer.

Leise und feierlich, wie ein braves Schulmädchen, begann sie, da er sie darum gebeten hatte, das Gedicht zu rezitieren:

Wohl wurd ich alt beim Wandern längst
Durch Täler und durch Hügelland,
Doch will ich finden, wohin sie ging,
Und ihre Lippen küssen, sie nehmen bei der Hand;
Und gehn durch hohes, buntes Gras
Und pflücken bis zum End der Zeit
Die silbernen Äpfel des Mondes,
Die goldnen Äpfel der Sonne.

Danach sagte er nichts mehr und seufzte auch seinen Grabesseufzer nicht mehr, sondern stieß sich wieder vom Tisch ab, diesmal richtete er seinen langen abgezehrten Körper auf und erhob sich. Wortlos gab er ihr einen Gutenachtkuß auf die Stirn, hielt sie dann auf Armeslänge einen Moment fest, starrte auf die Stelle, die er gerade geküßt hatte. Er küßte sie wieder, auf beide Augen, und drehte sich dann zu mir, gab mir einen schlaffen und schweigenden Händedruck, seine Hände waren jetzt alt. Ich dankte ihm für den Abend, er lächelte, schüttelte mir wieder die Hand, genauso schlaff, und ging hinaus.

Sie bat mich zu warten, sie wäre in wenigen Minuten zurück, und ging ihm nach. Ich hörte, wie sie zusammen die große geschwungene Treppe hinaufstiegen, ihre leisen Stimmen verklangen schließlich in der schwer lastenden Stille

Ich befand mich in einem problematischen Zustand, meine Seele ebenso wie mein Körper, ich spürte ein gleichmäßiges Pochen im Blut und im ganzen empfindlichen Körper.

Dies sind Gefühle, die ich mir nicht mit vollkommener Klarheit und Ruhe in Erinnerung rufen kann, und mit ebenso wenig Klarheit und Ruhe saß ich da und wartete auf das Wiedererscheinen des Mädchens.

Sie kam zur Tür und bedeutete mir schweigend, ihr zu folgen.

Ich konnte es nicht ertragen, daß der Abend zu Ende ging, obwohl ich nicht daran dachte, daß ich ihn durch irgendeine Anstrengung meinerseits verlängern könnte. Ich war passiv, aber mein Blut pochte, und ich fürchtete mich davor, in diesem problematischen Zustand das Haus in der Bagatelle Road zu verlassen, ebenso fürchtete ich mich davor, zu bleiben, denn ich wußte, bleiben würde schrecklich sein, aber nicht so schrecklich wie gehen. Die Welt außerhalb ihrer Sphäre wurde mir plötzlich in all ihrer Düsterkeit und all ihrer Kälte bewußt, die Welt, wie sie letztendlich wirklich ist, die Welt, wie sie wirklich ist, so daß ich mich fragte, wie ich es von nun an ertragen sollte, zu leben und es doch nicht zu fühlen, und ich fragte mich, wie ich bis jetzt gelebt hatte, was hatte ich gedacht und was hatte ich gefühlt?

Sie brachte mich nicht zur Tür, sondern ging an der Tür vorbei und die geschwungene Treppe hinauf.

Ich folgte ihr stumm, wie ich ihrem Vater an jenem ersten Herbstnachmittag gefolgt war, und ich folgte ihr durch den gespenstischen Korridor in dieses Zimmer, es ist Danas Zimmer, wo wir uns auf dieses Bett setzten und einander ansahen, es ist Danas Bett.

Sie zog ihre Schuhe aus, und sie fielen geräuschlos auf den dicken weißen Teppich, und ich erzählte ihr, ich war nicht ich selbst, aber da war das Pochen in meinem Blut, von meinen Lichtfingern, wie sie die scharfe Linse meines Teleskops durchdrangen, um die undeutlichen dunklen Körper zu erforschen, die in der Nacht ausgebreitet waren.

Sie hörte zu, mit einem halb ernsthaften Blick, setzte sich auf ihre Füße, so daß sie kniete, ihre Knie berührten leicht die meinen, und sie streckte beide Hände aus und nahm mir die Brille ab, legte sie behutsam auf diesen kleinen Tisch. Ich keuchte nicht laut, das glaube ich nicht, nicht richtig laut, aber ich küßte ihre Lippen und nahm ihre Hände und küßte auch sie, und ich versuchte wieder, ihre Lippen zu küssen, aber sie wandte sich weg, und ich hatte den Bruchteil einer Ewigkeit eine tödliche Angst, daß ich etwas falsch gemacht hatte, daß sie sich von mir abwandte.

Ihr Gesichtsausdruck war ernsthaft und unernst zugleich, ich konnte ihn nicht ganz erfassen, und sie nahm meine Finger und zog sie mit ihrem langen Zeigefinger nach, die Höhen und Tiefen der kleinen Wellen meiner Hand, so daß es meine Finger waren, die zu brennen begannen, und sie nahm sie in ihren Mund, einen nach dem anderen, zwischen ihre sich weich öffnenden Lippen, *mmm*, wisperte sie, ihr Mund an meinem Ohr, *Lichtfinger*, ernst und unernst zugleich, meine Finger streckten sich nach ihr aus, um sie zu erkennen, bewegten sich über ihre Wangen, ihren Hals, ihren Mund, und sie tat so, als hätten sie ihre Zunge verbrannt, in ihrem weich sich öffnenden Mund, *Lichtfinger*, ihre Stimme an meinem Ohr, und sie führte mich mit meinen Fingern zu ihrem Anderssein, es war eine andere Dana, eine solche Dana zu sehen, die hinter der anderen hervorkam, das zu sehen, was ihr Körper wirklich war, wie furchtlos sie war, sie ging ins Feuer und tauchte göttlich daraus hervor, Dana, göttlich, nahm mich in sich auf, ihr Körper züngelte hoch wie eine Flamme, über meinem eigenen, wild in einem Moment, zärtlich im nächsten, ihre Zärtlichkeit war das Schrecklichste überhaupt, ich wußte nicht, ob ich je wieder daraus auftauchen würde.

– Schließ die Augen, Dana, um Gottes willen, schließ die Augen, hab Mitleid, ich sterbe an der Scheibe, zucke hilflos an der Scheibe, während du mich ungerührt anstarrst.

Sie sieht mich mit dem eisblauen Schweigen ihrer unversöhnlichen Augen an, keine Regung des Mitleids durchbricht die harte, glatte Oberfläche ihres starrenden Blicks, eine andere Dana, eine erschreckend unbekannte.

– Um Gottes willen, Dana, hab Mitleid mit mir, hab Mitleid mit mir.

Meine Fäuste wurden schwarz, als sie an die Scheibe hämmerten, und die eisigen Flammen loderten hoch und durchdrangen mich, Paradoxa im Überfluß, selbst im Tod, denn ich wurde durch das Feuer zu Eis, eingeklemmt in dem brennenden Auto, das sie gefahren und zertrümmert hatte, während ihre kalte Stimme unbarmherzig die Gründe für ihren Haß aufzählte.

– Du warst es, der ihn zerstört hat. Nicht meine Mutter. Nicht ich. Nur du, Justin Childs.

Und ich bin Justin Childs, zerquetscht und gefangen in Metall, schlage ich mit schwarz gewordenen Fäusten an die Scheibe, während auf der anderen Seite meine Dana steht, ganz reglos starrt sie mich an, sie zögert die langen glühenden Sekunden, die mich gerettet hätten.

– Um Gottes willen, um Gottes willen, warum kannst du kein Mitleid mit mir haben, so wie ich Mitleid mit dir hätte?

Schließlich die Erkenntnis, die Antwort stand klar in ihren schrecklichen Augen.

Durch Täler und durch Hügelland.

Doch will ich finden, wohin sie ging.

VI

Das Universum könnte letztendlich – es gibt Anzeichen dafür – kohärent sein.

Aber es ist auch, und ebenso unerbittlich, kalt. Es hat Gleichungen in seinem Innersten, in seinem Herzen, sie sind aber mit gefrorenem Feuer geschrieben, und das Herz im Herzen des Herzens schließt absolut kein Gefühl ein, das auch nur im entferntesten an Mitleid erinnert.

So sah die Welt laut Dana Mallach aus, die der Meinung war, daß die Realität sowohl zutiefst rational als auch zutiefst ungerührt war, und sie behauptete, daß ihr der Kern dieser Wahrheit, seit sie denken konnte, bewußt gewesen sei.

»Sogar als ich noch ganz klein war, Justin. Natürlich besaß ich noch nicht die Sprache, um auszudrücken, was es war, das ich so absolut wußte. Statt dessen hatte ich diese Schlafstörungen.«

Jede Nacht war sie durch das Haus gewandert, war zwei- oder dreimal aufgestanden, bevor es hell wurde, hatte ihr schmuckes weißes Zimmer am Ende des langen schwarzen Korridors verlassen, ihre geweiteten Pupillen suchten krampfhaft die Dunkelheit nach Eindringlingen, menschlichen oder geisterhaften, ab. Leise tappte sie auf nackten Füßen den langen Weg bis zum Schlafzimmer ihrer Eltern, weckte sie nie, jedenfalls nie absichtlich. Sie öffnete die Tür, Zentimeter für Zentimeter, damit sie nicht knarrte, wollte sich nur vergewissern, daß sie da waren, daß sie in Sicherheit waren, daß sie nicht Opfer der abscheulichen Möglichkeiten geworden waren, die, um Gottes willen, überhaupt nicht möglich sein sollten, obwohl sie wußte, daß sie es waren. Das war der Kern der Wahrheit. Sie wollte nur sehen, ohne zu stören, sicher sein, daß ihnen nichts geschehen war, daß sie unverletzt waren.

Dana beschrieb Justin die Schrecken ihrer Kindheit immer noch mit spürbarer Qual, und Justin hörte sowohl zärtlich als auch respektvoll zu, denn er hatte nie so etwas wie diese frühen Verstörungen kennengelernt. Die Welt war dem Kind, das er gewesen war, ebenso einfach und klar erschienen wie seine sorgfältig konstruierten Tabellen zur Logik erster Ordnung. *Jede Aussage ist entweder wahr oder falsch, und keine Aussage ist beides!* Nie war er als Kind auf die Idee gekommen, sich das Schlimmste vorzustellen.

»Das beweist einfach, daß ich ein viel phantasiebegabteres Kind gewesen bin als du, mein armer Justin.«

Sie lächelte so engelhaft zu ihm auf, daß er ganz sicher war, sie meinte es abfällig.

»Ich war als Kind sehr phantasiebegabt«, antwortete er und nahm eine Handvoll ihres hellen Haars und zog es ihr fest aus dem Gesicht. Er konnte sehen, wie sich die Haut an den Schläfen spannte. Sie zuckte nicht, doch ihre Augen glitzerten zu hell, und er ließ los.

»Mmm, natürlich warst du das. Wir waren beide erstaunliche Kinder, ohne Frage. Nur daß sich deine Brillanz in fabelhaft unrichtigen Theorien niederschlug und meine in Form von Schlafstörungen. Du warst brillant im Irren, ich war brillant schlaflos.«

Jetzt war es Justin, der oft wach lag, während Dana neben ihm schlief, einen leichten Schlaf. Justin hatte gelernt, eisern stillzuliegen, sogar im Schlaf auch nicht mit dem kleinsten Muskel zu zucken. Häufig blieb er die halbe Nacht wach, beobachtete ihre geschlossenen Augenlider, sah, wie sie im Traum zitterten.

– Träumst du von mir, Dana?

Und wenn sie *ja* gesagt hätte, hätte er dann glücklich sein können? Könnte er ihr glauben? Sie hatte ein Innenleben, das war die traurige Wahrheit. Sie besaß eine eigene Gedankenwelt, und das war die Ursache für seine totale Unsicherheit. Das verzweifelte Bedürfnis, ihre Gedanken zu kennen, die versteckten Variablen hinter ihren Worten, ihrem Schweigen und ihrem Lachen, die wechselnden Absichten hinter ihrem gemurmelten Mmm, war eine Qual.

Justin kannte niemanden, der so stolz auf seinen Verstand war wie Dana. Stolz auf ihren Verstand, so wie andere Frauen auf ihr Haus stolz sind oder ihren Ehemann. Es war typisch für sie, daß sie sogar die Phobien ihrer frühen Kindheit ausschmückte, bis sie die Genialität einer kindlichen Metaphysik annahmen, daß sie sie wie ausgeklügelte logische Schlußfolgerungen um ihre Gespenster herum drapierte. Es war so typisch für Dana, ihre frühe Neurose in kindliches Frühwissen umzuformen, daß Justin sich manchmal dabei ertappte, Dana, gerade wenn er ihrer Version von sich selbst wirklich nicht glaubte, wegen ihrer Fabulierkunst, wegen dieses kindischen und eitlen Bedürfnisses danach, um so mehr zu lieben.

Aber es gab andere Zeiten, in denen er ungeduldig wurde wegen der versteckten Irrationalität, die durch ihre Gedanken floß wie Gift durch ihren Körper, der abgestandenen Metaphysik, die sie seit ihrem ersten Lebenstag eingesogen hatte, mit der Milch ihrer Mutter, der Trinkerin. Wenn ihre Phantastereien Dottys Einfluß spüren ließen, konnte Justin sie nicht ertragen. Alles, was er über ihre tote und über alles geliebte Mutter herausfinden konnte, regte ihn auf. Sie war genau die Sorte Frau, dumm und betrunken vor Eitelkeit, die in der Liebenswürdigkeit seiner eigenen Mutter bitteren Zorn zum Vorschein gebracht hätte. Seine Mutter hatte kein Mitleid an Frauen wie Dotty verschwendet.

Dotty, die dumme Liese, hatte ihren betrunkenen Tod in sich getragen wie eine dunkler werdende Frucht, obwohl sie keine gewöhnliche Trinkerin gewesen war, sie hatte spirituelle Neigungen, die ihren schwachen Geist ins Torkeln brachten. Wären sie doch mit Dotty untergegangen, diese dunklen Sehnsüchte nach dem Licht, wären sie doch mit ihr einen endgültigen und unruhigen Tod gestorben.

Die Fähigkeit des Zweifelns war in Dotty unterentwickelt, und sie ließ alles zu sich durch. Erkenntnistheoretisch war sie eine Katastrophe. Die Unterscheidungsfähigkeit zwischen wahr und falsch war verschoben, sie hatte den Unterschied völlig vergessen, bis der Tod höchstselbst diese Unterschiedslosigkeit vollständig machte.

Ein Ölschinken der verblichenen Mutter und ihrer sehr kleinen Tochter hing über dem Kaminsims der Bibliothek. Der Blick

Dottys ging in die Ferne, wo sie möglicherweise den Ort ihrer verschrobenen Erleuchtungen vermutete. Seine Mutter hätte ihn angesehen und nicht in eine mystische Ferne geblickt.

Er wußte doch, wie eine Mutter sein sollte. In der frühen Dämmerung der Winterabende beugte sie sich in unbequemer Haltung über den roten Kunststoff des Küchentischs, strich Marshmallowcreme und Erdnußbutter auf weiches Brot, das in abgewetztes Leder gebundene französische Buch lag neben ihrem molligen Ellenbogen, ihre Augen glänzten bei jedem langen Beben in den Kammern von Marcels wundem, überanstrengtem Herzen.

Dotty war wie geschaffen, verspottet zu werden. Er wünschte sich, daß Dana sich mit ihm zusammen über sie mokierte. Ihre Stimmen, vereint in süßestem Gespött, hätten eine Musik ergeben, die er vielleicht hätte lieben können. In ihrer (grundlosen) Trauer steckten Ehemann und Tochter die Frau in ein falsches Gewand. Mallach war auf groteske Weise rührselig, wenn es um seine tote Frau ging.

»Meine Frau war eine höchst außergewöhnliche Frau«, sagte er zu Justin an dem Tag, an dem er ihm die Bewegungen des Lichts vorgetanzt hatte. Sie waren über ein gefrorenes Feld gelaufen, hatten mehrmals den berühmten See umrundet, dessen Oberfläche in der früh einsetzenden Winterdämmerung von Silber über Blei zu Jod wechselte.

Justin und Mallach waren allein, Dana war zu Hause geblieben, und an jenem Tag, einem Tag, gefüllt mit herrlicher Physik, lag eine Olympia-hafte Leichtigkeit in ihren Schritten.

Sie hatten ein flüchtiges Aufleuchten der Formel aller Formeln erhascht, und das nachklingende Glück versetzte Mallach in überschwengliche, mitteilsame Stimmung, so daß er Justin von ihr erzählte, von seiner toten Frau.

»Ich habe ihretwegen schrecklich gelitten, wissen Sie. Sie trieb mich an die Grenze und darüber hinaus, und ich war ihr dankbar dafür. Meine besten wissenschaftlichen Einfälle verdanke ich meinem Leben mit Carlotta.«

Justin hatte Mallach angestarrt, mit einem Gefühl ungläubigen Unbehagens nach Worten gesucht.

»Sie verdanken ihr Ihre wissenschaftlichen Ideen? Aber sie war doch keine Physikerin. Sie hatte von Wissenschaft keine Ahnung.«

»Nein, Justin, Sie mißverstehen mich. Ich meine mein Leben mit ihr, seine Intensität. Das hat es mir ermöglicht, so zu denken, wie ich damals dachte. Ich werde nie wieder fähig sein, mit derselben Intensität zu denken.«

Mallach sah die Frau als eine Suchende, so wie sie beide Suchende waren. Doch das war sie nicht gewesen. Er konnte sie nicht so klar sehen, wie Justin sie sah. Woher wußte Justin, daß sie ihre Dotty verfälschten, wo er sie zu ihren Lebzeiten nicht gekannt hatte? Wie konnte er so sicher sein? Er war es eben. So unbedeutend sie gewesen war, hatte sie doch Spuren hinterlassen, die zumindest Justin lesen konnte.

Er hatte keine Zweifel. Schon ihre Bücher verrieten, was für eine Närrin sie gewesen war, eine trunksüchtige schwachköpfige Närrin. *Das Tibetanische Totenbuch, Tantra und das Heilige Feuer, Madame Blavatsky ist nicht verstummt, Meditieren für die verdummte Masse.*

Die Meditation erforderte eine anhaltende Konzentration, die unendlich weit über ihren Horizont ging, obwohl sie die Zen-Kunst, ihr Bewußtsein zu leeren, so gut gemeistert hatte, daß sie diesen Zustand ständig und unfreiwillig beibehielt.

Sie war eine Trinkerin. Sie starb als Trinkerin. Sie fuhr ihr Auto gegen einen Straßenbaum und hinterließ ihre neunjährige Tochter mutterlos.

»Weißt du, meine Mutter ist auch gestorben.«

Das sagte sie einmal, ziemlich kühl. Einmal nur, bei all den vielen Malen, in denen er ihr von Schuberts *Unvollendeter* erzählte und von dem Besoffenen, der aus dem strukturellen Raum der Möglichkeiten herangeschossen kam und seine Eltern aus dieser Welt vertrieb.

Er hatte nachts und tags davon geträumt, daß ein Mädchen wie aus dem Märchen sich zu ihm umdrehen und mit ihm sprechen würde, in der Sprache des Mitleids und mit der Stimme eines antwortenden Engels, und er würde es ihr erzählen, und sie würde es wissen.

»Weißt du, meine Mutter ist auch gestorben. Ich weiß, bei dir waren es beide Eltern, was unsagbar tragisch ist, aber dennoch war ich sehr jung, viel jünger als du.«

»Vergleichen wir jetzt Tragödien? Konkurrieren wir jetzt auch hier?«

»Es geht nicht um Konkurrenz, Justin. Mein Gott, wie abwegig, so etwas auch nur zu denken. Es ist einfach nur so, daß etwas in deiner Art, mir davon zu erzählen, blind für die Tatsache zu sein scheint, daß auch ich meine Mutter verloren habe.«

»Nein, Dana. Nein. Das ist nicht dasselbe. Meine Mutter wurde von einem Betrunkenen getötet. Deine Mutter war die Betrunkene. Sie hätte selbst jemand töten können. Hast du dir das jemals überlegt? Sie hätte selbst jemand anderen in jener Nacht umbringen können.«

»Aber das hat sie nicht. Niemand außer ihr ist in jener Nacht gestorben.«

»Aber es hätte jemand anderes sein können. Das ist nicht unwichtig, Dana. Gib zu, daß es nicht unwichtig ist.«

Dana sah weg, ihr Leuchten erlosch, obwohl sie noch vor einem Moment gelodert hatte, ein Mädchen mit einem feurigen Licht, sie sagte nichts mehr, so daß er wußte, da war mehr.

»Was ist los? Was hat sie getan?«

Dana sah ihn nicht an. Er konnte den Strahl ihres Blicks nicht beugen, so daß er seinem begegnete.

»Versuch nicht, es vor mir zu verbergen, Dana. Du weißt, daß du das nicht machen kannst.«

»Es war noch jemand bei ihr im Wagen.« Sie sprach sehr leise, sah immer noch weg. Er konnte ihren Blick nicht einfangen.

»Wer? Du?«

»Nein, nein, nicht ich und nicht mein Vater. Jemand anders. Ich weiß nicht, wer. Ein Mann.«

»Wurde er getötet?«

»Nein.« Es war unmöglich, den Ausdruck ihres Gesichts zu erkennen, so wie sie es von ihm weggedreht hatte. Auch ihre Stimme, leise und emotionslos, gab so wenig wie möglich preis.

»Weiß dein Vater, wer es war?«

»Natürlich. Natürlich weiß er es.«

»Aber er wollte es dir nicht sagen?«

Endlich sah sie Justin an, mit eisiger Wut, als ob sie ihn anklagen würde, und ihre Stimme war ein unverhohlenes Zischen.

»Nein, Justin. Ich würde ihn nie fragen.«

Die zwei waren lächerlich in ihrer Trauer um sie. Die Torheit wirkte bei Dana nicht entstellend, aber bei Samuel Mallach war sie grotesk. Er war ein Quantengenie. Er war ein ausgemachter Trottel.

»Meine Frau war eine höchst außergewöhnliche Frau.«

Nein, das war sie ganz und gar nicht, du armer irregeleiteter Hahnrei. Das hätte Justin liebend gern erklärt auf dem dämmrigen Feld, einem Mallach, der gotteslästerlich dumm geworden war. Nichts ist im mindesten außerordentlich an einer eitlen und dummen Frau, die sich selbst viel zu wichtig nimmt und andere dazu bringt, das auch zu tun.

Justin wußte von diesen Dingen durch Proust. Er wußte von den Qualen, die die unwürdige Odette (seine Mutter verabscheute sie) M. Swann, dem Connaisseur der Schönheit, bereitete. Swann hatte die Seichtheit von Odette mit Eigenschaften überdeckt, die er ganz und gar erfunden hatte. Justin wußte alles über Carlotta Mallach von Odette de Crécy, der, wie seine Mutter ihm gesagt hatte, verabscheuungswürdigsten Kreatur in den sieben Bänden von *À la recherche du temps perdu*. Cynthia Childs hatte mit ihrer mädchenhaften Stimme Odette harsch beschimpft. Sie hatte sie als Männer-Fresserin bezeichnet. Sie hatte sie als Schlampe bezeichnet.

Es ärgerte Justin, daß sowohl Mallach als auch seine Tochter diese dümmliche Frau so unbelehrbar falsch sahen. (Er nannte sie für sich »Dotty«, die dumme Liese, ein kindischer Witz.)

»Ich verdanke meine besten wissenschaftlichen Einfälle meinem Leben mit Carlotta«, hatte Mallach erklärt, und Justin wußte nicht, ob er lachen oder weinen sollte über das übertriebene Pathos in seiner Stimme.

Dottys Bücher waren geheiligte Reliquien in diesem Haus. In der Bibliothek war immer noch ein Regal für Dottys Wälzer reserviert.

Dana hatte am anderen Ende des Zimmers gestanden, neben diesem Fenster. Es war Winter. Im Kamin brannte ein lautes Feuer, dessen Knacken die wütende Stille in Silben einteilte.

Sie waren böse aufeinander, sie hatten sich gestritten. Sie hatten beide Lust, grausam zu sein. Justin sah die Form ihres Mundes und las die Kälte, die sich in ihren Augen sammelte, und er hätte gern die Gewißheit aus ihr herausgeschlagen. Er fühlte, wie der Wunsch in seinen Fingerspitzen glühte. Sie schien so grotesk die Tochter ihrer Mutter zu sein, abstoßend albern, eine unverzeihliche Ablenkung von ihrer Arbeit. Genau das sagte er ihr, und er sah, wie sie ihn anstarrte, verletzt.

»Deine Mutter hat versucht, deinen Vater zu zerstören, sie hat ihr Bestes gegeben, und jetzt bist du an der Reihe.«

Aller Anschein von Gewißheit verschwand völlig, sie starrte ihn an, war wieder sein schönes Mädchen. Aber er war noch nicht besänftigt, irgendwie kam sie mit einer Verzögerung, seine Besänftigung.

Er griff sich irgendeinen Band aus dem Dotty-Regal und setzte ein dichtes Gestöber kleiner weißer Papierstreifen frei, flügellose Vögel im Flug, die aus den geistlosen Seiten zu Boden trudelten. Dana stieß einen erstickten Schrei aus, der gar nicht zu ihr paßte, er war schauerlich und fast tragisch. Justin war besänftigt, doch es war zu spät, sie sank bereits mit einer herzzerreißenden Bewegung auf die Knie, so daß er mehr als besänftigt war, er wollte es aufhalten, aber es ließ sich nicht aufhalten, und mitten zwischen Dottys taumelnden Merkzeichen schrie sie laut:

»Nein!«

Sie bückte sich, um sie, unleserlich wie sie waren, aufzusammeln, fing sie in ihren aufgehaltenen Händen auf, sie war untröstlich über den Wirrwarr der wirren Notizen.

Trotzdem konnte er Vater und Tochter die Trauer nicht verzeihen. Sie machten aus dieser Dotty eine weitgehend unbekannte Größe, aber was sie für dunkle Tiefgründigkeit hielten, war lediglich die Betrunkenheit der Seele. Zen und Theosophie, Astrologie und Numerologie, Tarot und Madame Blavatsky; elektromagnetische Diäten und Kommunikation mit den Toten. Alles war ein Ausdruck ihrer Betrunkenheit. Danas Mutter hatte die achtjährige Tochter zu einer Séance mitgenommen und das Mädchen damit ebenfalls fast um den Verstand gebracht. Dana hatte es ihm gegenüber einmal erwähnt, obwohl sie das bald bedauerte. Er versuchte, Einzelheiten aus ihr herauszubekommen, und sie wurde störrisch.

»Du sagst, daß sie dich zu diesem lächerlichen Hokuspokus mitgenommen hat? Ein Kind, das keine Nacht durchschlafen konnte? Oder haben deine Schlafstörungen erst angefangen, nachdem du von deiner Mutter zu diesen Veranstaltungen geschleppt worden bist?«

»Ich hatte immer Schlafstörungen.«

»Aber jetzt nicht mehr.«

Sie war wütend und wollte nicht antworten, aber es war trotzdem wahr. Wenn Justin neben ihr lag, konnte Dana Mallach sich endlich dem Schlaf überlassen, und er lag neben ihr und beobachtete, wie sie träumte.

Träumst du von mir, Dana?

VII

Er wachte auf und war verwirrt.

Dana rüttelte ihn unsanft an der nackten Schulter. Vor einem Moment hatte er noch lebhaft von ihr geträumt. Er war so verwirrt, daß er kaum wußte, ob er träumte oder nicht.

Er richtete sich auf, stützte sich auf die Ellenbogen und sah begriffsstutzig zu ihr hoch. Sie war schon angezogen, trug eine graue Wollhose und zwei hellblaue Pullover, einen mit Knöpfen über einem ohne, ein zusammenpassendes Set.

Ihr Haar war noch feucht vom Duschen, und er konnte ihr Shampoo riechen. Der Geruch war so geheimnisvoll und gehörte so zu ihr, daß es ihm durch und durch ging. Die Farbe ihrer Pullover paßte so genau zur Farbe ihrer Augen, daß ihn auch das zu tief berührte.

Es hätte ihm gefallen, wenn sie ihn im Morgenlicht angelächelt hätte. Er war sich nicht sicher, ob sie Freunde waren, ob sie überhaupt Freunde geworden waren im Lauf der Nacht.

»Du wirst dich beeilen müssen, Justin. Ich frühstücke jeden Morgen mit meinem Vater. Er ist unten und wartet, also bitte, beeil dich, ich warte auf dich.«

Das waren die ersten Worte, die sie nach den Verklärungen der Nacht mit ihm redete, und er fand sie beunruhigend, unwürdig, falsch.

»Kann ich nicht erst duschen?«

Seine eigenen ersten Worte klangen auch falsch – wie eine ungeschickte Übersetzung dessen, was er hatte sagen wollen.

Sie sah zur Uhr auf ihrem weißen Nachttisch. »Wenn du nicht länger als zehn Minuten brauchst, bis du fertig bist.«

Der Ton war scharf und kalt, und er fand ihn furchtbar. Sie schien ihm jetzt eine ziemlich launische Person. Er konnte Leute nicht leiden, die ohne Grund auf etwas beharrten, Menschen, die willkürliche Belanglosigkeiten durchsetzen wollten, als wären es Naturgesetze.

Aber vielleicht war sie ja eine ziemlich launische Person. Vielleicht war sie sogar furchtbar. Sie war eine Pharaonentochter und konnte durchaus furchtbar sein. Er wußte es nicht. Er kannte sie ja gar nicht. Er war am gestrigen Abend gekommen, um mit ihrem Vater über Physik zu sprechen, und sie hatte mit einer seltsam verzückten Aufmerksamkeit zugehört, und sie hatte ihn mit nach oben genommen in ihr Bett, und da war er nun.

Hatte er die Verwandlungen der letzten Nacht also nur geträumt? Hatte er die Zärtlichkeit von Samuel Mallachs Tochter nur geträumt?

Die Worte, die sie geflüstert hatte, ihr Mund an seinem Ohr, der zarte Atem, die leisen Seufzer und die Geheimnisse, die sie ihm verraten hatte in den Bewegungen, die Liebe waren: Träume?

Er wußte, daß er geträumt hatte, daß er, kurz bevor er von ihrer unsanften Hand wachgerüttelt wurde, sich in einem wirbelnden Strom von Träumen verloren hatte.

»Ich werde an der Treppe auf dich warten«, sagte sie, und das akzeptierte er dankbar als einen Akt der Freundlichkeit. Er hätte sich nie dazu bringen können, vor dieser Dana, einer anderen Dana als der von gestern abend, aufzustehen, unter der Bettdecke hervorzukommen, unter der er nackt lag. Sie bewegte sich in Gedankenprozessen, die in keiner Weise mit seinen übereinstimmten, und er kannte sie kein bißchen.

Unter der Dusche merkte er, daß er an seine Mutter dachte. Unter dem Gobelin des Nachthimmels hatte sie ihm die Geschichten erzählt, die zu den einzelnen Sternen gehörten, und viele davon handelten von Liebenden.

An den Abenden, an denen sie nur zu zweit waren, hatten seine Mutter und er eigene Konstellationen zusammengestellt. In acht Sternen, die im nördlichen Quadranten des Winterhimmels von Olympia erschienen, hatten sie die aus dem Haar des Mädchens aus dem Märchen gewobene Zauberleiter gesehen. In vier schwach schimmernden Sternen hatten sie den Prinzen gefunden, der die Leiter hinaufgeklettert war, um sein Vergnügen zu finden. Seine Liebe hatte ihn betrogen, und er war hinuntergefallen und durch zwei Dornen geblendet worden.

Sie suchten die Sterne heraus, die die Dornen in seinen Augen waren. Sie suchten das Gesicht heraus, das sich zwischen einer Ansammlung von Sternen versteckte.

Er vergaß die Zeit, und dann mußte er in großer Eile die Sachen anziehen, die er gestern abend angehabt hatte, er hatte Angst, daß Dana nicht mehr auf ihn warten würde, obwohl sie es versprochen hatte.

Sie wartete auf ihn, mit dem Rücken zu dem Spiegel auf dem Treppenabsatz, in dem er ihr Gesicht zum ersten Mal gesehen hatte. Wortlos gingen sie zusammen zu ihrem Vater.

Samuel Mallach saß an dem Tisch, auf dem keine Decke lag, Streifen hellen Sonnenlichts fielen durch die beiden Fenster hinter ihm, fingen die Struktur des dunklen glänzenden Holzes ein, ließen einzelne Strähnen seines schütteren grauen Haars silbern aufleuchten. Er strich stirnrunzelnd und konzentriert Marmelade auf ein Toastbrot. Er zeigte nicht die leiseste Überraschung, daß ihr Gast von gestern abend immer noch bei ihnen war und das Eßzimmer in derselben Kleidung betrat, die er am Abend zuvor getragen hatte.

Die Tür zur Küche öffnete sich, und die schweigsame Frau, die ihnen am Abend zuvor das Essen serviert hatte, brachte nun einen Teller mit Toast, nickte Dana wortlos zu, ihre Augen schossen zu Justin und dann wieder weg.

Samuel Mallach bestrich schweigend weiter seinen Toast, akribisch und gleichmäßig, eine Aktivität, die mehrere Minuten in Anspruch nahm. Als diese Aufgabe schließlich ausgeführt war, wandte er sich ihnen beiden zu, musterte erst seine Tochter, dann ihren Besucher.

»Seit gestern abend habe ich über die Quanten-Nichtlokalität nachgedacht«, gab er schließlich bekannt.

Justin, der nie zuvor im Haus eines Mädchens und in ihrem Bett aufgewacht, geschweige denn gezwungen worden war, morgens nach unten zu gehen und mit ihrem Vater zu frühstücken, der dazu noch der Physiker war, den er am meisten auf der ganzen Welt bewunderte, hätte über diese Begrüßung nicht erfreuter sein können, verhieß sie doch, daß Mallach und er ihre Diskussion vom Vorabend wieder aufnehmen würden.

»Mmm, ich auch«, sagte Dana zu ihrem Vater. Die schweigsame Frau hatte ihr Eier hingestellt. »Und wie steht's mit dir, Justin? Hast du auch über die Nichtlokalität nachgedacht?«

Justin blickte von dem Teller mit Rührei auf, der ihm serviert worden war. Nur Samuel Mallach hatte kein Ei bekommen. Dana sah Justin an, während sie auf seine Antwort wartete. Obwohl sie nicht direkt lächelte, hatte sie einen Zug um den Mund, der ein verstecktes Lachen sein konnte. Justin war sich nicht sicher, aber es konnte ein Lachen sein.

»Ein wenig«, sagte er zurückhaltend. »Ja, vielleicht ein wenig.«

»Sieh mal einer an, wir haben also alle über Nichtlokalität nachgedacht. Das ist ja an sich schon so etwas wie Nichtlokalität. Nichtlokalität des Denkens.«

Es war Dana, die das sagte, und seine Gabel mit etwas aufgespießtem Rührei hielt vor Justins Mund inne. Danas Worte waren so außerordentlich unerwartet, daß er sich fragte, ob er sie so verstanden hatte, wie sie sie meinte. Ehe er sich über diese Frage Gedanken machen konnte, sprach wieder ihr Vater.

»Und Sie, Professor Childs, glauben Sie, daß die Natur nichtlokal ist?«

Justin starrte Mallach an. Die Nichtlokalität besagt, daß Elementarteilchen, die der Quantenverschränkung ausgesetzt wurden, sich gegenseitig für immer und ewig, selbst wenn sie weit voneinander entfernt sind, unmittelbar beeinflussen. Es ist ein Merkmal, das, wie unbegreiflich und geheimnisvoll es auch scheinen mag – von der Inkompatibilität mit der Relativitätstheorie ganz zu schweigen –, die Konsequenz einer realistischen Interpretation der Theorie ist.

Justin räusperte sich, dachte über das Motiv hinter Mallachs Frage nach, eine verflixt naiv scheinende Frage von einem Mann, der am Abend zuvor die tiefen Geheimnisse der Elementarteilchen und des Lichts aufgezeigt und den Eindruck gemacht hatte, ein gewisses Maß an Verständnis seitens seines Gastes vorauszusetzen.

»Ja, natürlich denke ich, daß die Natur nichtlokal ist. Was soll ich denn sonst denken, angesichts Ihrer eigenen objektiven Formulierung? Die einzige Alternative wäre der radikale Unsinn der Subjektivisten.«

»Meinen Sie? Danas Ansicht ist sehr ähnlich.«

Justin wurde durch eine Bewegung rechts von ihm abgelenkt. Eine Tasse wurde mit dampfender dunkler Flüssigkeit gefüllt. Kaffee. Er sah auf und sah, daß die schweigsame Frau – ihr Name war Dora, Dana und ihr Vater sagten ihn immer, *danke, Dora* – neben ihm stand, sie hielt eine Silberkanne, aus der sie Kaffee in seine Tasse goß.

»Nicht sehr ähnlich«, sagte Dana zu ihrem Vater, während Justin zusah, wie der Kaffee von hoch oben in seine Tasse strömte. Hatte die Frau nicht Angst, ihn zu bekleckern? Er blickte schnell zu ihr hoch und bemerkte ihren unangenehmen Gesichtsausdruck. Sie sah aus, als hätte sie vor, ihn zu verbrühen. Oder vielleicht wirkte es einfach aus seiner Perspektive so.

»Identisch.«

Justin blickte Dana an. Ihre Worte schockierten ihn bis ins Mark. Er hatte nie die Möglichkeit erwogen, daß diese Pharaonentochter die Sprache des Pharaos sprechen könnte, daß ihre Gedankenprozesse derart genau mit den seinen übereinstimmen könnten.

Er hatte in seinem ganzen Leben kein einziges Mädchen kennengelernt, das sich nennenswert in der Wissenschaft ausgekannt hätte. Die braungebrannten jungen Schönheiten, die in Paradise, Kalifornien, langsam an ihm vorbeiradelten, hatten nie ihr schräges Strahlen in die Räume gebracht, in denen er die Gesetze der Materie in Bewegung und die vierdimensionale Raumzeit der Relativitätstheorie studierte.

Trotzdem blieben immer noch Gründe genug, daran zu zweifeln, daß Dana wirklich etwas von Physik verstand, daß sie die wahre Bedeutung der Worte begriff, mit denen sie so mühelos um sich warf, während sie das Rührei auf ihrem Teller rekonfigurierte.

»Nichtlokalität ist lediglich der Ausdruck der Quantenverschränkung«, sagte sie und untergrub den Boden für seine Zweifel. Verstand sie mehr von der Bedeutung der »Verschränkung« als von »Nichtlokalität«? Ihre Äußerung zeigte ein herrlich weitreichendes Verständnis, dessen Umfang Justin fast den Atem benahm, aber war es überhaupt das ihre? Behauptete sie, daß es das ihre war? Vielleicht wiederholte sie nur Worte, die sie gehört hatte, so wie ein Kind, das damit den bizarren Eindruck kindlicher Genialität erzielt.

»Das ist sehr schön formuliert, Dana«, sagte ihr Vater. »Das ist wunderbare Poesie. Es ist hübsch formuliert, aber ist es wahr?«

Justin blickte von der Tochter zum Vater und zurück. Aber sie erwiderte seinen Blick nicht, obwohl er alle seine Gedanken darauf konzentrierte, zu ihrer wahren Natur durchzudringen. Sie schien von seinem Blick nicht berührt zu werden, sie wandte ihm ihr Profil zu, ihr Haar war immer noch leicht feucht und dunkel. Sie sah ihren Vater unverwandt an, die breiten Lichtstreifen verwandelten die Luft um ihn herum in einen leuchtenden Schleier, die angestrahlten Staubpartikel tanzten ihre wilden Bewegungen.

»Wie heißt das Gedicht, an das ich denke, Dana? Du weißt, welches ich meine. Wie hat es dieser Dichter formuliert?«

»Denn alle Dinge sind verbunden. Du kannst nicht eine Blume berühren, ohne einen Stern zu stören.«

Im Licht des Morgens zitierte sie das Gedicht, das er von ihr hören wollte, ohne rot zu werden wie Wein. Sie sprach, als wollte sie es hinter sich bringen.

»Was halten Sie davon, Justin? Das ist auch schön formuliert, aber ist es wahr? Ist es eine Konsequenz aus unserer Quantenrealität?«

Justin sah vom Vater zur Tochter und dann zurück.

»Mögen Sie keine Eier?«

Er war selbst überrascht, sich diese Frage stellen zu hören.

»Mein Herz ist nicht in Ordnung«, sagte Mallach.

VIII

. . . – ich habe nachgedacht.

Meistens verzweifelte ich, wenn sie diese Worte aussprach.

– *Die Wellenfunktion* –

– *Ja?*

Die Aufmerksamkeit ihres Vaters floh sofort vor der schwierigen Frage, die wir vor uns hatten, scheute zurück wie ein wildes Tier, das gegen seinen Willen festgehalten wurde.

Ich hatte ihnen ein bißchen herrliche Mathematik demonstriert und auch Vorhaltungen gemacht. Es verblüffte mich, daß Menschen der Pracht der Mathematik widerstehen konnten, aber sie konnten es, sie können es. Das Feuer ihrer Reinheit schreckt sie ab, die Reinheit des Feuers, frei von der Schwere unnötigen Seins. Dana wedelte mit den Händen und sah woandershin, und sogar Mallach konnte so ungeduldig auf die Kompliziertheit der Zeichen und Abstraktionen reagieren, so hartnäckig verständnislos wie einer der Banausen in seiner eigenen Physik-für-Poeten-Vorlesung.

Sie hatte unkonzentriert eine gute halbe Stunde lang auf ihrem Bleistift herumgekaut, ihre unerträglich schönen Augen nicht auf das gerichtet, was ich zu zeigen hatte.

Wir saßen in dem Zimmer, in das die Nachmittagssonne durch Carlottas Glaswand fiel. Ein langes Lichtdreieck lag auf dem kleinen runden Tisch, an dem wir drei saßen und arbeiteten, neben Danas Ellenbogen wurde eine Tasse mit grünem Tee kalt. Es war ein warmer Hochsommertag, und Dana hatte ihr helles Haar auf dem Kopf aufgetürmt und trug ein kurzes sonnengelbes Kleid, das aussah wie etwas, das vielleicht eine Sechsjährige tragen würde, um draußen auf der Straße Seil zu hüpfen. Wir hatten eine kleine Schultafel zwischen uns aufgestellt, und Dana hatte ihren linierten gelben Notizblock auf dem Schoß und kritzelte Dreiecke um die zentrale Wahrheit der Mallach-Mechanik. Sie kritzelte oft, und Dreiecke waren ihre Lieblingsformen, so daß sie ein Netz aus ineinander verschlungenen Dreiecken über die Leitgleichung ihres Vaters geworfen hatte.

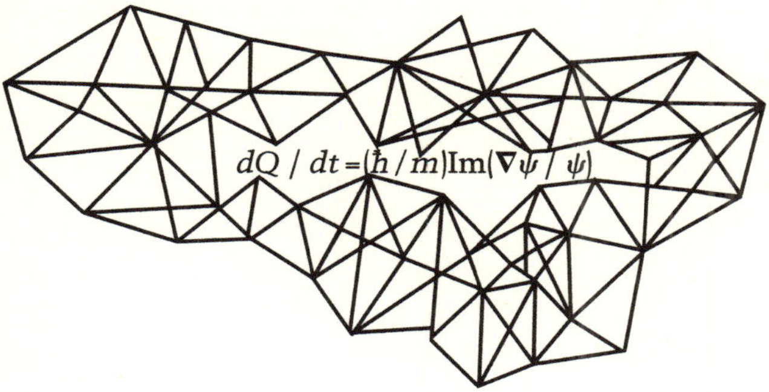

– Ich habe nachgedacht –

– Ja?

– Die Wellenfunktion –

– Ja, Dana, was?

– Vielleicht ist Psi das mathematische Zeichen für den Geist.

Hochspannung machte Mallachs Gesicht lebendig. Ein Licht, wie Wahnsinn, leuchtete in seinen Augen auf.

– Geist in den Gleichungen? Das Psi das Symbol für den Geist? Meinst du das?

– Vielleicht, Daddy …

– Ja?

– Vielleicht sogar für den Geist Gottes.

Mit was für Schwierigkeiten hatte ich bei den beiden zu kämpfen. Er war von dem Unsinn seiner Tochter wie von einem gottgesandten Blitz getroffen. Das war er oft. Er war von ihren tastenden Phantastereien stärker getroffen als von meinen funkensprühenden Formeln.

Kein Physiker beherrschte das Feuer der höheren Mathematik besser als ich. Das erkannte auch das Institut an. Hin und wieder verlangte ein illustrer Physiker von mir, dieses transformierende Feuer in eine kalte und schwerfällige physikalische Beschreibung zu sperren.

Mallachs Fuß klopfte oft den Rhythmus seiner Ungeduld,

wenn ich versuchte, für ihn die langen verschlungenen Strähnen weißglühender Mathematik zu entrollen. Aber von irgendeinem wirren Gedanken von ihr war er dann ganz hingerissen, und ehe man es sich versah, verfiel er Hals über Kopf der Verzückung.

Ich liebte sie, ja, aber diese … Vorkommnisse liebte ich nicht. Ich liebte es nicht, wenn Mallach durch ihre Zufallsphantasien wie von den Göttern gerührt war. Sie suchten an den ganz falschen Stellen nach der Wahrheit, und es war meine Aufgabe, sie zurückzuzerren … *ihn* zurückzuzerren von derartigen irregeleiteten Abweichungen.

Vielleicht verspürte ich in solchen Momenten etwas, das sogar einer Geschwisterrivalität nahe kam.

Das ist eine plötzliche Einsicht meinerseits, mit so etwas befasse ich mich sonst nicht, und ich bin gerade erst darauf gekommen. Ich muß ein wenig darüber nachdenken.

Ich habe nachgedacht.

Er wurde unnatürlich ruhig und starrte sie an, mit einem Blick wie Engel ihn haben, Engel und Verrückte.

Er ist verrückt, dachte ich, aber ich werde trotzdem die Physik aus ihm herausbekommen. Ich werde ihre Dotty-dummen Beiträge parieren, ihren Geist-Gottes-Unsinn, und die Physik aus ihm herausbekommen.

Er hatte irgendeinen Zugang, der unmittelbarer war als die Methoden, die ich kannte. Ich hätte mir ohne diese Mallachs nie vorstellen können, daß es eine erkenntnistragende geistige Kraft geben könnte, die mächtiger wäre als die Mathematik: die Sprache der kalten Engel.

Er erzählte mir, wie er die Wissenschaft in sich spürte, in den Empfindungen seines eigenen Körpers. Er erzählte mir, daß er die versteckten Bewegungen der Materie als Verschiebung in seinen Muskeln fühlen konnte.

Es war der dämmernde Nachmittag eines Wintertages mit phantastisch winterhellem Licht, und wir beide gingen um den kleinen See herum, der fest zugefroren und glatt war, immer rundherum. Er hatte für mich die Bewegungen des Lichts im Doppelspaltversuch getanzt, die Arme schlaff über den schlaksigen Körper erhoben, als wollte er verhindern, daß sie sich in seinen langen Beinen verhedderten.

– *Wir bräuchten hier eine Menge Leute, um es ordentlich zu machen. Dann würden wir sie in den richtigen Interferenzmustern aufstellen, dort drüben, am Waldrand. Wir könnten das ganze heilige Physikinstitut hierherholen und tanzen lassen wie eine Bande verrückt gewordener Photonen. Also, das wäre ein Spaß.*

Wir hatten ein wundervolles Tagespensum geschafft. Wir hatten den dichten Schleier ein wenig gelüftet, den die stoffliche Welt vor dem Gesicht trägt, ein Gesicht, das über alle Maßen geheimnisvoll und schön ist, über jede Plumpheit des Messens erhaben, und hatten einen Anblick erhascht, der so noch niemandem vergönnt war. Niemand, der das nie erlebt hat, kann diese Seligkeit ermessen.

Wir hatten in striktesten mathematischen Begriffen eine wesentliche Tatsache über die Erkenntnis selbst demonstriert: wie es kommt, daß der Erkennende und das Erkannte physisch miteinander verschränkt sind, wobei die Wellenfunktion des einen die Wellenfunktion des anderen überlagert, und wie deshalb die Erkenntnis selbst zu physikalisch dramatischen Ergebnissen führen kann: Erkenntnis kann Erstaunliches auslösen.

Es gibt das System, das erkannt werden soll, es gibt das System, das Erkenntnis erlangt, und sind die beiden Systeme erst einmal verschränkt, werden sie für immer für die gegenseitige Einflußnahme empfänglich sein. Einer von uns, vielleicht war es Dana, hatte diese aufregende Wahrheit zusammengefaßt, indem sie sie die bizarre Wirksamkeit der Erkenntnis nannte. Ja, es war Dana gewesen.

Wir hatten heftig am Baum der Sterne gerüttelt, und einer war heruntergefallen und hatte sich vor unseren Füßen geöffnet, und wir konnten nur staunen, sternsüchtig und für einen Moment geläutert.

Sie scheuten nicht vor dem reinigenden Feuer meiner Mathematik zurück, und ich wehrte mich nicht gegen die Intuitionen, die sie weiter zur religiösen Erkenntnis des Psi lockten, denn wir hatten einen Stern vom Baum der Sterne geschüttelt.

Dana und ich waren erschöpft, besonders Dana, aber die Wirkung dieses auserwählten Tages auf Mallach war völlig anders, und ich sah ihn, wie er einst gewesen sein mußte, als junger Mann und verliebt, in Flammen gekleidet, alle Morbidität seines Kummers weggebrannt.

– *Kommt, Kinder, wir wollen spazierengehen. Laßt uns schnell einen Spaziergang machen, so lange draußen noch ein wenig Licht ist.*

Die Dämmerung brach gerade an, es war mitten im Winter. Am Himmel standen wilde Farben, das Grande Finale der Lichtbrechungen.

Dana lehnte ab.

– *Ich will schlafen. Ich bin plötzlich todmüde. Sag Dora, daß ich nicht zum Abendessen hinunterkomme. Ich will schlafen und schlafen und schlafen.*

Mallach küßte sie auf die Stirn.

– *Es ist dein gutes Recht, müde zu sein. Du hast gute Arbeit geleistet.*

Seine Stimme klang weich vor Liebe, so weich. *Meine Kinder*, hatte er gesagt, aber sie liebte er mehr. Das war der natürliche Lauf der Dinge, daß er sie mehr liebte, sie, die von seinem eigenen Fleisch und Blut war, und die Natur bestand darauf.

Meine Kinder, hatte er gesagt, aber sie liebte er mehr.

Mallach und ich waren durch den glühenden Rest des Tages geschritten, überzogen den schneebedeckten Boden mit unseren Olympier-Schritten. Mallach, sehr offen, gestattete sich Worte, wie ich sie ihn nie vorher hatte sprechen hören.

– *Einstein hat mir einmal erzählt, daß auch er die Physik in sich gespürt hat. Daran erinnere ich mich. Ich erinnere mich an jedes Wort dieses Gesprächs.*

Er schlug an jenem Nachmittag die persönliche Saite an. Im letzten gleißenden Licht des Nachmittags ging er bis zur völligen Selbstenthüllung. Das war ungewöhnlich für Samuel Mallach, aber nicht, weil er ein selbstloser Mensch gewesen wäre. Seine Trauer war nichts anderes als Ichbezogenheit. Seine Liebe zur Wahrheit war durchaus nichts Unpersönliches, obwohl man natürlich fragen kann, ob das nicht bei jedem so ist. Zeno Wicks sagte einmal zu mir, daß es ihm bei weitem lieber wäre, wenn eine bedeutende Wahrheit gar nicht entdeckt würde, als wenn ein anderer als er sie entdeckte, und Zeno war nur in dieser Ehrlichkeit gegen sich selbst ein Paradox.

Wie dem auch sei, Mallach liebte die Wahrheit, die er entdeckt hatte, weil es die Wahrheit war, die *er* entdeckt hatte. Er schien vielleicht für manche, so wie für Dana, die Erhabenheit eines Heiligen zu besitzen, aber nur deshalb, weil sein Ego zu groß war, um in die erste Person Singular zu passen. Es breitete sich in Wellen universaler Abstraktion aus. Und Engel sind nicht anders.

Ich erinnere mich an jedes Wort dieses Gesprächs mit Einstein. Er war alt, und ich war jung, wahrscheinlich jünger als Sie jetzt sind.

Ich bezweifelte, daß er wußte, wie alt ich war, er hatte mich jedenfalls nie gefragt, und ich war sehr jung für meine Position.

– *Er hatte eine Aura unendlicher Trauer an sich, so kam es mir wenigstens vor. Frustration und Isolation verdrängten die ruhmreichen Tage. Wir sprachen nicht über Physik, sondern über die Möglichkeiten, die Physik zu erkennen. Wir sprachen über Erkenntnis überhaupt. Er erzählte mir, daß auch er die Gleichungen in seinen Muskeln spürte, in Empfindungen, die tiefer reichten als die Vernunft.*

Ich glaubte Mallachs Bericht über seine Unterhaltung mit Albert Einstein nicht blind. Einerseits konnte ich keinen Sinn in den Worten *tiefer reichten als die Vernunft* erkennen. Es ist genau die Ausdrucksweise, derer sich jene gern bedienen, die gar nicht denken können, weil sie nicht wissen, wie. Andererseits konnte niemand überzeugend anführen, daß Samuel Mallach mit dem Prozeß des Denkens nicht vertraut wäre, oder, was das betrifft, Albert Einstein als Dummkopf abtun.

Trotzdem traute ich Mallachs Erinnerungen an jenen Tag nicht allzusehr. Es gab immer Gründe genug, Mallachs Erinnerungen an Ereignisse zu mißtrauen. Er hatte so viele Erinnerungen verloren und sie dann wiedergefunden, und wer konnte wissen, ob sie nicht während dieses Prozesses radikalen Deformierungen oder Schlimmerem unterworfen worden waren? Er litt an einer mentalen Störung, seiner chronischen Betrübnis, die langsam seine sämtlichen geistigen Fähigkeiten aufweichte, seine Erinnerungen auflöste, seinen Verstand, seinen Willen.

Dennoch bewegte es mich sehr, ihn so sprechen zu hören. Es brachte ein Fädchen in mir zu einem hellen Leuchten, daß meine Person eingereiht war in die großartige Kette der Wissenden, vom Allmächtigen über Einstein und Mallach bis herunter zu mir.

– Er sagte zu mir, ich sei der einzige andere Physiker, den er kenne, der die Physik in seinem eigenen Körper spüre. Weder Bohr noch Planck noch Born, auch nicht Pauli, Dirac oder Heisenberg. Nicht einmal Schrödinger. Keiner von ihnen hat das so gefühlt. Dana spürt sie auch, natürlich. Sie wissen das.

– Ja.

– Ich weiß noch, wie ich ihr zum ersten Mal die Präzession des Gyroskops als Aufgabe gestellt habe. Sie muß fünfzehn oder sechzehn gewesen sein. Sie kannte die Erhaltung der Energie des Drehmoments, sie kannte alle relevanten Formeln, aber sie kam trotzdem immer wieder zu mir und sagte, daß sie nicht verstehen könnte, wie sich das Gyroskop bewegt. Zeig mir, was du hast, sagte ich. Sie zeigte es mir, und sie hatte eine mechanische Lösung abgeleitet, die fast jeden professionellen Physiker zufriedengestellt

hätte. Trotzdem war sie unzufrieden, sie sagte, sie verstünde die Bewegungen überhaupt nicht, bis wir eines Abends hier spazierengegangen sind und sie plötzlich fähig war, sich selbst in ein Gyroskop hineinzuversetzen, und da vermochte sie dessen Bewegungen zu durchdringen. Erst da, sagte sie mir, hätte sie es verstanden.

Ich mochte es nicht, über derartige Dinge mit ihm zu sprechen, ich hatte keinerlei Sympathien für epistemologische Romantizismen, wie die beiden sie liebten, und ich traute seinen Erinnerungen an Albert Einstein nicht im geringsten.

– Für mich war es eine entsetzliche Tragödie, als er starb, als Einstein starb. Er hatte verschiedenen Leuten gesagt, daß er mich als seinen rechtmäßigen Nachfolger betrachtete. Wußten Sie das?

– Ja, Dana hat es mir erzählt.

– Das hat sie?

– Ja.

Wir hatten fast eine weitere Runde um den gefrorenen See gedreht, ehe er schließlich wieder etwas sagte.

– Also Dana hat es Ihnen erzählt. Er hat es verschiedenen Leuten gesagt. Ich habe es unabhängig von mehreren Kollegen gehört. Das war, ehe sie sich gegen mich wandten. Bevor ich etwas so Bedeutendes geleistet hatte, daß sie absolut gegen mich eingenommen waren.

Der gefrorene Schnee knirschte kristallen unter uns, wir folgten unseren eigenen Fußspuren, die früh hereinbrechende Dämmerung verwandelte die silbrige Landschaft in Blei. Es war wenige Tage nach Weihnachten, meinem eigenen schwarzen Jahrestag. Ich dachte, ich wüßte, was als nächstes käme, wohin Mallach auf seinem solipsistischen Pfad eilte, die immer enger werdende Spirale einer finsteren Schmährede entlang, endend in der gequälten Anklage des Verrats an ihm, der Litanei von den falschen Freunden, von Bildad und Zophar und Eliphas. Das Buch Hiob war Mallachs Lieblingstext in der Heiligen Schrift, der einzige, aus dem er heute noch zitierte, obwohl es eine Zeit gegeben hatte, als er sie alle kannte. Er war in der religiösen Tradition erzogen worden, Dana erzählte mit einem leisen Beben davon, ehrfürchtig beeindruckt, daß ihr Großvater väterlicherseits sich in einen Gebetsschal mit Fransen gehüllt und um seine Arme Gebetsriemen geschnürt hatte, und sogar ihr Vater noch, als er jung war. Es schockierte sie mehr als mich, so an ihn zu denken, mit dem Aufputz der Frommen. Mir kam das nie so fremd vor an Mallach, der für mich ein Mann des Geistes war, im guten wie im schlechten Sinn. Ein verbitterter Spiritualist, ein Menschenschlag, nicht unbekannt dafür, Möglichkeiten neu zu konfigurieren und aufzuerstehen, um Erstaunliches auszulösen.

– *Es war eine Tragödie, daß er starb, ehe ich meine Arbeit beendet hatte. Die Dinge hätten sich für mich ganz anders entwickelt, wenn er lange genug gelebt hätte, um meine Arbeit zu sehen. Er hätte sie verstanden.*

– *Ist das wahr? Er hatte für Nichtlokalität nichts übrig. Er bezeichnete sie als »spukhafte Fernwirkung«.*

Man konnte sich nie auf Mallachs Erinnerungsvermögen verlassen. Mußte ich für ihn noch einmal die Grundsätze des Einstein-Podolsky-Rosen-Paradoxons referieren, in dem Einstein, das »Trennungs-Prinzip« bekräftigend, die Möglichkeit eines nichtlokalen Einflusses ausschloß – daß also weit voneinander entfernte Elektronen blitzschnell und gegenseitig ihr Verhalten beeinflussen?

– *Natürlich, natürlich, aber ich hätte es geschafft, ihn zu überzeugen. Einstein war ein rationaler Mann der Wissenschaft. Ausnehmend rational. Alles, was sie ihm nachgesagt haben, daß er als alter Mann die Umwälzungen des Denkens, die nicht von ihm stammten, nicht akzeptieren konnte und daß er deshalb nie die Quantenwelt akzeptierte – das ist alles falsch. Das hat überhaupt nichts mit der Wahrheit zu tun. Die können in der Quantengeschichte nichts richtig hinkriegen, nicht einmal was die Persönlichkeiten betrifft, besonders, wenn es um Einstein geht.*

Was Einstein nicht akzeptieren konnte, war die radikale Inkohärenz. Mein Modell hätte ihn überzeugt. Schrödinger auch. Er hat die Nichtlokalität als schwarze Magie bezeichnet, nicht wahr?

– Magie. »Messungen in getrennten Systemen können sich nicht unmittelbar gegenseitig beeinflussen – das wäre Magie.«

Mallach lachte auf, ein kurzer, frostiger Laut. Der Himmel war inzwischen fast ganz dunkel. Die Luft war kalt und jetzt süß von dem Rauch, der von den Reihenhäusern am anderen Ende der gefrorenen Wiese und in der kleinen Straße aufstieg.

In den Häusern walteten freundliche Hestien, stolz auf Heim und Mann, und der süße Duft des Rauchs, den sie entfachten, um die, die sie liebten, zu wärmen, brachte in die kalte Luft eine schmerzende, durchdringende Zartheit, und ich dachte, daß es Dana nie einfallen würde, mir heißen Kakao mit Marshmallowcreme obendrauf zu machen. Vielleicht hätten, wenn das Herz ihres Vaters nicht die Aussicht auf Kakao von vornherein ausschlösse, zu Hause schaumgekrönte Tassen auf uns gewartet.

Ich wollte Kakao. All die undeutlichen Regungen meiner Seele weckten in mir das Verlangen nach heißem Kakao mit Marshmallowcreme.

– Ich hätte sie beide überzeugt. Einstein und Schrödinger waren meine wissenschaftlichen Eltern. So habe ich sie immer gesehen.

Es wurde jetzt sehr kalt. Die grausame Schärfe der Kälte wurde spürbar, und keiner von uns trug Handschuhe, unsere Hände tauchten in die Taschen unserer dicken Daunenjacken, meine ein Souvenir aus den Tagen auf dem Golfplatz im guten alten Olympia.

– Ein Wissenschaftler hat zwei Stammbäume. Da ist der biologische, der oft schrecklich unbedeutend ist. Und dann gibt es den wissenschaftlichen.

Ich nickte meine Zustimmung neben ihm, obwohl er es nicht gesehen haben konnte, weil er mich nicht ansah, und ich hatte das ganz leise Gefühl, daß ich wieder der Lauscher an der Wand war, wie schon einmal, als er und seine Tochter am Frühstückstisch saßen und ihre Stimmen so leise waren, daß ich sie nicht mehr verstehen konnte, wie zwei ungezogene Kinder, die vor einem dritten Geheimnisse hatten.

– Ihre Anerkennung hätte mir mehr als alles andere bedeutet. Ich hätte es geschafft, den Spott von unten zu ertragen. Ich hätte einfach zurückgespottet. Aber ich habe ihre Anerkennung nie bekommen. Dafür sind sie beide zu früh gestorben.

Seine Stimme klang unverhohlen bitter, und ich ergab mich der Gewißheit, wohin ihn seine Verbitterung führen würde, daß die großen Wellen seines kritischen Urteils jetzt jeden Moment zu einem lokalisierten Elementarteilchen kollabieren und wütend schäumen würden: *Manchmal scheint es mir, als hätte ich nur noch ein einziges starkes Gefühl, nur eine einzige wahre Leidenschaft, und das ist der Haß, der Haß auf die Kräfte, die so viele Leben zerstört haben, auch meines.* Ich machte mich auf das Netz wütender Gegenbeschuldigungen gefaßt, die ihn ganz und gar gefangennehmen würden, in denen er um sich schlagen und toben würde, bis das Wasser um ihn herum weinrot von seinem Blut wäre. Ich hatte mich müde ergeben, so daß ich erstaunt war, als er plötzlich die Richtung änderte.

– Mein eigener Vater hat sich überhaupt nicht für die Wissenschaft interessiert.

Die Aufregung über den Erfolg des Tages ließ ihn plötzlich vom Kurs abkommen. Er war seltsam geschwätzig geworden, aber dies war eine Eröffnung von einer völlig neuen Größenordnung, und ich verspürte die tiefe kalte Erregung, die ich fühle, wenn ich zu einer neuen Erkenntnis gelange, eine Art eisige Glückseligkeit, die mich über mich selbst hinausträgt, denn ich bin immer, immer, ein Wesen, das wissen will.

– Was hat Ihr Vater gemacht?

– Er war Ladenbesitzer, er verkaufte in Scranton, Pennsylvania, Gebrauchtmöbel. Ein sehr praktischer Mann, und so glaubte er natürlich, daß meine Art von Wissenschaft, die nicht zu

irgendeinem Produkt führte, das man verkaufen konnte, nicht zu »besseren Ideen für ein besseres Leben«, eine riesige Zeitverschwendung sei. Alle seine Kumpel in der Synagoge hatten Söhne, die auf dem besten Weg waren, ihre Väter stolz zu machen. Das war ein Dauerthema. Ich versicherte ihm immer, daß nie ein praktisches Resultat herauskommen würde, was auch immer ich in meinem Leben täte. »Das ist eines meiner wichtigsten Ziele im Leben, Pop«, sagte ich zu ihm.

Der Klang seines besonders freudlosen Lachens hing einige wenige nackte Sekunden zwischen uns, ein gallebitteres Lachen.

– Mein Schwager, Mel Bisseldorf, der Mann meiner kleinen Schwester, hat dann das Geschäft übernommen, nach dem ersten Herzanfall meines Vaters, und irgendwie wurde aus Mel ein Macher, ein Millionär. Die Details habe ich nie richtig verstanden.

– Wenigstens haben Sie das Ihrem Vater gegebene Versprechen eingehalten.

Er sah zu mir und schien, vielleicht, man konnte nie sicher sein, besonders nicht in dieser Dämmerstunde, aber er schien, vielleicht, zu lächeln.

– Meine Nutzlosigkeit, meinen Sie? Ich glaube, keiner von uns beiden hegte in dieser Hinsicht irgendwelche Zweifel. »Abgesehen von der Wissenschaft«, pflegte er zu sagen, »bist du ein Nichtsnutz. Große Verschwendung der Begabung, mit der Gott etwas im Sinn gehabt haben muß, als er beschloß, sie dir zu geben.«

Mallach sprach die Worte seines Vaters mit Akzent, gestikulierte mit den Händen, sein mehrdeutiges Gelächter stieg in die Luft, und ich war ganz und gar in einem Zustand eisiger Glückseligkeit, weil es mir vergönnt war, diese versteckten Variablen seines Lebens zu erfahren.

– Aber er war stolz, als ich den Job hier bekam. Dieser Ort hier hat es geschafft, ihn zu beeindrucken. Er war aus Europa. Einem kleinen Nest irgendwo in Litauen. Er hat all die alten Bräuche eingehalten.

Wie meine Großeltern, dachte ich damals und denke ich jetzt. Die Eltern meiner Mutter lebten in Syracuse, New York, nicht weit von Olympia, aber wir haben einander nie gesehen. Ich habe nie erfahren, was sie zu Syracuse hingezogen hat oder zu dem angelsächsischen Singsang des Vornamens meiner Mutter. Cynthia. Sie hatten nicht gerade weltoffene Ansichten. Offenbar waren sie Fanatiker, denn sie enterbten ihre gelehrsame mittlere Tochter, weil sie außerhalb ihres Stammes heiratete, brachen ihr das Herz genau zu dem Zeitpunkt, als es sich der Welt öffnete. Es gab ein verrücktes Überkreuz zwischen Danas Familie und meiner, ihr Vater war jüdisch, wie meine Mutter, ihre Mutter irisch, wie mein Vater. Das dachte ich damals und denke ich jetzt.

– Trotzdem, er war recht beeindruckt von diesem Ort. Er fand ihn wohl ziemlich großartig.

– Er hat ihn also gesehen?

– Ja, er hat ihn gesehen.

Mallach dachte nicht, glaube ich, an den Unterschied zwischen uns in diesem Punkt. Der Gedanke kam ihm nicht, daß mein Vater es nicht mehr erlebt hatte, mich als Teil der Erhabenheit dieses Ortes zu sehen, dieser sehr viel erhabeneren Stätte des Lernens als das Olympia College, wo er eine Handvoll Studenten in den strengen Grenzen des Sagbaren unterwiesen hatte.

Wir umkreisten den See noch ein paarmal, bis er schließlich abrupt stehenblieb, als wäre er allein unterwegs, sein melancholisches Gesicht dem See zuwandte, so daß ich ihn im Profil sah, den langen aristokratischen Bogen seiner Nase und die heruntergezogenen Mundwinkel. Von der Seite gesehen, erschien der Kummer, den er ausstrahlte, weniger transzendent tragisch, sondern hochnäsiger, kleiner. Da man den Ausdruck seiner Augen nicht sah, wirkte er eher säuerlich, weniger philosophisch. *Die Welt hat mich enttäuscht*, alles an ihm drückte das aus.

– Ich werde Ihnen etwas Interessantes von Schrödinger erzählen. Frauen waren von größter Wichtigkeit für seine Arbeit.

Es waren Frauen – viele –, die hinter seinen wissenschaftlichen Durchbrüchen steckten.

Er sah unverwandt geradeaus, und er sprach so leise, als wäre er allein, warf seine seltsamen Sätze in die gefrorenen Wellen aus Wasser und Luft.

– Seine bedeutendsten Leistungen hat er mitten in leidenschaftlichen Liebesaffären hervorgebracht. Sie waren der Treibstoff für sein Genie. Haben Sie schon mal von Tantrismus gehört?

Ich zuckte zusammen, obwohl ich nicht denke, daß er es sah, sein Blick war nicht auf mich gerichtet, und ich fühlte, wie mein Gesicht in der Kälte zu brennen anfing.

– Ein wenig.

Er drehte kurz den Kopf und schien mich anzusehen.

– Dann haben Sie also Carlottas Bücher gesehen?

Ich nickte.

– Eine schöne Lehre, nicht wahr? Fremd und schön und unendlich profund.

Dana hatte ähnlich geredet. Ein religiöser Text, hatte sie mir erzählt und ein Buch aus Dottys geheiligtem Regal gezogen, eine esoterische Hinduschrift. So daß ich völlig unvorbereitet war auf das, worauf mein Blick fiel, als sie die Seiten aufschlug.

Grellbunte Paare und größere Gruppen, beschäftigt mit jeder Art von Kopulation, Weiblichkeit, die sich öffnete, um Übersteigerungen von Männlichkeit zu empfangen, Stellungen und Verschränkungen jeder erdenklichen Variante, alle Versionen und Perversionen, und alle mit einer Anschaulichkeit bis ins Kleinste ausgemalt, die eher lüstern wirkte als priesterlich, und ich hatte verwundert den Kopf geschüttelt, als die kleinen Papierfetzen aus den Seiten fielen, die dicht mit den verblaßten Kritzeleien der toten Frau bedeckt waren.

Der Gesichtsausdruck der gezeichneten Figuren war genauso fremd wie alles andere, sie grinsten unangenehm ob all der gnostischen Erleuchtung, die sie angeblich empfingen.

Dana nahm Anstoß an meiner Charakterisierung ihres Ausdrucks als Grinsen, erklärte mir, daß ihre Gesichter durch die Ekstase fremd wirkten. *Fremd durch Ekstase*, hatte sie wiederholt, ziemlich streng, obwohl ich nicht genau bestimmen konnte, ob es die belustigte Strenge war, die sie mir gegenüber manchmal annahm.

– *Sie sind Wissenschaftler der Ekstase, Wissenschaftler wie wir.*

Sie sprach in einem höchst kategorischen Ton, als ob sie es wirklich so meinte, und ich musterte ihr Gesicht, amüsiert, erregt und erschrocken von dem dunklen Strom des Religiösen, der durch die ganze Familie rann, der frommen Irrationalität, die wie ein Makel an ihnen allen klebte.

– *Das Tantra bezeichnet den Eros oder* kundalini *als die Quelle jeder Schöpfung, im Kosmos ebenso wie in Geist, Seele und Körper von Mann und Frau. Es ist die weibliche erotische Energie, die Energie der Göttin Schakti, Gemahlin des mächtigen Schiwa.*

Er schwieg eine Zeitlang, und ich hätte eine Frage riskieren können, mehr als ein paar lagen mir auf der Zunge, aber ich spürte leichte Übelkeit bei seiner Schwärmerei und schwieg eisern, in der Hoffnung, daß er dasselbe tun würde.

– *Die Frau ist das heilige Feuer. Das englische Wort »cunt« für das weibliche Geschlechtsteil kommt aus der gleichen Quelle wie »kundalini«. Auf hebräisch würden wir sagen, sie haben dieselbe »shoresh«, dieselbe Wurzel: »cunt« und »kundalini« , haben Sie das gewußt?*

Nein, das hätte ich ehrlicherweise nicht behaupten können, und ich schüttelte brav den Kopf, die Augen auf den zertrampelten Schnee gerichtet. Mallach offenbarte seine Enthüllungen fast auf die gleiche Weise, in der er mir erklärt hatte, wie naiver Realismus in Hinblick auf die Quantenoperatoren zu einigen der scheinbaren Quantenparadoxien führt, die aschgraue Erschöpfung in seiner Stimme wich heller Färbung und scharfen Betonungen, sie wurde vor Aufregung schneller, so daß er fast mit normalem Tempo und normaler Lautstärke sprach.

– »Cunt« sollte zu einem der heiligsten Wörter in unserem Vokabular gehören. Deshalb verspüren wir einen so tiefen atavistischen Widerwillen, wenn wir es als Obszönität hören. Es ist eine Schändung von etwas Fundamentalem und Heiligem.

Mallach sah unverwandt auf den Teich und nicht zu mir, so wie es seine Art in seinen Vorlesungen war, wo die Studenten, wenn ihr Amüsement über seine Schrullen nachließ, aufstehen und hinausgehen konnten und es wenig wahrscheinlich war, daß der Professor ihr Verschwinden bemerken würde. Ich hatte das Gerücht gehört, das man sich kichernd erzählte, er habe mehr als einmal seine Vorlesung in einem so exaltierten Zustand beendet, daß kein einziger *poète manqué* mehr im Raum saß.

– Die ganze Triebkraft, aus den kalten Bequemlichkeiten des Bekannten auszubrechen, aus dem Halbleben des normalen Lebens, dem Akzeptieren der Regeln, die die Autoritäten uns vorgeben – wie man zu leben hat, wie man zu lieben hat, wie man zu denken hat –, diese Energie wird aus dem sublimen femininen Feuer der Kundalini gezogen. Die eigentliche Energie, die den Kosmos nährt, liegt zusammengerollt tief in jedem von uns, die potentielle Energie für unsere Erlösung.

Ich erwog, ihn zu fragen, wie er solche Begriffe wie »potentielle Energie« meine, ob als Physiker oder als Poet. Aber er war in seiner schwärmerischen Stimmung, und ich wollte mich daran nicht beteiligen.

– Tantrische Rituale sind darauf ausgerichtet, die Kundalini zu wecken. Sie liegt zusammengerollt wie eine Schlange an der Basis der Wirbelsäule, im Muladhara-Chakra, in der Zone, die Perineum heißt, und der Tantrismus lehrt Techniken, wie sie geweckt und nach oben gezogen wird, durch die sieben Chakren des Körpers, so daß sie sich oben auf dem Scheitel sammelt, im Sahastrara-Chakra. Wenn das eintritt, erreicht die Seele das Ende der gnostischen Reise in einer Flamme der Glückseligkeit, die Materie kehrt zu ihrer Quelle im Geist zurück. Es kann ein Leben lang dauern, und es kann sehr gefährlich sein. Jede ekstati-

sche Bewegung der Kundalini birgt schwere Risiken. Das Aufsteigen des Feuers läßt uns Risiken eingehen, wissen Sie, und sie werden zu einer ebenso wundervollen wie schrecklichen Erfahrung. Schrödinger zeigte großes Interesse an der Philosophie des Tantrismus, so wie meine Frau.

Und warum auch nicht? Zen und Numerologie, Handlesen und automatisches Schreiben, elektromagnetische Diäten und Gespräche mit den Toten. Warum nicht auch Tantrismus? Die Macht einer dummen Frau, einen Mann zu verdummen, hat eine ganz eigene transformative Energie, vielleicht ist sie ein und dasselbe wie Mallachs Kundalini-Genius.

Der Weg kann sehr gefährlich sein, hatte Mallach gesagt, und ich konnte nur schweigend zustimmen. Neben mir stand das Ergebnis eines gnostischen Burn-out, sah aus seiner undurchdringlichen Traurigkeit hervor, seine Lippen bewegten sich noch, wie es manchmal auch im Hörsaal passierte, entweder weil er für den Moment die Existenz seiner Studenten vergessen hatte, oder weil es Abschnitte seiner Vorlesung gab, die zu hören ihnen streng verboten war.

Er redete wieder laut, vielleicht zu mir, dachte ich, vielleicht doch zu mir, obwohl ihm meine Anwesenheit gleichgültig zu sein schien, nie sah er mich an, während er sprach, nur hinaus auf das Dunklerwerden des kleinen gefrorenen Sees.

– Die gesamte Struktur der Wellenmechanik entstand aus einem heimlichen Rendezvous Schrödingers. Er hatte viele Geliebte, die man kannte, aber die Identität gerade dieser Frau hat man nie erfahren. Er reiste mit ihr in den Weihnachtsferien 1925 in ein kleines Hotel, das gleichzeitig ein Sanatorium war, hoch oben in den Schweizer Alpen, seinen eigenen Zauberberg, und Ende Januar hatte er bereits an die ›Annalen‹ den ersten Artikel über die ›Quantisierung als Eigenwertproblem‹ geschickt. Am 25. Februar erhielten die ›Annalen‹ den zweiten Artikel, in dem die Wellenfunktion Psi als eine Funktion im Konfigurationsraum eingeführt wurde, und Artikel drei und vier kamen bald

danach. Es war eine Periode anhaltender kreativer Aktivität ohnegleichen in der Geschichte der Wissenschaft, und er arbeitete ganz allein, so wie Einstein mit der Relativität, ohne jeden Mitarbeiter, mit der einzigen Ausnahme dieser unbekannten Frau, wer auch immer sie war. Schrödinger hatte eine Ehefrau, aber sie war nicht das Zentrum seines kreativen Seins. Für mich war das anders. Meine Frau war eine außergewöhnliche Frau.

Er sagte das leise, und dann fing er an, mit dieser bebenden, gestelzten Stimme, die er für seine Dichter reservierte, ein Gedicht zu deklamieren, das Dana und ich zusammen in Dottys Buch gelesen hatten, wo es in Form einer Schlange abgedruckt war. Ich krümmte mich immer fast vor Scham für ihn bei dieser albernen Fistelstimme, mit der er die Verse sprach, die er seinem kranken Erinnerungsvermögen eingeprägt hatte.

– Wie eine Kobra, die sich zur Spirale rollt
sich schneckenmuschelähnlich drei-
und-ein-halb mal windet um Schiwa, ihr Mund
auf jenen anderen Mund gelegt
der zur Seligkeit führt,
die Verzauberin
der Welt,
schlank wie ein Lotusstengel,
hell wie ein Blitz
liegt sie schlafend,
atmet leise aus und ein,
murmelt Gedichte
in süßestem Versmaß,
summt wie eine trunkene Biene
in den Blütenblättern des
Muladhara Lotus,
wie hell ihr Licht leuchtet!

Ich wußte nicht, ob ich lachen oder weinen sollte, als er seinen feierlichen Unsinn in die angebrochene Dunkelheit ergoß. Ich konnte sein Gesicht nicht genau erkennen, seine Augen und den Mund, aber deren Ausdruck kannte ich, die schreckliche Emotionalität, die zu dem unerträglichen Tremolo seiner Stimme paßte.

Ich lachte nicht, ich weinte nicht, ich begriff überhaupt nicht, was es war, das Samuel Mallach mir zu sagen versuchte, als er in diesen letzten Augenblicken eines hellen Wintertages redete und redete, über Dinge, die so irrelevant für unsere Arbeit zu sein schienen, und auf eine Weise, die mich zweifeln ließ, ob er wirklich zu mir sprach.

– Sie verdanken ihr Ihre wissenschaftlichen Ideen? Aber sie war doch keine Physikerin. Sie hatte von Wissenschaft keine Ahnung .

Endlich brachte ich mich dazu, gegen das Dogma von einer transzendenten Dotty zu protestieren.

– Nein, Justin, Sie mißverstehen mich, Sie mißverstehen mich. Es war mein Leben mit ihr, seine Intensität. Das hat es mir ermöglicht, so zu denken, wie ich damals dachte. Ich werde nie wieder fähig sein, mit derselben Intensität zu denken. Es war Carlotta, die das möglich gemacht hat, die die Kundalini bis zum Scheitelpunkt brachte.

Er endete in einem Ton derartig hoffnungsloser Sehnsucht, die letzten Albernheiten wie toll in die kalte Luft schluchzend, daß ich beinahe laut gelacht hätte. Endlich drehte er sein Gesicht zu mir und sah mich so durchdringend und lange an, daß ich mich fragte, was er in meinem Gesicht zu finden hoffte. Sein Blick hatte sich in ein quälendes Starren verwandelt, und ich ertrug die Musterung mit wachsendem Unbehagen, denn es war der Blick eines Wahnsinnigen oder eines Liebenden: niemand sonst starrt auf diese Weise. Was wollte er von mir, dieser Verrückte, was hoffte er in meinem Gesicht zu entdecken?

Ich gab seinen suchenden Blick zurück, und auf einmal, es war eine ganz plötzliche Erkenntnis, ein einziges wildes Aufflakkern, auf einmal wußte ich es.

Er beabsichtigte die glorreiche Physik aus mir herauszubekommen. Das war seine Absicht. Er sah, daß es in mir war und erweckt werden mußte, so daß es sich nicht mehr eindämmen ließ, das gnostische Feuer, das zusammengerollt in irgendeinem tiefen Schlupfwinkel meines Unterleibs lag. Es mußte durch den Einsatz von Tantra zu einem wahnwitzigen Auflodern entfacht werden, so daß es aus meinem Muladhara-Chakra herausgedrückt und hochsteigen würde, bis in die obersten Bereiche meines einzigartigen Schädels.

Er beabsichtigte die glorreiche Physik aus mir herauszubekommen und hatte mir das Geschenk seiner außergewöhnlichen Tochter gemacht, so schlank wie ein Lotusstengel, Verzauberin der Welt, damit es vollbracht würde.

Das erkannte ich in der Spanne eines Augenblicks, dem winzigen Bruchteil einer Sekunde, ich erhielt die Erkenntnis, so wie man einen Schlag erhält.

Und gleich darauf folgte noch mehr, so wie eine Wirkung auf eine Ursache folgt: ein weiterer Schub der Erkenntnis, eine andere Dimension des Staunens. Es war anders als jedes bis dahin gekannte Wissen, mehr wie eine unterirdische Bewegung in einer Schicht in mir, die tiefer lag als jede, von der ich bis jetzt gewußt hatte

Wie ein im Schlick der Zeit eingebetteter Anker bebte sie und begann, zitternd, langsam emporzusteigen, und was alles darüber gelegen hatte, merkte ich nur daran, daß es durch das langsame Aufsteigen zerrissen wurde, die träge Masse stieg hoch und preßte die Kammern meines Herzens zusammen, denn es war ein furchtbarer Aufstieg, der meiner Liebe zu ihm, Samuel Mallach.

Wenn es Väter in der Wissenschaft gab, dann gab es auch Söhne, und ich war seiner, ich fühlte die enorme Masse dieses Gefühls in mir aufsteigen: Ich war seiner.

Der Wintertag war der Nacht gewichen, die Eigenschaften der Dunkelheit waren jetzt realer als die des Lichts, in dieser Stunde hatte er zu mir gesprochen, als wäre er sich meiner Anwesenheit nicht bewußt, so daß mir nicht klar war, ob er überhaupt zu mir sprach, als er von Einstein, Schrödinger und Dotty redete, während er mir die ganze Zeit erzählte, daß ich sein Sohn war und daß ich geliebt wurde.

Er starrte mich immer noch an, und er sah, ich glaube, er sah, was dieser furchtbare Aufstieg in mir ausgelöst hatte, das Wissen von seiner Liebe zu mir und meiner zu ihm, die Veränderung, die dadurch ausgelöst wurde.

Sie hat sie mir gestohlen.

IX

– Laß mich in Ruhe, Justin Childs!

Es macht einen lächeln, zu sehen, wie dieses Gesicht einer kritzelnden Kinderhand unterworfen wird, seine Schönheit entstellt, so blutleer jetzt und starr, selbst ihre Lippen sind wachsweiß geworden vor Angst.

– Justin Childs, laß mich in Frieden!

X

– Mein Herz ist nicht in Ordnung.

Er antwortete mir ohne Umschweife, ließ keinerlei Überraschung über die Frage erkennen.

– Zumindest hat man mir das gesagt. Daß ich ein krankes Herz habe, und daß Eier und Aufregungen streng verboten sind.

– Ist es sehr ernst?

– Nun, ich nehme es ziemlich ernst.

Wieder dieser informationsschwere Blick, der schneller als das Licht zwischen ihnen hin und her ging und mich ausschloß. Hatte ich die Zärtlichkeit der vergangenen Nacht nur geträumt, die andere Dana geträumt, die plötzlich aufgetaucht war und mich in sich aufgenommen hatte?

Ich saß ihr gegenüber am Tisch und sah ihr Gesicht im Profil, während sie ihren Vater, der seinen Teller mit einem überaus sorgfältig zerkleinerten Toast von sich geschoben hatte, von der Seite anblickte.

War ihre Schönheit in meinen Augen geringer geworden? Nein, sie war immer noch eine Pharaonentochter, obwohl sie, erstaunlicherweise, etwas von des Pharaos eigener Wissenschaft verstand. Ich wollte wissen, wieviel sie verstand, denn die Antwort würde mir zeigen, was für ein Mensch sie war.

– Formal gesehen hat meine Tochter wenig Naturwissenschaft studiert.

Ich erschrak, daß die Antwort kam, ehe ich die Frage ausgesprochen hatte, als ob sich zwischen uns beiden ebenfalls unwahrscheinliche Wellen gegenseitiger Beeinflussung ausbreiten würden.

– Aber sie versteht etwas von Physik? Sie kann uns verstehen, wenn wir uns unterhalten?

Die Möglichkeit erstaunte mich noch immer. Sie wirkte nicht wie eine Person, die uns verstehen konnte. Oder doch? Hatte ich sie in einem völlig falschen Licht gesehen?

– Ich dachte, Sie sind nicht echt.

– Nicht echt?

– Ich dachte, Sie sind ein Gemälde.

Ich drehte den Kopf, um sie wieder anzusehen. Sie wirkte verärgert. Sie hatte den Kopf abgewandt, so daß sie weder ihren Vater noch mich anblickte. Sie atmete tief ein, übertrieben langsam und hörbar und sah gereizt aus, der Mund unangenehm schmal und die Mundwinkel nach unten gezogen. Sie sah, würde ich sagen, unleugbar verstimmt aus.

– *Was sagst du dazu, Dana? Kannst du Justin und mich verstehen, wenn wir uns unterhalten? Sollen wir für dich langsamer sprechen?*

Er sagte es sehr langsam, wie zu einem kleinen Kind.

Sie drehte nicht einmal den Kopf. Ich hatte gedacht, sie würde jedes Wort von ihm begierig aufsaugen. Ich hatte gedacht, sie sei eine Schwärmerin. Das Mädchen aus dem Märchen, das sich mir zuwenden und mit mir reden würde, der antwortende Engel.

Und doch verstand ich sie nicht, so wie ich es bald tun würde, hatte noch nicht begriffen, daß sie stolz war auf ihren Verstand, so wie andere Frauen stolz sind auf ihr Heim oder auf ihre Kinder oder auf ihre Männer.

– *Ist meine Intelligenz also Thema des Tages?*

Ihr Vater lachte. Diesmal war ich mir so gut wie sicher, es war ein Lachen.

– *Sie haben sie beleidigt, Justin. Ich fürchte, Sie haben sie schwer beleidigt.*

– *Das wollte ich nicht. Das tut mir sehr leid. Es ist nur so, ich hätte nie gedacht …*

– *Daß ein Mädchen wie ich denken könnte? Ich bin ein Einzelkind, weißt du. Die Gene konnten nirgendwo anders hin. Gott mußte seine selbstgemachten Naturgesetze verletzen und ein Mädchen schaffen, das fähig ist, zu denken.*

Damals fand ich sie richtig furchtbar. Ich fand sie beide furchtbar. Ihr Vater machte das Geräusch, das sein Lachen war, und sie lächelte ihn an, stolz vielleicht, ihn zum Lachen gebracht zu haben, oder erfreut, daß über mich gelacht wurde. Sie war ein stolzes Mädchen und entschieden furchtbar, beide waren sie furchtbar, eingeschweißt in ihrem verschlossenen Wissen, in ihren gemeinsamen Denkwellen.

– *Sie hat ein bißchen Physik auf dem Mädchencollege studiert, das sie besucht hat.*

– *Vassar, Daddy. Das College war Vassar.*

– *Vassar, ja. Wie lange warst du da alles in allem?*

– *Zwei Jahre.*

– *Zwei Jahre. Dann hast du Vassar verlassen, um zu heiraten.*

Seine Stimme verlor sich in seinem seltsamen Lachen, und ich dachte, er mache irgendeinen merkwürdigen Witz, wolle sie vielleicht damit aufziehen, daß sie eine alte Jungfer sei, obwohl sie nicht viel älter war als ich. Trotzdem, vielleicht dachte er, daß sie inzwischen verheiratet sein sollte. Vielleicht sollten Mädchen ihres Alters verheiratet sein.

Er wandte sich mir mit einem reumütigen Achselzucken zu.

– *Ich vergesse immer den genauen Namen ihres früheren Mannes. Er hat einen dieser symmetrischen Namen, die man ohne weiteres umdrehen kann, und ich kann mir beim besten Willen die Reihenfolge nicht merken. War es Nathan Martin oder Martin Nathan?*

– *Nathan Martin, der Physiker?*

– *Genau, Professor Childs. Nathan Martin, der Physiker. Oh, natürlich, Sie haben ihn da oben in Paradise gekannt. Natürlich. Nathan Martin und nicht Martin Nathan.*

Er lachte sein ersticktes Lachen, und ich starrte Dana Mallach an, die Mrs. Nathan Martin war, die Zenos Quantenmuse war.

Mrs. Nathan Martin. Ich habe sie vielleicht gesehen damals, in Paradise, vielleicht ist sie langsam auf ihrem Fahrrad an mir vorbeigeradelt.

Ich starrte sie so intensiv an, daß sie gezwungen war, mich anzusehen.

– *Heirate nie einen Mann, der in der Einstein-Bohr-Debatte über Quantenmechanik Bohrs Partei ergreift. Das ist mein Wahlspruch.*

Sie lächelte grimmig, dann spießte sie etwas Ei auf und führte es zum Mund. Das lange Schweigen, das folgte, wurde schließlich von ihrem Vater unterbrochen, der seinen seltsamen Morgengruß wiederholte.

– *Ich habe über die Quanten-Nichtlokalität nachgedacht.*

– *Das habe ich auch, Daddy. Und du, Justin? Worüber hat du nachgedacht?*

Vorsichtig legte ich meine Gabel hin und verließ das Zimmer.

XI

»Eine der begehrenswertesten Immobilien der ganzen Stadt.«

Das sagte sie an der Haustür.

»Imposant und prächtig.«

Das im Foyer. Sie blickte die geschwungene Marmortreppe hinauf.

»Zurückgenommene Eleganz. Herrschaftlich.«

Das im Elternschlafzimmer, die Tür weit aufreißend, die Dana jede Nacht mit schmerzender Vorsicht geöffnet hatte, jeder Zentimeter brauchte eine Ewigkeit, gemessen in den Einheiten kindlichen Schreckens.

»Oh, sehen Sie nur, das Licht! Was für eine wunderbare Bereicherung dieses Zimmer ist. Das Licht strömt herein und verändert die ganze Atmosphäre. Oh, dieses Zimmer ist voller Möglichkeiten.« So lobt sie Dottys Verbesserung des Hauses, den Sonnenraum, in dem wir drei arbeiteten, dessen Rückwand aufgebrochen wurde, um Transparenz zu schaffen.

Zurück in der imposanten und prächtigen Eingangshalle, bringt die Frau vorsichtig das Thema der Alleinvermittlung zur Sprache, der Dana sofort zustimmt.

»Ich glaube, wir können unsere Erwartungen sehr hoch ansetzen. Angesichts der derzeitigen Marktlage und bei der Lage und dem Wert des Hauses können wir in der Tat sehr hoch gehen.«

»Das Wichtigste für mich ist, daß es schnell verkauft wird.«

»Ja, das verstehe ich vollkommen«, aber natürlich versteht sie es nicht. »Ich glaube, ich kann Ihnen versichern, daß das kein Problem sein wird. Himmel, dieses Anwesen war zumindest in den fünfzig Jahren, die Wyndham Immobilien existiert, nicht auf dem Markt. Seit wann gehört es Ihrer Familie, Dana?«

»Ich glaube, meine Großeltern mütterlicherseits sind hier als junges Ehepaar eingezogen, aber das genaue Jahr weiß ich nicht, Miss Wyndham.«

»Nun, das läßt sich leicht klären. Überlassen Sie einfach alles mir, Miss Mallach.«

So bügelt Miss Wyndham gekonnt ihren Fehler aus. Sie ist also doch keine ganz unempfängliche Seele, trotz ihres stählern glitzernden kaufmännischen Instinkts, den sie zusammen mit der Firma geerbt hat. Der kleine überredende Vorstoß um der Vorzüge einer Alleinvertretung durch Wyndham willen war nicht unziemlich. So wie das herrschaftliche Elternschlafzimmer vermittelt sie den Eindruck von zurückgenommener Eleganz; eine blonde, schlanke Frau, vielleicht fünfundvierzig oder älter, das kann man bei Frauen dieser Art unmöglich sagen – eine ältere Ausgabe der braungebrannten Märchenprinzessinnen, die es in Paradise so zahlreich gab.

»Nur solange Ihnen klar ist, Miss Wyndham, daß ich das dringende Bedürfnis habe, dieses Haus so schnell wie möglich loszuwerden.«

Etwas im Ton der Hausbesitzerin bringt die Erbin von Wyndham Immobilien dazu, genauer hinzusehen, als es bei Frauen ihrer Art üblich ist. Einen Moment lang verschiebt sich etwas in der Geometrie der Möglichkeiten des Konfigurationsraums. Die Beziehung zwischen den beiden hätte sich in diesem Moment grundsätzlich verändern können.

Miss Wyndham lacht. Es ist ein enttäuschendes Lachen, ein Lachen aus der Charme-Schule, und der Moment ist vorüber.

»Loswerden? Diesen herrlichen Besitz? Miss Mallach, wir können unsere Erwartungen ein ganzes Stück höher ansetzen.«

Was ist aus unseren hochgesteckten Erwartungen jetzt geworden, Mara Wyndham? Das Gegenteil der einfachen Wahrheit, pflegte Nils Bohr gern zu wiederholen, ist eine einfache Unwahrheit, aber das Gegenteil einer tiefen Wahrheit ist eine andere tiefe Wahrheit. Das ist ein Aspekt des Komplementaritätsprinzip, den Bohr bei jeder erdenklichen Gelegenheit von sich gab, seine Antwort auf jede Quantenfrage, die über das rein Technische hinausging. Als Hypothese zur physischen Realität ist Bohrs Lehre nicht sehr erhellend, aber sie hat vielleicht ihre Vorzüge bei der Auseinandersetzung mit der komplexen psychologischen und moralischen Realität, wie auch der Realität von Immobilien. Denn wenn es eine tiefe Wahrheit des Immobilienhandels ist, daß ein leerstehendes Haus schwerer zu verkaufen ist als ein bewohntes Haus, so ist es einfach ebenso wahr, daß das bewohnte Haus in der Bagatelle Road ganz unmöglich loszuschlagen war, wie sich herausstellte.

Seltsamerweise kommt Miss Wyndham nie mehr dorthin, um es zu zeigen, und das muß ihr selbst merkwürdig vorkommen. Oder vielleicht auch nicht. Denn es hat sich gezeigt, daß sie keine durch und durch unempfängliche Seele ist, diese Miss Wyndham.

Es hat sich gezeigt, daß sie ganz rührend empfänglich ist für das Auftreten des Unmöglichen.

XII

Er drückte sich außerhalb ihrer Sichtweite herum, versuchte zu verstehen, was sie sagten.

Mallachs Stimme war nur ein verschwommenes Geräusch, und die seiner Tochter war kaum deutlicher.

Sie hatten so miteinander gesprochen, daß sie einander verstehen konnten, aber er sie nicht. Selbst ein Kind hätte ihr Verhalten als unhöflich empfunden. Sie hatten ihn absichtlich ausgeschlossen und sich dann an seinem Ausschluß geweidet.

So war es ihm vorgekommen, als er seine Gabel hinlegte und aus dem Zimmer ging. Aber noch ehe er an der Tür war, fragte er sich, ob er sich geirrt hatte. Sie hatten ihn irgend etwas ausgesetzt, aber es könnte letztendlich mehr Test als Tort gewesen sein. Etwas in ihren Stimmen hatte angedeutet, daß es ein Test war, ein schwieriger Test, aber nichtsdestoweniger fair, was hieß, es bestand theoretisch die Möglichkeit, daß er verstand, was vor sich ging.

Er war immer gut bei Examen gewesen. Examen hatten die Garantie, daß es für alle Fragen gesicherte Lösungen gab, und solange er das wußte, konnte er sich auf seinen Kopf verlassen. Er hätte auch hier bestehen können, wenn er nur rechtzeitig gemerkt hätte, daß es ein Test war. Das hatte er nicht, und er hatte die Gabel hingelegt und das Zimmer verlassen.

Aber nein, der Test konnte unmöglich fair gewesen sein. Er hätte sich um nichts auf der Welt ausrechnen können, was sie beide wußten: daß sie Mrs. Nathan Martin war. Er empfand sein Nichtwissen als etwas Schreckliches. Das Schreckliche war weniger die Tatsache, wer sie war, sondern daß er es nicht gewußt hatte.

Jetzt war alles, was sie ausmachte, zu einer potentiellen Qual geworden. Es war unerträglich, was in einem anderen Menschen verborgen war, unerträglich, daß man nicht eine Person in einer anderen aufgehen lassen konnte, ohne Rest.

Er drückte sich jetzt außerhalb ihrer Sichtweite herum, vor der Eßzimmertür, in der großen Marmorhalle. Ein Streifen Licht der harten Morgensonne stach ihm in die Augen, und er bemühte sich, die Richtung ihrer Unterhaltung herauszubekommen, zu beobachten, ohne zu stören.

Mallachs Stimme war für Justin kaum zu verstehen. Selbst unter den besten Bedingungen war Mallach ein Nuschler. Justin konnte nicht ein einziges seiner Worte verstehen, und die von Mrs. Nathan Martin waren nicht viel deutlicher. Außerdem hatten sie beide keine Stimme, die für ein entspanntes Zuhören geschaffen war.

»Ergodisch«, glaubte er die Tochter sagen zu hören. »Ergodische Bewegung.«

Warum? Warum sollten sie plötzlich über ergodische Bewegung reden, die Art Bewegung, die jeden Zustand erreichen kann im Lauf der Zeit?

»Ergodische Bewegung«, das glaubte er gehört zu haben.

Vielleicht hatte sie den Satz metaphorisch gesagt, sie liebten die Poesie so sehr, diese beiden, die hinterlistigen Kunstgriffe der Poesie, ihre boshaft quälenden Entstellungen der Bedeutung.

Justin strengte sich noch mehr an, Danas entnervendes Gemurmel zu verstehen. Sie hatte eine seltsame Stimme, eine tiefe und leise Stimme, in der manchmal etwas wie ein unterdrücktes Zischen mitschwang.

Ergodische Bewegung, hörte er wieder.

Oder nicht? War es *erotische Bewegung*? Oder vielleicht *erotische Regung* oder *ergodische Regung*? Was hatte sie gesagt?

Er lungerte vor der Eßzimmertür herum, in denselben Sachen, die er am Abend vorher zum Essen getragen hatte, und er wußte nicht, ob die beiden über erotische oder ergodische Dinge sprachen. Er hatte die Gabel hingelegt, auf der noch etwas von den Frühstückseiern aufgespießt gewesen war, die die beunruhigende Dora aufgetragen hatte, und war aus dem Zimmer geflohen, um sich hier draußen zu verstecken, zu lauschen, verzweifelt bemüht, zu beobachten, ohne zu stören, das System zu begreifen, von dem er ein Teil war, von dem er glaubte, ein Teil zu sein. Er hatte erwartet, daß sie über ihn sprechen würden.

»Warum Quanten?« meinte er Dana fragen zu hören.

Warum Quanten? Oder *Warum denn den*? Er war sich überhaupt nicht sicher. Verflucht, diese verwaschenen Vokale der beiden und das dichte Netz der Intimität, das über ihren vertraulichen Worten lag, sowohl über den ausgesprochenen als auch den unausgesprochenen.

War es *denn den* oder *Quanten*?

»Das ist das Problem, das wir lösen müssen«, hörte er sie geradezu klar sagen. »Das ist unser Problem.« Und dann lachte sie, ihr Lachen war kaum fröhlicher als das ihres Vaters. Justin konnte seine Bedeutung ebensowenig bestimmen, wie er in der Lage gewesen war, die sich wandelnden Silben zu verstehen, die an ihm vorbeiglitten. War es ein furchtbares Lachen, so furchtbar, wie sie möglicherweise tatsächlich war, obwohl er sich nicht ganz sicher sein konnte, vielleicht war sie überhaupt nicht furchtbar? War sie so furchtbar, wie er es sich nur vorstellen konnte, oder war sie furchtbarer, als er es sich vorstellen konnte?

Plötzlich sah er Zeno, er sah ihn klar und deutlich, obwohl nicht in seiner typisch zenoesken Art, auf und ab laufend, wobei er scharfe kleine Kehrtwendungen machte, kurz bevor er an die Wand ihres spartanischen Zimmers prallte, er feuerte unentwegt Kommentare ab, und sein Zeigefinger, dessen Nagel bis zur Schmerzgrenze abgekaut war, stieß in die Luft, um ihnen Nachdruck zu verleihen.

Statt dessen sah er Zeno ausgestreckt auf seinem kleinen Bett liegen, die Brille abgesetzt, so daß seine Augen, die starr zu den Dämmplatten an der Decke starrten, einen nackten und leicht kranken Ausdruck hatten.

Im Gegensatz zu Justin und den meisten anderen war Zeno klein genug, um selbst lang ausgestreckt bequem in das kleine Bett zu passen, das zum Zimmer gehörte. Es bot immer noch reichlich Platz für ihn und seine schmutzige Kleidung, und in der Tat war seine gesamte Garderobe ungewaschen auf dem Bett versammelt. Tag um Tag hatte Zeno dort unerklärlicherweise gelegen, entfernte sich nur, um Vorlesungen zu besuchen (denn niemand versäumte eine Vorlesung am Paradise Tech), um dann zu seinem Bett zurückzukehren, der Haufen seiner Kleider blieb unverändert. Tag für Tag trug er dasselbe graue T-Shirt mit dem Aufdruck M.I.T. und immer speckiger werdende Jeans, er kroch aus dem Bett, um zur Vorlesung zu gehen, und kroch dann wieder hinein.

Justin hatte angenommen, daß Schwierigkeiten mit der Promotion Zeno, den fliegenden Pfeil, plötzlich gebremst hatten, aber jetzt kam ihm plötzlich die Erkenntnis, daß die niedergeschlagene Phase von Zeno Wicks genau mit der abrupten Abreise von Mrs. Nathan Martin aus Paradise zusammengefallen war. Zeno hatte ihm von der Frau seines Doktorvaters mit denselben explosiv geladenen Redewendungen erzählt, wie er von Supraleitfähigkeit und komprimierter Materie sprach, und Justin wäre nie auf die Idee gekommen, sich dabei ein Mädchen vorzustellen wie die, die langsam vorbeiradelten, das glänzende Haar, damit es nicht den strahlenden Blick auf die Welt verdunkelte, mit farblich passenden Stirnbändern zurückgehalten.

Er versuchte, sich irgend etwas ins Gedächtnis zu rufen, was Zeno von ihr erzählt hatte, aber er konnte sich nur noch erinnern, daß Mrs. Nathan Martin an den Grundlagen der Quantenmechanik interessiert war und daß ihr Mann ihr Interesse mit milder Heiterkeit betrachtete. Er hatte Sinn für Humor, Nathan Martin, viele seiner Bonmots wurden von den Studenten weitererzählt. Er sagte gern, daß das Interesse an grundlegenden Fragen ein sicheres Zeichen dafür sei, daß ein Physiker seine Blütezeit überschritten habe und fortan auf den sanften Weiden der wissenschaftlichen Senilität grasen sollte. »Meine Frau ist vor der Zeit gealtert«, hörte er in seiner Erinnerung Zeno einen Satz von ihm zitieren, obwohl nach Justins Schätzung Nathan Martin derjenige gewesen war, der ziemlich alt war, mindestens fünfundvierzig, vielleicht sogar über fünfzig, mit Sicherheit zu alt, um eine Frau wie Mallachs Tochter zu haben. Aber er hatte sich den Körper eines jungen Mannes bewahrt, trainierte mit Gewichten und joggte, in Bewegungen und Verhalten war er wie ein junger Mann. Justin hatte sich nicht wirklich dafür interessiert, aber jetzt dachte er, daß möglicherweise etwas leicht Angestrengtes in dem Unterschied zwischen Nathan Martins echtem und seinem scheinbaren Alter gewesen war. Er hielt seine Vorlesungen in engsitzenden Jeans und Sandalen, die beiden obersten Knöpfe seiner Hemden standen unweigerlich offen, aber das war schließlich Kalifornien, und Justin hatte nicht weiter darüber nachgedacht. Wenn er es jetzt überlegte, so war es mehr als möglich, daß Nathan Martin sehr anziehend auf Frauen wirkte, und daß er enorme Anstrengungen unternahm, diese Eigenschaft zu verewigen. Sein hellbraunes Haar fiel ihm wellig bis über die Ohren, und er schenkte seinem Körper und seinen Bewegungen höchste Aufmerksamkeit, und Justin verspürte plötzlich eine stechende Verachtung für den Mann, die schmerzhaft verschärft wurde durch die Tatsache, daß Martin ein Physiker der ersten Riege war.

Es war Justin wirklich nie in den Sinn gekommen, die Bezeichnung »Mrs. Nathan Martin« mit einem Mädchen wie Dana Mallach zu verbinden. Er hatte mit einem verschwommenen Bild auf den Namen reagiert: eine altmodische Frau mit grauem, zu einem losen Knoten aufgestecktem Haar.

Er merkte plötzlich, daß er sich Madame Curie vorgestellt hatte.

Er sah Dana wieder so, wie sie letzte Nacht gewesen war, so wie er sich an sie erinnerte. Ihm kam es so vor, als wäre es wirklich gewesen, obwohl es Nächte gab, in denen er mit irgendeiner Frau im Arm aufwachte, die, während er schlief, zum Leben erwacht war, wie Eva aus Adams Rippe, geformt von dem Appetit, den er befriedigen wollte. Aber nun kam es ihm so vor, als mußte es wirklich passiert sein, daß es ein reales Geschehen gewesen war und wirklich stattgefunden hatte, Danas Körper, der sich über ihm bog, zitternd wie eine Flamme über seinem, wild in einem Moment, zärtlich im nächsten, ihre Zärtlichkeit war das Schrecklichste überhaupt gewesen, er wußte nicht, ob er je wieder daraus auftauchen würde. Sie hatte über ihm gezittert, und er hatte seinen Mund auf sie gelegt, die ersten Küsse, die er einem Mädchen gegeben hatte, und er wußte nicht, ob er je einen Weg aus der Erfahrung der Nacht, aus der er gerade erwacht war, herausfinden würde.

Und sie war ebenso schön wie vorher, eine Pharaonentochter, die ein anderes Licht abstrahlte, das Ungleichgewicht und wilde Ehrfurcht hervorrief, wo immer es hinfiel.

Und er dachte, getroffen wie er war, daß es vielleicht das uralte Licht sein könnte, der Blick, der aus dem einen Auge des Sonnengottes fiel, und in diesem Licht zu sein bedeutete, umfangen zu werden vom Blick des Gottes.

XIII

– Das ist vermutlich das beste Argument, das du für die Existenz der Seele anführen kannst.

Sie lachte leise, als sie dies sagte, der Ausdruck auf ihrem Gesicht veränderte sich in dem seidengedämpften Licht, so daß das kleine Mädchen, das eben noch da gewesen war und mir seine naiven Fragen gestellt hatte, sofort verschwand.

Sie drehte sich um, so daß sie auf der Seite lag, mit dem Gesicht zu mir, die herzzerreißende Kurve ihres Oberschenkels veränderte leicht ihre Koordinaten, und ich drehte mich ebenfalls um, unsere Gesichter waren nur Zentimeter voneinander entfernt. Ihr Duft vermischte sich mit dem Verlangen, das aus der Nacht ins Zimmer drang.

– Ich dachte, du wärst der Ansicht, daß das Universum eine unpersönliche Einstellung uns gegenüber hätte – nicht eine, die ausgesprochen boshaft wäre.

– Mmm. Ich schwanke zwischen kalter Gleichgültigkeit und gemeiner Bosheit.

Sie lächelte, ihre Lippen waren immer noch leicht wund, und als ich die Finger ausstreckte, um sie wieder zu berühren, nahm sie meine Hand, öffnete den Mund und nahm meine Finger in sich auf.

Verzauberin der Welt.

Ich beobachtete, wie ihr Gesicht vor Ekstase fremd wurde, sie hatte ein Wissen in sich, dem ich nie gewachsen sein würde, eine verborgene Existenz, deren Parameter ich nicht einmal ahnte.

– Mrs. Nathan Martin.

Ich sagte es laut. Sie riß die Augen auf und starrte mich an, sie sah verletzt aus.

– Warum hast du mich so genannt?

– Das bist du doch.

– Nein. Das bin ich nicht.

– Wer bist du dann?

– Was willst du damit sagen?

– Ich weiß nicht. Ich weiß nicht, was ich damit sagen will.

– Was, Justin?

– Du warst es. Du warst Mrs. Nathan Martin.

– Na und?

Ich stöhnte, die einzige Antwort, die ich geben konnte.

– Warum beschäftigt dich das? Was hat das denn mit dir zu tun? Es hat ja kaum etwas mit mir zu tun.

Sie lachte wieder, ihr bitteres Lachen. Selbst ihr Lachen stürzte mich in schmerzliche Verwirrung.

– Wie kann das sein? Erzähl mir etwas darüber! Erzähl mir etwas, damit ich es verstehe!

Und wieder lachte sie bitter.

– Mmm, was kann ich dir erzählen? Mal sehen. Mein Mann hatte grauenhafte Ansichten über die Grundlagen der Quantenmechanik.

– Dana, bitte!

– Was hast du denn nur, Justin?

Ihre Stimme war müde, das leise Zischen darin überdeutlich.

– Ich hasse deine Geheimnisse. Warum ist es schwerer, irgend etwas aus dir herauszubekommen, als das Modell deines Vaters als Lorentz-invariant zu beweisen?

Sie lachte mich an, diesmal ohne Vorbehalt, und sie nahm mein Gesicht zärtlich in die Hände, es fühlte sich so sehr an wie Zärtlichkeit, und ich hielt den Atem an bei dem Gedanken, daß sie mir einen ihrer seltenen süßen Küsse geben, daß ihr Mund meinen suchen würde.

– Sieh mich nicht so an, Justin.

– Wie denn?

– Du zeigst zuviel von dir. Tu dir das nicht an, tu mir das nicht an. Wir müssen nicht so viel voneinander wissen. Ich muß und will es nicht wissen.

– Aber ich, Dana. Ich muß es.

Sie schüttelte mißbilligend den Kopf, als wollte sie mit mir schimpfen, aber immer noch lag ein zärtlicher Schleier über allem.

– Ich dachte, du hättest von deiner Mutter etwas über Proust gelernt. Hat sie dir nicht beigebracht, daß Liebende sich gegen-

seitig erfinden? Jeder Liebende ist ein Künstler, und jedes Liebesobjekt ein Konstrukt der Einbildungskraft. Du hast in mir immer gesehen, was du sehen wolltest.

Ihre Worte machten mich hilflos, es war wie ein Verlust. Irgend etwas Wichtiges wurde mir gestohlen, mir vor meinen Augen weggenommen, und ein Schatten meiner Verletztheit muß sich gezeigt haben. Ein weicher Ausdruck glitt über ihr Gesicht, trotz der brutalen Wucht ihrer Worte, ihres leisen harten Zischens.

– Es ist in Ordnung, mich zu erfinden. Du hast meine Zustimmung. Du hast meine tatkräftige Unterstützung.

Und sie hielt immer noch mein Gesicht in ihren Händen, und immer noch fühlte es sich so sehr an wie Zärtlichkeit. Als sie mich losließ, stand sie auf und ging zum offenen Erkerfenster, kniete sich auf die Bank, legte die Arme auf das Fensterbrett und lehnte sich in die Nacht hinaus.

Ich stand ebenfalls auf, kniete mich neben sie, lauschte den weichen Atemzügen der Nacht.

Als sie zu sprechen begann, war ihre Stimme sehr leise, und sie sprach ihre Sätze nach draußen, ohne mich anzusehen, so daß ich, wieder einmal, das Gefühl hatte, heimlich zu lauschen.

– Ich ging hin, als Nathan hier eine Gastvorlesung hielt. Natürlich kennst du seinen Ruf. Und er ist wirklich ein wunderbarer Dozent, brillant und witzig und so herrlich lebendig. Er produziert sich gern. Ich versuchte meinen Vater dazu zu bewegen, mitzukommen, aber das stand natürlich außer Frage. Einen Mann wie Nathan Martin dozieren zu hören war das letzte, was er sich freiwillig antun würde. Bei der Diskussion nach der Vorlesung stellte ich eine Frage, und Nathan sagte, was für eine gute Frage das sei, daß die Knappheit der Zeit ihn davon abhielte, sie ausführlich zu beantworten, aber daß er mit mir gern ausführlicher sprechen würde, wenn das möglich wäre.

– Das hat er öffentlich gesagt?

– Mmm, oder so ähnlich. Es war vollkommen angemessen, was immer er gesagt haben mag. Nathan kriegt so etwas eigent-

lich immer gut hin. Vor allem vor Publikum. Jedenfalls ging ich zu ihm, nachdem sich die Menge um ihn herum etwas gelichtet hatte, und er war ganz wunderbar, er schien mich als Physikerin sehr ernst zu nehmen, obwohl ich nur eine kleine Studentin war. Natürlich war das eine sehr wirksame Form von Schmeichelei angesichts meiner diesbezüglichen Eitelkeit. Nathan ist großartig darin, die menschlichen Schwächen der Leute ausfindig zu machen.

Sie blickte mich an und lächelte leicht. Sie war stolz auf ihren Verstand, und sie wußte es. Es war der erste Hinweis für mich, daß sie es selber wußte.

– Er fragte mich nach meinem Namen, und als ich es ihm sagte, fragte er, ob ich irgendwie mit Samuel Mallach verwandt sei. Er sagte mir, wie gern er ihn kennenlernen würde. Er sagte mir, was für ein großer Physiker mein Vater sei.

Ihre Stimme wurde noch leiser, war zum Schluß fast nicht mehr zu hören.

– Und deswegen hast du ihn geheiratet?

Sie lachte, ihre Bitterkeit war wieder da.

– Nun, zu der Geschichte gehört natürlich noch mehr, aber in der Kurzfassung, glaube ich, siehst du es richtig. Deswegen habe ich ihn geheiratet. Es hat mich dazu gebracht, ihm zu vertrauen. Ich vertraute Nathan, sofort und ohne Wenn und Aber, weil er meinen Vater gelobt hatte. Ich fiel in einen Abgrund von Vertrauen.

– Und er hat dich verraten?

– O ja. Ich glaube, man kann wirklich sagen, daß Nathan mich verraten hat.

– Und hat dich das verletzt? Verletzt es dich immer noch?

– Ja. Ich reagiere ziemlich empfindlich auf Verrat.

– Ich auch.

– Mmm, ja, du sicher auch. Es ist besonders schlimm für Menschen wie uns, die wir so selten Vertrauen schenken. Ich vertraue fast niemandem. Ich vertraue noch nicht mal dem Universum.

– Ich weiß. Ich auch nicht.

– Nein. Wir haben beide nicht viel Grund, ihm zu trauen. Aber ich vertraue meinem Vater. Ich vertraue ihm mit meiner ganzen Seele, Justin. Ich liebe ihn mit meiner ganzen Seele.

Wir knieten beide nackt nebeneinander auf der kleinen gepolsterten Bank unter dem Fenster, unsere Arme ruhten auf dem Fensterbrett, wir beugten uns weit hinaus. Ihr Zimmer lag auf der Rückseite des Hauses, direkt über dem Zimmer mit der Glaswand, wo wir tagsüber den Eigenschaften des Lichts nachjagten.

Wir lehnten uns aus dem Fenster, hinaus in die Einflüsterungen, von denen die Nacht übervoll war, alle möglichen Begierden schwebten schwerelos in der dünnen Luft. Hinter ihrem Haus lag der Wald, in dem es viele Rehe gab, und wir sahen in den Wald. Wir sahen uns nicht an.

– Ich auch, Dana. Ich liebe ihn auch.

– Ich weiß, Justin. Ich weiß.

XIV

Sie will so unauffällig und unbeachtet leben, als wäre sie unschön.

Sie ist immer noch schön, eine tiefere Schönheit, die den meisten Blicken verborgen bleibt, kalte Ernüchterung liegt in ihren außerordentlichen Augen, Fatalismus zeichnet ihren Mund. Und dann das hinkende gebrandmarkte Bein und die Hände und Arme mit ihren Verfärbungen in der Form züngelnder Flammen, und auch das hat sie aus dem goldenen Netz der Träume anderer herausgeworfen.

Träumst du von mir, Dana?

Wenn ihre Schönheit in all diesen Jahren überhaupt jemals wahrgenommen wurde, dann meistens von einer Person ihres eigenen Geschlechts. Der seltene Ausdruck des verborgenen Geistes zeigte sich plötzlich in ihren Zügen, und eine Kollegin oder eine sich allmählich erst entfaltende Studentin ertappte sich bei dem erstaunten Gedanken, daß sie schön ist.

Ihre Schönheit wird von den Männern meistens nicht wahrgenommen. Die Distanz, die sie wahrt, ist wie vereiste Steppe. Von der anderen Seite aus gesehen ist sie starr und hart und blutleer, so daß die Männer vor Kälte zittern.

Sie ist schön, dachte er, und dann zitterte er vor Kälte.

Jahrelang hatte sie sich von einem obskuren Lehrauftrag zum anderen treiben lassen, von einem mittelmäßigen College zum nächsten: Es gibt so viele.

Sie ist keine beliebte Lehrerin. Ihre Studenten sagen, sie sei »gemein« und »unheimlich«, manchmal sogar »gespenstisch«. Sie achtet immer sorgfältig darauf, den Abstand zu wahren, und von beiden Seiten aus fließt wenig Sympathie durch diesen leeren Raum. Wer nicht schon eine Wissenschaftsphobie hatte, bevor er ihre Vorlesungen hört, bekommt sie bald.

Selbst ihre Stimme klingt, als käme sie aus einem fernen und dunklen Land, leise, aber ohne Weichheit, mit dieser Andeutung eines Zischens, das in ihrer Einsamkeit vernehmlicher geworden ist.

Aber sie will kein Mitleid. Wenn du Mitleid mit ihr zeigst, wird sie dich erfrieren lassen.

Sie setzt ihre Arbeit in ihrer Anonymität fort, hinkt von Ort zu Ort und veröffentlicht niemals. Vor einigen Jahren hat sie einen Artikel eingereicht, wählte die allerbesten Fachzeitschriften aus. Sie sandte vier Kopien ein, und einige Monate später kamen sie alle zurück, mit groben Anmerkungen versehen. Sie las die Kommentare der Gutachter mit äußerer Gelassenheit, merkte, daß die Orthodoxie, die ihren Vater kaltgestellt hatte, immer noch ungebrochen war.

Es war nicht nur der Inhalt ihrer Arbeit, die ihr so überhebliche Verachtung eintrug, sondern auch ihre Ausdrucksweise. Mehr als einer der Gutachter hatte vermerkt, daß sie nicht wie eine Physikerin schreibe, und sie hatten diese Bemerkungen seltsamerweise nicht als Lob gemeint. Sie hält immer noch an der Doktrin fest, die ihr Vater ihr beigebracht hat, daß die beste Physik sehr gute Poesie ist, so daß sie, wann immer es geht, Metaphern der Mathematik vorzieht.

Man spricht vom »Realitätsproblem« in der Quantenmechanik, und im Grunde ist es einfach dies: Worum geht es in der Quantenmechanik? Gibt es ein »Dort« dort draußen? Manch einer war versucht, eine Paraphrase des Barden von Stratford als Antwort anzubieten: Wir sind die Träume, aus denen der Stoff gemacht ist. *Wir hingegen wollen ein Konzept vorstellen, in dem Psi – das Traumfeld, sozusagen – auf der gleichen Ebene steht wie der »Stoff«.*

Die Gutachter waren so voller Verachtung, daß sie ihre Ergebnisse gar nicht begriffen, von denen einige vollkommen von ihr stammten, streng aufgebaut waren und richtig. Sie hatten überhaupt nicht erkannt, was sie erreicht hatte.

Sie liest ihre verständnislosen Bemerkungen ohne wahrnehmbare Reaktion, nur daß sie sich mehrere Wochen oder Monate oder Jahre nicht mehr mit der Quantenphysik beschäftigt, einfach ihren Weg hinkend weitergeht; die Institute, die sie besucht, und die Studenten, die sie unterrichtet, sind für sie fast ununterscheidbar.

Es ist eine Art Fegefeuer für sie, diese grausame Bahn, die sie zieht, von einem mittelmäßigen Institut zum nächsten. Es ist das vollkommene Fegefeuer für einen Menschen wie sie, der so stolz ist auf seinen Verstand, und so allein.

Ist ihr Vertrag zu Ende, flieht sie zum nächsten in der Reihe der akademischen Außenposten, sie zieht kreuz und quer durchs Land, Ost und West, und Nord und Süd.

So wie ein Elektron in einer Nebelkammer wird sie kaum sichtbar, und wie könnte man sicher sein, daß sie dagewesen war? Sie unterrichtet ihre Kurse und dann flieht sie. Keine Studenten kommen, um mit ihr zu reden. Und selbst in den abgelegenen ländlichen akademischen Siedlungen, wo die Kollegen sich untereinander wie wild in inzestuösen, aus der Verzweiflung geborenen Arrangements verbinden, wird sie in Ruhe gelassen, ihr Bedürfnis nach absoluter Einsamkeit ist offensichtlich.

– *Sie ist schön,* dachte er, und dann zitterte er vor Kälte. Er war ein Physiker, ziemlich jung, eine offene, freundliche Seele, man merkte es gleich beim ersten Kontakt, so daß sogar sie leicht erwärmt schien.

– *Ich fürchte, Sie werden feststellen, daß die Studenten hier bestenfalls gleichgültig sind. Lassen Sie sich nicht entmutigen. Aber hegen Sie nicht die Erwartung, sie zu den Höhen der reinen Wissenschaft zu inspirieren. Sie sind »uninspirierbar«, falls es das Wort gibt.*

Etwas in ihr bewegte sich, so daß sie leicht lächelte und fast auf ihre alte Art antworten wollte.

– *Mmm. Ich weiß nicht, ob es überhaupt das Wort »inspirierbar« gibt.*

– *Sie ist schön,* dachte er, und dann zitterte er vor Kälte.

Jahrelang hatten wir ruhig gelebt und jedes Aufsehen vermieden; lebend und zum Teil lebend, absolvierten wir hinkend unsere reinigenden Pilgerfahrten.

Bis wir hier ankamen.

Und wie kommt es, daß wir schließlich *hier* angekommen sind?

Sind es einfach die Gesetze der Wahrscheinlichkeit, die das diktieren? Da wir die Gefilde der Mittelmäßigkeit so gründlich abgrasen, ist unser Vorbeikommen *hier* also einfach ebenso wahrscheinlich wie unser Vorbeikommen in all den *anderen* Orten? Oder zeigt sich hier ein zielgerichteter Einfluß im Raum der Möglichkeiten?

Man sollte denken, daß ich das wüßte, ja, das könnte man denken.

Es gibt viele Städte in diesen Gegenden, die nach der heroischen Vergangenheit einer toten Antike benannt sind: Ithaca, Utica und Troy, Rome, Syracuse, Corinth, Phoenicia, Attica, Carthage, Homer, Hannibal, Cicero; die mythischen Erinnerungen sind verschränkt mit der Geographie des Staates New York.

Zuerst macht sie weiter wie immer, nimmt die anderen um sich herum kaum wahr, sie hält ihre Vorlesungen und verschwindet dann. Aber langsam, langsam zeichnet sich eine Veränderung ab.

Sie behält die Namen einiger ihrer besten Studenten.

Sie geht mit einem Kollegen von ihrem Institut zum Mittagessen und geht mit einem anderen spazieren, der seinen Schritt verlangsamt, um sich ihrem Hinken anzupassen. Eines Abends lädt er sie zum Essen ein, und die beiden trinken Wein. Er nimmt sich sehr viel Zeit beim Auswählen der Flasche, will keinen Fehler machen. Zusammen lesen sie die übertriebenen Charakterisierungen jedes Jahrgangs, so viele Adjektive verschwendet auf ausgepreßte Trauben, er zuerst sehr ernsthaft, bis er durch ihre Skepsis lockerer wird, und schließlich wählen sie einen ganz unpassenden Wein, allein wegen der schieren Absurdität, mit der er beschrieben wird.

Sie merkt sich die Namen ihrer schlechtesten Studenten und bestellt sie zu Nachhilfestunden in ihr Büro.

Ihr Dinnerbegleiter lädt sie wieder ein, er heißt Wallace Low, er ist verwitwet und korpulent und galant und hat eine Halbglatze. Sein Verständnis der Physik ist phantasielos, seine Witze sind womöglich noch schlimmer, aber sie lächelt über jeden, und zweimal sehe ich sie lachen.

Sie merkt sich die Namen all ihrer Studenten, und eines Tages sehe ich, wie sie in ihrem Seminar laut lacht, und alle lachen mit ihr.

Ist ein unnatürlich gesunder Einfluß in das Feld um sie herum eingedrungen? Oder liegt es eher daran, daß ein bösartiges Etwas entfernt, ein metaphysischer Gifthauch verringert wurde?

Man sollte denken, daß ich das wüßte, ja, das könnte man denken.

Und Stück für Stück kommt alles zurück: die Physik, die durch die Stunden unserer Tage und Nächte gebrannt hat, die Stunden unserer Leben.

Die Mysterien der Elementarteilchen und Wellen: das gnostische Feld des Wissens, das jedes mit jedem verbindet; alles muß in Einsteins Wahrheit aufgehen, aber wer kann es sehen, wer kann sehen, wie? Kritische Mengen wirbeln wild davon in Unendlichkeiten, Unendlichkeiten dringen dort ein, wo sie nicht geduldet werden können, und wie könnten sie gebändigt werden, und wer könnte erkennen, wie? Einstein selbst nicht, der einige Jahre, nachdem er seine Erkenntnisse der Allgemeinen Relativitätstheorie vollbracht hatte, erklärte: *Den Rest meines Lebens werde ich darüber nachdenken, was Licht ist.*

– Ich habe nachgedacht.

Im allgemeinen verzweifelte ich, wenn sie diese Worte sagte, das Feuer abzog von den reinen Formeln der Mathematik, die, wie ich wußte, eines Tages die gesuchte Lösung hervorbringen würden.

– Die Wellenmechanik ...

– Ja, Dana, was?

– Vielleicht ist Psi das mathematische Zeichen für den Geist.

Ein Licht wie Wahnsinn leuchtete in seinen Augen auf, und

ich hatte mich wieder gefragt, wie es kam, daß die beiden die Wissenschaftler sein konnten, die sie waren, und dennoch solche Gedanken hegen, glauben konnten, daß Geist oder Seele in Gleichungen verborgen sein könnten, wenn die Eigenschaften der Materie in Bewegung die einzigen Eigenschaften sind, die es gibt, so hatte ich mich gefragt, und so hatte ich mich geirrt.

Sie zieht die alten linierten gelben Notizblöcke heraus, die sie immer auf dem Schoß hatte, wenn wir drei arbeiteten, Notizblöcke, voll mit ihrem alten Quantengekritzel, die sie eingepackt und mitgeschleppt hatte auf ihrer mühseligen Wanderschaft kreuz und quer durchs Land. Sie starrt auf die Seiten mit den verblaßten Gleichungen, das Gewirr der sternförmig angeordneten Dreiecke, das sie darum herum gezeichnet hatte.

Es gibt irgendeinen Weg der Erkenntnis, den wir noch nicht erkannt haben, ein noch ungesehenes Sehen im langen Korridor der Verknüpfungen, und ohne ihn tastet selbst die kraftvollste Mathematik blind herum.

Die tiefste Wahrheit, die wir je über die Substanz des Lichts gekannt haben, ist, daß es selbst unsichtbar ist.

So ist sie hierhergekommen, in *mein* Olympia.

Denn alle Dinge sind verbunden.

XV

– Du kannst nicht eine Blume berühren, ohne einen Stern zu stören.

Im Licht des Morgens zitierte sie das Gedicht, ohne die Röte des nächtlichen Weins anzunehmen, mit einer Stimme und einem Tempo, als wollte sie es schnell hinter sich bringen.

XVI

»Ein unmöglicher Mensch.«

Justin wandte den Kopf, um Dietrich Spencers Blick zu folgen, und erhaschte einen flüchtigen Blick auf Samuel Mallachs Gestalt, die um die Ecke huschte und verschwand.

Es war Indian Summer, ein Spätnachmittag Ende September, das Herbstsemester noch neu, die Störungen durch Lehrveranstaltungen daher vielfältig. Spencer hatte Justin auf dem Flur festgehalten, ein paar Worte an ihn gerichtet, nicht um sich nach der Zahl der Studenten in seinen Kursen zu erkundigen (die, wie immer, nicht hoch war), sondern um ihm eine Frage zu stellen, die etwas mit ihrer Arbeit zu tun hatte.

Regelmäßig rief einer der höhergestellten Physiker nach Justin, damit der das Feuer der Mathematik zu ihm hinuntertrage. Er ärgerte sich nicht über ihre Anfragen. Dana ärgerten sie, aber ihn nicht. Er war der jüngste Dozent an diesem höchst bedeutenden Ort, und er war nicht in der Position, sich die Aufmerksamkeit einer wichtigen Persönlichkeit der Fakultät zu verscherzen, am wenigsten die von Dietrich Spencer.

Spencer bat Justin häufig, am Nachmittag, nach der täglichen Teestunde des Instituts, bei ihm im Büro vorbeizukommen. In den ersten Monaten hatte Justin selten an der Teestunde teilgenommen, aber auf Spencers Zureden hin, der die Kollegialität dieser Veranstaltung sehr betonte, hatte er angefangen, sie ziemlich regelmäßig zu besuchen, ebenso wie die diversen Institutssitzungen und sogar einige eher gesellschaftliche Ereignisse.

Zweifelsohne hatte der mächtige Dietrich Spencer an Justin Childs Gefallen gefunden. Von Anfang an hatte Spencer ihn offenbar gemocht, unerklärlicherweise, denn er war eigentlich nicht sehr liebenswert, und Spencer neigte nicht gerade dazu, jemanden zu mögen. Bei Justin Childs hielt er seine explosive Ungeduld merklich im Zaum, und er hatte Justin ein Büro im siebten Himmel zugewiesen, ein kleines Zimmer nicht weit von seinem eigenen.

Justins Doktorvater war Helmut Zweifel gewesen, und Zweifel und Spencer hatten vor Jahren zusammen über die Hintergrundstrahlung gearbeitet, eine Arbeit, die immer noch auf den Ruf aus Stockholm wartete. Es mußte Zweifels Empfehlungsschreiben gewesen sein, das Spencer so entschlossen zu Justin Childs' Gunsten entscheiden ließ – Spencer selbst hatte kaum verhüllt angedeutet, daß dem so war, daß sich deutlich glänzendere Kandidaten beworben hatten. Einige Professoren des Instituts, die jeweils ihre eigene Wahl durchbringen wollten, hatten sich besonders energisch gegen Childs' Berufung ausgesprochen – auch dies hatte Spencer Justin indirekt wissen lassen –, wobei sie sich auf das stürzten, was sie als ein zweifelhaftes Lob lasen, das in Helmut Zweifels Brief gespendet wurde. Zweifel hatte den Kandidaten als einen erwiesenermaßen begabten Mathematiker gerühmt, aber, was seine Begabung als Physiker betraf, zu einer Reihe raffinierter Ausflüchte gegriffen. Justin hatte diesen Brief ausgegraben – in einer der Stunden, in denen er die Flure fast ausschließlich für sich allein hatte und nur ein- oder zweimal einem tief verstörten, tief zweifelnden Doktoranden oder einem sehr untergeordneten Institutsmitarbeiter begegnete.

Als Physiker ist Justin Childs ohne jeden Zweifel der beste Mathematiker, den ich je kennengelernt habe ... Seit ich in Kalifornien lebe, bin ich zu einem großen Lakers-Fan geworden, und zusammenfassend kann meine Empfehlung von Justin Childs in Begriffen ihres Spiels formuliert werden. Justin Childs ist so etwas wie ein Genie. Ein Genie im Vorbereiten. Er wird nicht unbedingt den Ball in den Korb befördern, aber es ist sehr wahrscheinlich, wenn nicht sogar gewiß, daß er den Ball an denjenigen weitergibt, der dann den Punkt erzielt.

Spencers Kollegen hatten ganz sicher an Zweifels Spitzfindigkeiten herumgenörgelt, aber Spencer setzte sich durch, wie gewöhnlich. Er sprach oft, mit unaufrichtig zur Schau gestellter Verwunderung, von der »unsichtbaren Hand«, die geheimnisvoll die meisten Institutsentscheidungen zu völliger Einstimmigkeit dirigiere, und als Justin ankam, traf er auf einen Direktor, der bereit war, ihn unter starke Fittiche zu nehmen.

Dietrich Spencer konnte geradezu überwältigend charmant sein; Justin, selber kaum charmant, hatte das oft beobachtet und in diesem methodisch liebenswürdigen Wesen eine heimtückische Absicht gewittert.

Spencer sonnte sich in einer *ex-cathedra*-Freundlichkeit, die er wichtigen Besuchern gegenüber an den Tag legte, er ließ es sich nie nehmen, sie feierlich persönlich zu begrüßen, wobei er ihre Arbeit mit so großzügig eingesetzten Superlativen beschrieb, daß die wenigen, die diese Fülle als unverdient empfanden, sich nervös fragten, ob er sich über sie lustig machte. Justin beobachtete genau und fand Spencer immer lehrreich, wenn auch beunruhigend.

Dennoch war, vielleicht durch den abstumpfenden Effekt wachsender Vertrautheit, Justins Unruhe in Dietrich Spencers Gegenwart auf eine Ebene, die für beide kaum noch spürbar war, verdrängt worden. Justin hatte seine nervöse Wahrnehmung der aufgestauten Energie dieses Mannes größtenteils überwunden, seiner entnervenden Stimme und seiner mehr als entnervenden Narbe – all die Zeichen, die indirekt auf etwas Brutales hinwiesen, das unter Kontrolle gehalten wurde. Justin bemerkte jetzt sogar kaum noch das Fingerschnippen der linken Hand.

Zuerst hatte die Narbe seine Aufmerksamkeit unwiderstehlich angezogen, so daß Spencer ihn bei dem Versuch ertappte, nicht hinzusehen.

»Zweifellos fragen Sie sich, woher ich diese aufwendige Verzierung habe.«

Spencer hatte auf den entstellenden Streifen über seiner Braue gezeigt und dabei sonderbar gelächelt, die Augenbrauen ironisch gewölbt, doch die Mundwinkel fast schadenfroh verzogen.

Justin, ertappt wie ein Kind, wußte nicht, ob er es abstreiten oder zugeben sollte, aber Spencer fuhr in seinem üblichen energischen Stil fort, als genieße er es geradezu, über diesen unheimlich wirkenden Makel zu sprechen.

»Eine Erinnerung an einen Kampf vor langer Zeit, als ich noch ein junger Heißsporn war, mit donquichottischen Ansichten über Ehre und Heldentum. Es ist ein abschreckendes Ding, das weiß ich, wie bei Frankenstein. Aber Sie sollten mal sehen, was der andere Kerl abbekommen hat.«

Und er lachte, der kraftvolle Blick seiner graublauen Augen leuchtete beunruhigend, und Justin erinnerte sich an die Geschichte von dem Heidelberger Duell. Er fragte sich, ob der »andere Kerl« vielleicht tot liegengeblieben war.

»Ein unmöglicher Mensch.«

Spencers Stimme war leise, fast flüsternd, seine Finger schnippten, und Justin wandte den Kopf, um die Bahn des verschwindenden Physikers zu verfolgen, drehte sich dann wieder um und starrte Spencer an.

In stillschweigender Übereinkunft hatten weder Justin noch Mallach je merken lassen, daß sie mehr als entfernte Kollegen waren. Wenn Justin Spencer von seiner Forschung berichtete, dann erwähnte er weder Mallachs Namen noch Mallachs Modell noch sonst irgend etwas, was direkt oder indirekt mallachisch war.

Justin kannte seine Gründe für diese Unaufrichtigkeit, und Mallach mußte seine eigenen ebenfalls kennen.

»Man könnte behaupten, daß die Loyalität des Instituts zu seinen Mitgliedern im Fall von Samuel Mallach über das Normalmaß hinausgeht. Der Kerl ist ein Irrer.«

Das war ein vulgärer Ausdruck und sehr untypisch für Spencers öffentliche Person, die eine strenge, systematische Höflichkeit wahrte. Nur in seltenen Einzelfällen verlor er die Geduld, und die aufgestaute Wildheit kam heraus, meistens auf Kosten seiner beiden Sekretärinnen, Della und Joyce. Keine der beiden war jung – Della, seine »persönliche Assistentin«, arbeitete seit fast fünfundzwanzig Jahren für ihn –, aber beide hatten mädchenhafte Züge, die in Anwesenheit ihres Chefs zutage traten. Gegenüber anderen Mitgliedern des Instituts konnten sie brüsk und schroff und herrisch sein: was Della betraf, sehr herrisch. Sie hatte sich sogar angewöhnt, mit den Fingern zu schnippen, wenn auch nicht so tödlich leise wie er. Della und Joyce verhielten sich so, als sei die Mehrheit der Institutsmitglieder wenig mehr als schwierige Kinder, die nach einer sehr strengen Hand verlangten. Aber Dr. Spencer wrang die Härte aus den beiden vollkommen aus, sie wurden schlaff wie Stoffpuppen, und es war unangenehm, die Wirkung seiner entfesselten Wut auf sie zu beobachten.

»Er ist ein Irrer«, wiederholte er, seine Stimme bemühte sich nicht, seine Verachtung zu kaschieren, so daß Justins eingelullte Furcht mit einem Satz und leisem Aufjaulen wiedererwachte.

Trotzdem schienen Justin die Gründe Spencers für diese Denunziation ziemlich klar. Als Leiter des gefeierten Instituts, auf das er verständlicherweise stolz war, ärgerte er sich natürlich darüber, die ausgebrannte Figur Samuel Mallachs, nur weil sie im Besitz eines Lehrstuhls war, behalten zu müssen. Niemand am Institut, am wenigsten der ungeduldige Spencer, hätte je die Möglichkeit erwogen, daß man immer noch so etwas wie ernstzunehmende Wissenschaft von dem Relikt erwarten könnte, das man beauftragt hatte, Physik für Poeten zu lehren.

Und doch kroch die Arbeit in der Bagatelle Road stetig voran, mühevoll und langsam, denn es gab sehr viel ungebändigte Mathematik, die gefügig gemacht und geordnet werden mußte, aber trotzdem krochen sie stetig vorwärts und auf das Licht zu.

Mallachs Arbeitszimmer am Ende der Treppe war zu vollgestopft, um die drei zu beherbergen, so daß sie in das sonnige Zimmer auf der Rückseite des Hauses zogen. Manchmal kamen die Rehe aus dem Wald direkt hinter dem Grundstück. Mallach und seine Tochter legten draußen Obst hin, um sie anzulocken. Die beiden warteten immer auf die leise, zitternde Annäherung der Tiere. Das war eine weitere große Ablenkung, mit der Justin sich zwangsweise abfinden mußte. Einer von beiden zeigte hinaus, und alle drei drehten sich um und schauten. Justin beobachtete die Tiere auch gern, aber es war Samuel Mallach, der sie wirklich liebte, und Dana liebte sie ihrem Vater zuliebe.

Sie benutzten eine Schultafel, um ihre Berechnungen hinzuschreiben. Es gab immer noch Tage, an denen Mallach vor der versteckten Physik zurückschreckte, die vor ihnen lag, den grausam verdrehten Strängen von Mathematik, die sie noch entwirren mußten.

»Quanten-Probleme sind wie die Kabbala«, sagte Mallach. »Sie sind gefährlich. Sie können die Menschen wahnsinnig machen.«

An solchen Tagen war er mit nichts einverstanden, wollte nur seiner Tochter zuhören, wenn sie seine erwählten Dichter vortrug.

Sag, was ist die Welt der Materie, und ist sie tot?
Lachend antwortet er: Ich will ein Buch auf Blütenblätter schreiben,
Wenn du mich nährst mit Gedanken von Liebe und ab und zu
Einen Kelch mir reichst mit funkelnder Poesie; wenn ich dann trunken bin,
Werd ich zur sanften Laute dir singen, dir zeigen, wie lebendig
Die Welt ist, wo jedes Staubpartikel seine Freude haucht.

Das war Blake. Das wußte er.

Lesen Sie Blake, hatte er Justin ermahnt; lesen Sie Yeats. Aber jetzt hatte Justin Childs mehr zu studieren als Blake und Yeats.

Sie hatten ein Gedankenbild komponiert, und es war schön. Sie mußten nur erkennen, ob es auch wahr war. Aber jetzt hatten sie ein Bild der Zeit, die sich ihren Weg durch die Quantenschwerkraft bahnt, und wenn sie nur die Mathematik finden und entwickeln könnten, so wie die Zeit ihren Weg selbst findet, dann könnten sie anfangen, an ihr Gedankenbild zu glauben, und anfangen, es bekannt zu machen.

Justin war vom Studium der Gedichte Blakes zum Studium der Diffeomorphismus-Invarianz-Dynamik der ersten Ordnung übergegangen, der Mathematik, die die letzte Berechnung hervorbringen würde. Davon war er überzeugt.

Zuerst hatte er an den Formeln heimlich gearbeitet, weil er Angst vor Mallachs Reaktion hatte. Aber eines Nachmittags, mitten im tiefsten Winter, ein paar Tage, nachdem sie zusammen in aller Stille Weihnachten gefeiert hatten, brachte er sie dazu, zu erkennen, wie sein Feuer mit ihren Intuitionen verschmolzen werden konnte, und sie hatten mit unterschiedlicher Geschwindigkeit angefangen, das Feuer in sich aufzunehmen.

Für Samuel Mallach war es ein nüchterner Kampf, sich an die neue Mathematik zu gewöhnen, aber Dana erwärmte sich schnell für die Strukturen, die Justin ihr aufzwang. Noch war die Mathematik nicht so schön, wie sie, was beide wußten, sein würde. Sie war immer noch ein verdrehter Strang, und sie war grob. Wenn sie sie entwickeln konnten, so daß sie schön wurde, so daß sie durchsichtig und licht wurde, dann würden sie es wissen. Und dann würden sie es der Welt sagen.

Verglichen mit der Arbeit, die sie in dem Haus in der Bagatelle Road taten, waren Spencers Anforderungen ein Kinderspiel.

Spencer hatte sich schnell wieder gefaßt nach der Unterbrechung durch Mallachs Vorbeihuschen und nahm den zerrissenen Faden seiner Gedanken wieder auf.

»Ich muß morgen zu dieser Konferenz nach Berkeley fahren. Es wäre günstig, wenn ich die Lösung vor meiner Rede haben könnte. Das würde den Vortrag noch interessanter machen.«

Spencer lachte, riß den Mund weit auf, und Justin, der um einiges größer war, sah hinten ein paar Goldzähne aufleuchten. Der Anblick des Goldes war ihm auf unklare Art unangenehm. Es wirkte europäisch und erinnerte an unheimliche Geschichten. Er wußte, daß er zu offensichtlich in Spencers Mund starrte. Er hatte völlig vergessen, über Spencers Bemerkung zu lachen, überhaupt auf Spencers unausgesprochene, aber herrische Forderung zu reagieren.

»Wir treffen uns heute am späten Nachmittag, ja? Und dann

können wir den ganzen Abend lang arbeiten, so lange, bis wir fertig sind!« sagte Spencer im Befehlston, schnippte seinen Schützling wieder zur Aufmerksamkeit.

Justin rief bei Mallachs an, um zu sagen, daß er heute nicht kommen würde.

»Wegen Spencer, nicht wahr? Will er wieder deinen Verstand anzapfen«, sagte Dana.

»Ja, wegen Spencer.«

»Der Mann ist schrecklich.«

»Ja, ich glaube, da hast du recht.«

»Ich werde mir für meinen Vater irgendeine Geschichte ausdenken müssen.«

»Bei Spencers Verhältnis zu deinem Vater ist offenbar nichts mehr zu retten.«

»Mmm. Nun, von Daddys Seite her ist auch nicht mehr viel zu retten. Er hat einen sehr warmen Platz in der Hölle extra für Dietrich Spencer reservieren lassen. Ich glaube, er hat alle Physiker für den neunten Kreis der Hölle vorgesehen, aber den tiefsten Höllenschlund hat er exklusiv für sexy Dietrich reserviert.«

»Sexy?«

»Mmm.«

Ihr changierendes »Mmm« diente ihr auf vielerlei Arten, hatte Unmengen von Bedeutungen. Dieses hier war gedehnt, spielerisch und doch wirkungsvoll, und er spürte es unangenehm, außerdem machte ihn die verschmitzte Andeutung in ihrem leise lachenden »Mmm« auch noch eifersüchtig.

»Ich glaube, das meinst du wirklich so.«

»Es gibt eine Theorie, wonach das Böse erotisch ist, und daraus würde folgen, daß Dietrich Spencer höllisch sexy ist. Wenn ich meinen Vater reden höre, entspricht die Geschichte dieses einen Mannes der gesamten Geschichte aller Grausamkeiten in der Physik des zwanzigsten Jahrhunderts.«

»Hiroshima und Nagasaki eingeschlossen?«

»Mmm. Du wirfst eine interessante Frage auf. Ich persönlich glaube, daß mein Vater Dietrich verdächtigt, für die Nazis gearbeitet zu haben. Was nicht mal übertrieben unwahrscheinlich ist. Bei diesem Vornamen und diesem undefinierbaren Akzent, der über den Globus zu mäandern scheint.«

»Keineswegs unwahrscheinlich. Und diese gräßliche Narbe.«

»Es gibt kein Verbrechen, von dem Daddy nicht freudig annehmen würde, daß Dietrich dazu fähig wäre. Alles sehr merkwürdig, denn wenn ich mich recht erinnere, war er für mich als sehr kleines Mädchen noch Onkel Dietrich.«

»Das muß gewesen sein, ehe dein Vater entdeckte, daß er ein Nazispion war.«

»Paß lieber auf, was du sagst. Der Mann könnte immer noch Pläne für ein faschistisches Herrschaftssystem schmieden. Wie der Professor, den Orson Welles, auch sehr sexy, in diesem Film gespielt hat. Nazi oder nicht, ich werde mir für meinen Vater irgendeine Geschichte ausdenken müssen. Ist dir das klar?«

»Tu was du für richtig hältst.«

»Weißt du, ich lüge ihn nicht gern an. Ich mußte ihn früher nie anlügen.«

»Was verlangst du von mir? Soll ich Spencer absagen?«

»Sag ihm ab. Warum nicht?«

»Du bist unvernünftig.«

»Spencer arbeitet noch nicht mal an etwas Wichtigem. Es geht das Gerücht, daß sogar seine Forschung über die Hintergrundstrahlung, die Äonen her ist, einfach ein Glücksfall war. Er ist einfach im Dunkeln darüber gestolpert, hat sich den großen Zeh daran gestoßen.«

»Ich habe sogar gehört, daß er, als er darüber stolperte, die kosmische Bedeutung gar nicht erkannte. Jemand mußte ihm die kosmologischen Konsequenzen erklären und den Zusammenhang mit dem Urknall. Er selbst hatte die Implikationen nicht gesehen.«

»Wirklich? Das habe ich nie gehört. Wer war das?«

»Der Name, der mir gegenüber erwähnt wurde, war der deines Vaters.«

Er hörte nichts, nicht einmal ihren Atem.

»Dana?«

»Mmm.«

»Wollte nur wissen, ob du noch dran bist.«

»Bin ich. Ich weiß nur nicht ganz, was ich von dem, was du mir gerade gesagt hast, halten soll.«

»Hör mal, Dana, ich muß jetzt gehen.«

»So wie ich gehen und meinen Vater anlügen muß.«

»Es ist bedeutungslose Arbeit, die ich mit Spencer mache, Kinderkram.«

»Warum gehst du dann hin und arbeitest mit ihm? *Unsere* Arbeit ist kein bedeutungsloser Kinderkram.«

»Gerade weil Spencers Arbeit so unbedeutend ist, ist das ganze Theater, ob du ›Daddy‹ nun anlügst oder nicht, unsinnig. Es hat keine Bedeutung, Dana. Ich muß kaum nachdenken, um zu erledigen, was Spencer braucht.«

»Ich muß jetzt zu ihm hinuntergehen und eine Geschichte erfinden. Das ist von Bedeutung.«

»Nun, wenn du glaubst, daß es undenkbar ist, ihn anzulügen, erzähl ihm einfach die Wahrheit.«

»Das ist noch weniger denkbar, Justin, und das weißt du.«

»Dana, gibt es wirklich neun Kreise der Hölle?«

»Genau neun. Und der neunte ist für Verräter reserviert, und was Dante sah, war zu schrecklich, um beschrieben zu werden.

›*Ich starb nicht, doch konnt' ich auch nicht leben;*
Bedenk für dich, hast du ein Gran Verstand,
Was aus mir wurde ohne Tod und Leben.‹

Kommt dir das bekannt vor, Justin?«

»Hört sich an wie Schrödingers Katzen-Paradox.«

»Genau.« Sie lachte leise ins Telefon. »Typisch – im tiefsten Höllenschlund findet man das Meßproblem.«

XVII

Sag, was ist die Welt der Materie, und ist sie tot?

Hier haben wir Professor Mallach und die Vorlesung »Physik für Poeten«, dieses Jahr ein beispielloser Erfolg.

– *In dem berühmten Doppelspaltversuch können Photonen ebenso wie Elektronen dazu gebracht werden, sich schizophren zu verhalten: sowohl wie ein Partikel als auch wie eine Welle. Aber es gibt etwas noch viel Merkwürdigeres: Die gestörten Entitäten verhalten sich nur dann psychotisch, wenn sie unbeobachtet sind. Der Physiker folgert die schizophrene Bewegung aus den verstreuten Spuren, die auf einer fotografischen Platte zurückbleiben. Wenn jemand sich tatsächlich ihr Verhalten vorher ansieht, verschwinden die Aberrationen, und die Elektronen und Photonen verhalten sich wie anständige Partikel, ungespalten und beruhigend normal.*

Man könnte meinen, daß die Dilemmata der Quantenmechanik, so haarsträubend sie sind, wenigstens auf die mikroskopische Ebene eingegrenzt werden können, wo wir sie zumindest nicht sehen müssen. Elektronen wären dann wie jene geistesgestörten Familienmitglieder, die früher auf dem Dachboden versteckt wurden. Aber wie jeder gute Student der Romanliteratur des neunzehnten Jahrhunderts weiß, kann man die verrückten Dachbewohner nicht für immer einsperren. An irgendeinem Punkt brennt das ganze Haus ab. Das berühmte Gedankenexperiment, bekannt als »Schrödingers Katzen-Paradox«, ist wie Mr. Rochesters Frau in Charlotte Brontës Roman Jane Eyre. *Sie erinnern sich, daß unmittelbar bevor Jane Mr. Rochester heiratet, Bertha, dessen völlig verrückte Frau, aus ihrem bewachten Zimmer unter dem Dach entkommt und das Haus in Brand steckt, und so ihre verborgene Existenz auf schreckliche Weise öffentlich macht? »Schrödingers Katze« bewirkte etwas Ähnliches für die materielle Welt. Es zeigt uns, daß der Wahnsinn der Quantenmechanik nicht bequem auf die mikroskopische Ebene begrenzt werden kann, und auch das ist ziemlich schrecklich.*

Sie lachen mit ihr, wenn sie Gelächter will, und scheinen aufgewühlt, wenn sie sie aufgewühlt haben will. In einer Vorlesung nach der anderen, von ihrer Physik für Poeten bis hin zu ihren fortgeschritteneren Studenten, packen sie ihre Sachen nicht eher zusammen, als bis sie verabschiedend nickt. Kann es sein, daß sie sogar etwas über Physik lernen?

Eins spüren sie: Wie sehr sie liebt. Die Physik, die durch die Stunden unserer Tage und Nächte gebrannt hat, die Stunden unserer Leben.

– *Die Welt, wie sie letzten Endes wirklich ist, die Welt, wie sie wirklich ist.*

So hatte er es formuliert.

– *Sich abwenden von den Schatten auf der Rückwand der Höhle, aus dem Inneren der Höhle heraustreten und die Welt sehen, wie sie letzten Endes wirklich ist.*

Er gestikulierte mit den Händen, deren Bewegungen elegant und irgendwie schön waren. Die Bewegungen der Jugend und Schönheit hatten sich in seinen fliegenden Händen bewahrt, und ihr Gesicht zeigte im Spiel des Kerzenlichts eine geheimnisvolle Hingabe, als sie zuhörte, wie er von der Suche nach der Wahrheit, wie der Physiker sie kennt, schwärmte.

Es ist nur ein blasser Abglanz der Hingabe jener Nacht, der jetzt auf ihrem Gesicht spielt, aber die Studenten fangen sein Flackern auf, so scheint es jedenfalls, und das Zeichen wahrer Leidenschaft verzaubert sie; so jung sie sind und so unempfindlich für die Myriaden von Möglichkeiten der Schlußfolgerung, scheinen sie doch das Aufblitzen der Leidenschaft zu erfassen, und deshalb lachen sie, wenn sie Gelächter will, und packen nie ihre Bücher ein bis zu dem letzten Nicken, das besagt, daß sie fertig ist.

XVIII

»Sie sind Wissenschaftler der Ekstase, Wissenschaftler wie wir.«

Justin starrte sie an, versuchte, ihr Gesicht und ihre Stimme einzuschätzen, um beurteilen zu können, inwieweit er sie ernst nehmen mußte.

»›Wissenschaftler der Ekstase‹, Dana. Wie soll ich das verstehen?«

»Vielleicht indem du sehr gründlich nachdenkst.« Sie sprach in ihrem bestimmtesten Ton, sehr überlegen, als ob sie es wirklich so meinte, ließ Möglichkeiten real erscheinen, die so abgelegen waren, daß sie sich kaum als Möglichkeiten qualifizierten, und er war belustigt, abgestoßen und erregt, und alles auf einmal. »Mmm.« Sie summte es tief unten in der Kehle. »Was für ein schönes Wort. Ich bin sehr angetan von dem Wort.«

»Wissenschaftler?«

Sie drehte den Kopf auf dem Kissen, um ihn anzusehen, und lachte mit diesem dünnen, scharfen, triumphierenden Unterton, der manchmal herausstach, wenn sie dachte, er sei ein Dummkopf. *»Ekstase*, Justin. *Ekstase*.«

»Ich weiß.« Justin strich mit dem Finger über ihre Wange. »So ein Idiot bin ich nicht.«

Weil sie ihn für einen so unverbesserlichen Tropf hielt – mit einer gewissen Berechtigung –, war sie geneigt, an jeden Grad seiner Beschränktheit zu glauben. Dennoch erlaubte sie seinem Finger, weiter kleine Kreise auf ihren Wangen und den Hals hinunter zu ziehen. Sie trug einen weichen schwarzen Pullover, den er an ihr liebte, die Art, wie er das blasse Leuchten ihrer Haut zur Geltung brachte.

»Nein?« murmelte sie. »Ich weiß nicht, ob ich darüber erleichtert bin oder nicht.« Sie nahm seinen Finger und betrachtete ihn nachdenklich. »Kennst du die Etymologie des Wortes *Ekstase?*«

»Es kommt aus dem Griechischen. Es heißt soviel wie: daneben stehen.«

»Und neben was stehen die Ekstatiker, o vielversprechender Jüngling?«

Sie hatte seine Hand umgedreht und zeichnete nur mit den äußersten Fingerspitzen ihr Netz aus Dreiecken ganz zart über seine Handflächen, was es ihm ungeheuer schwer machte, zu denken, obwohl er entschlossen war, es zu versuchen.

»Neben sich selbst, natürlich.«

»Mmm, du weißt also doch etwas über Ekstase, Justin Childs.«

Die Schärfe war aus ihrer Stimme verschwunden. Sie war zu etwas fast wie Zärtlichkeit übergegangen, er empfand es wie Zärtlichkeit. Sie lagen nebeneinander in ihrem kleinen weißen Bett, auf einen Haufen hübscher kleiner Kissen gelehnt, und hatten einen der erotisch-esoterischen Texte Dottys gelesen. Samuel Mallach hatte sich entschuldigt, weil er sich vor dem Abendessen ein wenig hinlegen wollte, und das winterliche Licht war gerade noch hell genug, um dabei lesen zu können, obwohl sie sich den schweren Wälzer dicht vor die Augen halten mußten. Justins schwache Augen blickten angestrengt durch die Brillengläser auf eines jener wollüstig anschaulichen Bilder, die ihn anfangs schockiert hatten und die ihn immer noch insgeheim schockierten, sie würde ihn auslachen, wenn sie das wüßte.

Als er ein Trauerkloß gewesen war, zu einsam, um zu spüren, wie einsam er war, und durch das grelle Licht von Paradise wanderte und sich an seinem feuchten Traum festhielt, eines Tages mit einem Mädchen zu sprechen, da war sie Mrs. Nathan Martin gewesen, die Ehefrau eines Physikers aus der ersten Riege. Eine Welt weltlicher Erfahrungen trennte sie immer noch, ein unteilbarer Restbetrag in ihr, der ihn quälte.

Das Buch war bei dem Bild *Der Prinz und die Prinzessin von Jodhpur* aufgeschlagen, die beiden saßen auf luxuriösen Kissen und sahen sich mit weit aufgerissenen Augen an, Handfläche an Handfläche, und nahmen eine höchst unwahrscheinliche Stellung ein.

»Sie scheinen nie die Augen zu schließen, diese tantrischen Menschen. Gehört das zu ihrer Religion?«

»Ja, das ist wirklich so. Der Blick ist erforderlich. Sie sehen das

Göttliche im anderen. Sie sieht Shiva in ihm, und er sieht Shakti in ihr. Und wenn sie sich bewegen, bewegen sich in ihren Gliedern die Götter.«

»Offen gesagt, Dana, es ist schwer vorstellbar, daß sie sich in dieser Stellung überhaupt bewegen.«

Die königlichen Liebenden trugen nichts außer kunstvoll gearbeitetem Schmuck, durchsichtigen Schleiern und jenem seltsamen Gesichtsausdruck, über dessen passende Charakterisierung Dana und er sich nicht einigen konnten. Die Beine des grinsenden Prinzen waren im offenen Lotussitz zusammengelegt, und die grinsende Prinzessin saß auf seinem Schoß, hatte ihre Beine um ihn geschlungen, die genauen Details ihrer Vereinigung waren lebhaft ausgeführt.

»Genau da liegst du falsch, Justin. Genau da bist du schwer im Irrtum. Alle Arten von versteckten Bewegungen gehen da vor sich, physische und metaphysische Bewegungen.«

»Metaphysische Bewegungen.« Justin lachte, und sie lächelte mit ungerührt süßer Gelassenheit zurück, nahm sich seine Spottlust nicht zu Herzen, vielleicht weil sie ihn sich überhaupt so wenig zu Herzen nahm. »Das ist mal ein schönes Wort, um die Grenzen der Bedeutung in Frage zu stellen.«

»Und doch metaphysische Bewegungen, trotz allem. Das ist eine sehr fortgeschrittene Stellung, sehr förderlich für die Meditation.«

Sie behielt ihren salbungsvollen Ton bei, und er lachte wieder, war immer noch nicht in der Lage, mit Sicherheit zu sagen, wie ernst sie es meinte.

»Und worüber, genau, meditieren sie in ihrer sehr fortgeschrittenen Stellung?«

»Die gleichen Dinge, über die wir in unserer sehr fortgeschrittenen Wissenschaft meditieren, Justin. Die letztendliche Natur der Realität. Den schimmernden Schleier zwischen Schein und Sein. Die selbstgefälligen Irrtümer der anerkannten Meinung.«

»Könnten sie nicht besser mit etwas größerem Abstand voneinander meditieren?«

»Meditierst du besser getrennt von anderen Wissenschaftlern?«

»Ach hör doch auf, Dana. Wissenschaft ist von Natur aus Zusammenarbeit. Ich habe immer gedacht, mystische Erleuchtung sei eine einsiedlerische Angelegenheit und asexuell. Irgendein knochiger Typ im Lendenschurz, der auf einem kahlen Berg *Om* summt.«

Sie gestattete sich zu lächeln, das Licht funkelte in ihren Augen. »Ich glaube, daß du im großen und ganzen recht hast. Sogar auf Shiva soll diese Beschreibung zugetroffen haben: eingeschmiert mit Asche und arrogant, wie es nur ein Mann im Lendenschurz sein kann, bis sein Dünkel von der erhellenden Ekstase der Göttin vernichtet wurde.«

»Demnach war es die Göttin, die den Gott erleuchtete.«

»Natürlich. Kundalini ist die weibliche erotische Energie. Ich erinnere mich genau, daß ich dir das erklärt habe.«

»Natürlich.«

»Natürlich. Diese besondere Stellung übrigens«, sie zeigte auf das Jodhpur-Paar, »soll sehr wirksam darin sein, die Kundalini zum Aufsteigen zu bringen.«

»Die sieben Chakren emporzusteigen bis zum großen gnostischen Orgasmus.«

»Apropos Orgasmen, Justin, Tantra-Experten wird nachgesagt, daß sie in der Lage gewesen seien, die erstaunlichsten Dinge zu machen. Sie konnten Kunststücke der Erotik vollbringen, die fast die Vorstellungskraft sprengen.«

»Ich zittere vor der Frage.«

»Das solltest du auch. Auf der fortgeschrittensten Tantra-Ebene gibt es sexuelle Yoga-Techniken, die *mudras* heißen, was ›Siegel‹ bedeutet. Alles wird mit unendlicher Langsamkeit ausgeführt, in einem die Meditation fördernden Tempo. Die allerfortgeschrittenste von allen heißt *amaroli*, die unsterbliche *mu-*

dra, und verlangt von einem Mann, seinen freigesetzten Samen wieder in sich aufzunehmen, nachdem er sich mit der Essenz seiner Geliebten vermischt hat.«

»Klingt eklig, von ungesund gar nicht zu reden.«

»Die Idee hinter der tantrischen Sexualität ist, zwei Körper in ein einziges Energiesystem zusammenzubringen, aus den sieben Chakren werden vierzehn, lange Schleifen entfesselter Energie wirbeln durch ihre vereinten Körper. Wenn sie sich darin ganz verlieren können, wie zwei ekstatische Tänzer, die nur noch den Tanz spüren, nicht länger wissen, wo der eine Körper endet und der andere anfängt, dann machen sie die Erfahrung, wirklich eins zu sein. Und das, Justin, ist der Augenblick, in dem sie spüren, wie sie im Göttlichen aufgehen.«

»Zweifellos.«

Diesmal gestattete sie sich ein richtiges Lachen, unkontrolliert und kindlich.

Justin beugte sich über sie und legte die Hände um ihren Kopf. »Du glaubst kein Wort davon, oder, Dana? Chakren und Kundalini. Die Götter, die sich in den Gliedern der Liebenden bewegen, oder der Geist Gottes, der in den Gleichungen lauert. Du glaubst keine einzige alberne Silbe davon. Du spielst nur mit diesem hochgestochenen Humbug herum. Aber am Ende bist du eine nüchterne kleine Rationalistin, Dana Mallach.«

»Eine Rationalistin? Das darfst du mir nicht nachsagen, Justin Childs. Alles, aber das nicht.« Das sagte sie mit gespieltem Entsetzen, dann grinste sie und rückte näher an ihn heran, schob sich halb unter ihn.

»Jetzt habe ich dich durchschaut. Ich habe den letzten der schimmernden Schleier heruntergerissen. Du bist eine richtiggehende kleine Skeptikerin. Du glaubst ebensowenig an metaphysische Bewegungen wie ich.«

Über sie gebeugt, stützte er sich auf seine Ellenbogen.

»Also, nein, es gibt einen Unterschied zwischen uns. Ich versuche, aufgeschlossen zu bleiben. Obwohl das Gefühl der Absurdität sich in der Tat immer wieder aufdrängt. Ich glaube, ich habe eine gewisse ererbte Empfänglichkeit für das Mystische ...«

Justin kicherte.

»Doch, wirklich, aber das Gefühl der Absurdität ist vielleicht *etwas* stärker entwickelt.«

»Gott segne dich für deinen Sinn für das Absurde, Dana. Gott segne dich dafür.«

»Man höre sich das an, du rufst die Problematische Entität an, um mich für meine Blasphemie zu segnen.«

Sie griff nach dem Buch ihrer Mutter, zog es näher zu ihnen heran und tippte mit dem Finger auf das Liebeszentrum, die *Swadisthana*-Chakren, des königlichen Paares.

»Wir könnten es versuchen, Justin, im geheiligten Namen der Wissenschaft.«

»Glaubst du?«

»Ja.«

»Es würde uns als Wissenschaftlern gut anstehen.«

»Obwohl wir Theoretiker sind, keine Experimentalphysiker.« Sie war unter ihm hervorgerutscht, kniete vor ihm und runzelte leicht die Stirn, versuchte, seine langen steifen Beine in eine armselige Annäherung der Lotusstellung zu bringen. Sie selbst konnte sich mit anmutiger Leichtigkeit in die vorgegebene Stellung setzen. »Dennoch, es wäre eine eindrucksvolle Anwendung der hypothetisch-deduktiven Methode.«

»Ich glaube nicht, daß ich mit der hypothetisch-deduktiven Methode vertraut bin. Noch ein tantrisches Sexualritual?«

Sie lehnte sich zurück und lachte wieder mit all ihrer kindlichen Unbefangenheit, nahm dabei ihre Hände von seinen Beinen, so daß sie sich wieder entknoteten und er alle Lotusähnlichkeit verlor.

»Bestimmten Wissenschaftsphilosophen zufolge, mit denen Daddy in einem gewissen Maß übereinstimmt, soll die hypothetisch-deduktive Methode beschreiben, was Wissenschaftler machen. Du nimmst eine Position ein, eine mit genügend Möglichkeiten, um Aufmerksamkeit zu verdienen, und siehst dann, was folgt.« Sie lächelte. »Wie wunderbar ich das erklärt habe. Wie wunderbar das herausgekommen ist.«

Justin lachte sie an.

»Was ist daran so komisch?«

»Du bist so absurd stolz auf deinen Verstand, Dana. Du bildest dir sehr viel darauf ein.«

»Dazu habe ich ein Recht. Es ist ein guter Verstand. Weißt du ihn etwa nicht zu schätzen?«

»Ich fließe vor Wertschätzung über. ›Du nimmst eine Position ein‹« – er deutete auf das ekstatisch grinsende Fürstenpaar aus Jodhpur – »›und siehst dann, was folgt.‹ Wie sollte ich solch einen Verstand nicht würdigen?«

Wieso konnte ich es nicht?

XIX

Ihre Studenten und sie tanzen die Physik der turbulenten Strömung.

Sie geht mit ihnen nach draußen, auf den verblichenen Rasen in der Mitte des hochgelegenen Campus des Olympia College. Es ist Indian Summer, die Tage sind verschwenderisch warm, ein Wetter wie im drückenden August, obwohl die Bäume die verrücktesten Farben tragen, und sie haben die komplexen Gleichungen der Strömungslehre in sich. Sie erklärt ihnen, wie sie es machen sollen.

Im Seminarraum stehen die Navier-Stokes-Gleichungen mit Kreide an der Tafel, und jetzt nehmen sie sie mit hinaus in den Nachmittag, das schräge Licht sickert durch Bernsteingelb und Gold und fällt schwer auf sie, färbt sie mit seinem Leuchten.

Sie ist nicht mehr anmutig. Das Hinken, und dann die Jahre, die Anhäufung der schweren Jahre. Aber sie fühlt sie immer noch, sie fühlt die Physik in ihrem Innern, in den Bewegungen ihrer Muskeln, und sie versucht es zu erklären, bis sie es auch fühlen können, so daß das Wissen, das sie in ihrem Körper birgt, wie ein Feuer auf sie überspringen wird, in ihre eigenen Körper.

An diesem Tag im Spätherbst bewegen sie sich zusammen auf dem braunwerdenden Rasen, ihre Bewegungen werden von den Navier-Stokes-Gleichungen choreographiert, die immer noch von der schwarzen Tafel in den leeren Seminarraum starren. Daneben stehen, geschrieben in blasser Kreideschrift, Worte aus einem Gedicht:

Doch einer liebte die Pilgerseele in dir.

– *Jetzt wissen wir es.*

Das sagt sie zu ihnen, während sie sich um sie herum auf den Rasen fallen lassen, sie lassen sich alle fallen, und auch der letzte lacht.

Im Licht des späten Nachmittags, das langsam auf den Rasen tröpfelt und sich mit dem allgemeinen leisen, leuchtenden Lachen mischt, liegt all die zarte Lieblichkeit ihrer Gesichter und ihres Lachens offen in dem trauervollen Gras, und ich denke, daß sie sie lieben müssen, daß sie geliebt wird. Es ist Nachmittag, ihr Gesicht ist nicht mehr jung, und sie wird geliebt.

Ihr Vater bat sie, das Gedicht aufzusagen, und das tat sie, nie erwartete sie von mir, mehr zu sein als das Wesen, das ich war, mehr als Justin Childs, ein trauriges Wesen, wenn man im Licht des sterbenden Herbstes über ihn nachdenkt.

Denn letztendlich war ich nur ein Tropf gewesen, viel zu einfältig, um mir etwas daraus zu machen: es als Zustand des Nichtwissens anzusehen, bei all meinem erworbenen Wissen. Das Wort hatte kaum eine Bedeutung für mich, erreichte mich undeutlich wie ein weit entfernter Phantomchor, wie Worte, die in blassesten Kreidekringeln in einem verlassenen Seminarraum geschrieben stehen:

Doch einer liebte die Pilgerseele in dir,
Und liebte die Trauer in deinem veränderten Gesicht.

In diesem sterbenden Herbst, das Gesicht nicht mehr jung, wird meine Dana, meine Dana, geliebt.

XX

Niemand im Gemeinschaftsraum des Instituts für Physik bemerkte, daß gerade ein einzigartiges Ereignis eingetreten war.

Er schlüpfte durch die Tür, vollkommen unbemerkt, und keine Seele sah zu ihm hin, als er in den Raum huschte.

Paul Somnevausky, der sich immer strategisch neben dem Teller mit dem Teegebäck plazierte, war mitten im Auswahlprozeß. Er war kein geselliger Physiker, und doch verpaßte er nie die tägliche Teezeremonie des Instituts, näherte sich dem Ereignis mit seinen eigenen Auswahlschwerpunkten. Seine Methode war es, nur die Kekse mit bunten Streuseln auszusuchen, er fing mit denen, die am dichtesten bestreut waren, an und arbeitete sich dann nach unten vor. Ein frischgebackener Doktorand, der es nicht besser wußte, versuchte mit ihm über die Streuung von Elementarteilchen zu reden, während Somnevausky, feierlich vor Unentschlossenheit, die Streuung auf einem Regenbogenkeks mit einem in monochronem Blau verglich.

Die lange, blasse, elegante Gestalt von Philippe Ledoute, der trotz der Hitze seinen üblichen schwarzen Rollkragenpullover trug, räkelte sich auf einem niedrigen Ledersessel und hielt einer kleinen Traube von Doktoranden zu seinen Füßen mit zerstreuter, aber nimmermüder Stimme einen Vortrag über das Thema seiner Wahl: Wittgenstein und Bohr und »das Axiom des Unsagbaren«.

»Bohrs Aussage, daß das Ausmaß der Eindeutigkeit, mit der ein Begriff wie ›physikalische Realität‹ belegt werden kann, nicht von a priori gefaßten philosophischen Entwürfen abgeleitet werden darf, sondern mit Hilfe von Experimenten und Messungen gefunden werden muß, ist im Grunde isomorph zu Wittgensteins Aussage, daß die Schwierigkeit der Philosophie ist, nicht mehr zu sagen, als wir wissen.«

Weder Ledoute noch Somnevausky noch einer von den anderen schien ihn zu sehen, als er in den Gemeinschaftsraum trat, wo jeden Nachmittag die Physiker zusammenkamen, zwischen der letzten Vorlesung und dem Seminar um halb fünf. Unentdeckt schenkte er sich eine Tasse Tee ein und verschwand nicht wieder, sondern stand an der Wand und trank, und erst da wandte Justin die Augen von Spencer ab und sah, daß Samuel Mallach in der Nähe stand.

Jahr um Jahr hatte er seine Vorlesungen gehalten und war dann nach Hause geflohen. Er hätte sich eher eine Pistole an die linke Schläfe gehalten als einen Fuß in diesen Raum gesetzt, wo sich die Physiker am schläfrigen Spätnachmittag versammelten.

Dietrich Spencer war erst an diesem Tag von seiner Konferenz an der Westküste zurückgekehrt, von dem Ort mit dem Namen jenes Bischofs, der allein schon den Gedanken an die Materie so verabscheut hatte. Wir alle sind Geister in Bischof Berkeleys Ontologie.

»Ich hatte nicht erwartet, daß es so interessant sein würde. Es hatte nach einer Routineveranstaltung ausgesehen.«

Er wollte eine Geschichte erzählen, das merkten alle, und selbst die, die sich um Ledoute gruppiert hatten, nahmen eine Haltung mehr oder weniger anerkennender Aufmerksamkeit an, alle tanzten nach Spencers Pfeife, während Samuel Mallach, an die Wand gelehnt, unsichtbar seinen Tee trank, die Untertasse in der linken Hand hielt und die Teetasse in der rechten.

»Ich sollte einen der beiden Gastvorträge halten.«

Zu seinen Merkmalen gehörte es – untrennbar von ihm, wie seine unpassende Stimme –, jeden Hinweis auf seine hohe Position hervorzuheben. Ein Gastvortrag ist eine relative Ehre, aber eine unbedeutende für einen Mann seines Ranges. Trotzdem mußte es um jeden Preis ausdrücklich erwähnt werden.

»Ich beendete meinen Vortrag und plötzlich, ehe noch die erste Frage gestellt wurde, schiebt sich ein Mann durch den Mittelgang und verlangt das Mikrofon, aber niemand ist so dumm, es ihm zu geben. Davon läßt er sich natürlich nicht im mindesten beirren. Der Hörsaal war ziemlich groß. Er faßte wohl etwa fünfhundert Personen, und er war fast ganz voll. Dennoch beginnt der Mann, mit einer mephistophelischen Energie, die seine Stimme verstärkt, einen Verriß meiner Vorlesung.

Tatsächlich liefert er eine richtige kleine Präsentation, sie klingt fast wie vorformuliert, und der Hauptpunkt ist, daß ich lästerlich und bösartig Boltzmanns Lösung für den Zeitpfeil ignoriert hätte. Ich hatte keine Ahnung, wovon er sprach, und, ehrlich gesagt, ich war ein winziges bißchen beunruhigt. Ich konnte nicht genau erkennen, was meine Resultate mit Boltzmann zu tun hatten, aber wenn man so lautstark beschuldigt wird, kann es ein wenig schwierig werden, überhaupt zu denken. Offenbar ist er ein notorischer Berkeley-Spinner. Ich kann mich nur an seinen Vornamen erinnern, weil der Aristoteles lautet, und ich habe gehört, daß er einmal in Berkeley Doktorand war, der durch die Prüfungen fiel oder sie freiwillig geschmissen hat – niemand weiß es genau –, aber jedenfalls schien er unter einer Art Unstetigkeit zu leiden, und jetzt ist er ein bißchen verrückt. Ab und an tritt er in Erscheinung, mit der einzigen Absicht, einen Physiker vor Publikum zu beschuldigen, Boltzmanns Lösung für den Zeitpfeil zu mißachten! Er kann, hat man mir gesagt, ziemlich melodramatisch werden, besonders nach einer gewissen Anzahl von Drinks, wenn es um Ludwig Boltzmann geht und um das, was er Boltzmanns ›verhängnisvolle Vision‹ nennt. Seine These ist, daß Boltzmann in den Selbstmord getrieben wurde durch die mörderische Beschränktheit seiner Kollegen, die seine Erklärung des berühmten Problems nie begriffen haben. Offensichtlich hat Aristoteles den Eindruck, daß auch sein Genie unanständigerweise unentdeckt bleibt. Man sagte mir, daß er nur bei Physikern auftaucht, die er für große Tiere hält, ich solle es also als Kompliment auffassen.

Jedenfalls beschimpfte er mich, und, offen gestanden, ich war mir an diesem Punkt nicht sicher, ob er recht hatte oder nicht. Manches von dem, was er sagte, klang beunruhigend so, als könnte es möglicherweise richtig sein. Das ist etwas, das ich oft bei Wirrköpfen bemerkt habe (ich kenne etliche): Sie können sehr logisch klingen, sogar überzeugend, aber immer nur für kurze Zeit. Früher oder später verraten sie sich selbst.

Ich fragte ihn, ob er vielleicht etwas konkreter werden und mir genau sagen könnte, wo ich einen Fehler gemacht hätte, und er brüllte, daß meine Berechnungen mit Fehlern gespickt seien, daß nicht eine unfrisierte Gleichung dabei gewesen sei. Da wußte ich natürlich, daß der Mann war, was er war. Ich wußte, daß Aristoteles ein erklärter Spinner mit Brief und Siegel war... denn schließlich hatte Justin Childs die ganze Mathematik für mich erledigt!«

Er bekam den Lachausbruch, auf den er aus gewesen war, schlug Justin Childs auf den Rücken, und ehe Justin sich noch rühren konnte, war Samuel Mallach samt Teetasse aus dem Raum geflohen. Dietrich Spencer drehte den Kopf auf dem kräftigen Hals, um den schnellen Abgang mit einem absolut undurchdringlichen Gesichtsausdruck zu beobachten.

XXI

Es kommt langsam auf mich zu, das kleine barfüßige Mädchen in dem langen weißen Nachthemd.

Ich folge ihr den langen unbeleuchteten Korridor hinunter, und sie öffnet die Tür Zentimeter für Zentimeter, und das Bett ist leer, die Bettdecken unberührt, und sie dreht sich um und geht von Zimmer zu Zimmer, so viele Zimmer, ich folge ihr auf Schritt und Tritt, und jedes Zimmer ist leer. Ich kann das bemitleidenswerte Zittern in ihrem Kinderkörper spüren, während wir die heimtückisch geschwungenen Stufen hinuntergehen, bis wir ihn schließlich entdecken.

Er sitzt in der Bibliothek und starrt dumpf vor sich hin. Im Kamin unter dem Porträt von Carlotta mit dem schrägen Blick brennt kein Feuer. Er hebt weder die Augen, noch bewegt er einen Muskel seines Gesichts, als wir kommen und uns vor ihn stellen.

– *Daddy*.

Sie streckt die Hand aus, um seine Wange zu streicheln, die unter den Augen trocken ist. Er wendet seinen schrecklichen Blick nicht, obwohl sie dieses eine Wort zu ihm sagt, *Daddy*, dessen zarter Klang wie einige der zu zarten Geschöpfe ist, die leise an der Scheibe sterben, *Daddy*, ihr Atem füllt das Wort mit ihrer Seele, *Daddy*, der zarte Klang wird zu Teilchen des Lichts, *Daddy*, es schwebt vor seinen nach innen gerichteten Augen, die nichts von dem Licht sehen, das von ihr kommt, *Daddy*, die nur auf die Eigenschaften der Dunkelheit eingestellt sind.

Daddy, sagt sie, und ich flüstere mit ihr, Nacht für Nacht flüstern wir, *Daddy*.

XXII

In ihren Augen stand ein so nacktes Entsetzen, daß sie zu einem ganz kleinen Kind zu gehören schienen.

Sie riß die Tür auf, bevor ich meinen Finger auf die Klingel gelegt hatte, und noch ehe sie ein Wort sagte, erstarrte ich unter ihrem Blick zu Eis.

Am Telefon hatte sie ruhiger geklungen.

– *Ich wußte, daß das passieren würde.*

– *Wie konntest du das wissen? Wie hätte einer von uns darauf kommen können? Er macht immer einen großen Bogen um jeden in diesem Institut. Wie hätte man auf die Idee kommen können, daß er es sich plötzlich in den Kopf setzt, zu einem von Spencers infernalischen Tees zu gehen?*

– *Hast du seitdem mit ihm gesprochen?*

– *Nein. Er entkam, ehe ich Gelegenheit dazu hatte.*

– *Entkam?*

– *Drehte sich auf dem Absatz um und ging. Samt Teetasse und Untertasse.*

Dieses Detail fand ich besonders bedrohlich. Sie muß es auch so empfunden haben, denn ich hörte, wie sie ins Telefon seufzte, ein zerrissenes Seufzen, wie nach einem langen Weinen.

– *Wo ist er jetzt?*

– *Er muß auf dem Weg nach Hause sein. Wo sollte er sonst hingehen? Ich bin sicher, daß er jeden Moment kommt.*

– *O Gott. Bitte, komm her. Nein, komm nicht. Doch, komm.*

Sie legte auf.

Als ich in der Bagatelle Road ankam, war Mallach immer noch nicht aufgetaucht, und Danas Augen und ihr Gesicht sahen vor Ungewißheit furchtbar aus.

Wir saßen nebeneinander in der Bibliothek, wo Carlotta in ihre mystische Ferne starrte. Lange sagten wir gar nichts, horchten nach Schritten auf der Vordertreppe.

– *Vielleicht sollten wir nach ihm suchen.*

Dana schüttelte nur den Kopf und horchte.

– *Wovor genau hast du Angst? Was genau denkst du, wird er tun?*

– *Ich weiß nicht.*

Ihre Stimme, klein und verängstigt, klang kindlicher als je zuvor.

– Ich weiß nicht. Beim ersten Mal war ich nicht bei ihm. Ich war bei meinen Großeltern. Ich war nicht bei ihm.

– Beim ersten Mal?

Sie schüttelte den Kopf und lauschte. Die Uhr, alle Uhren im Haus schlugen die volle Stunde. Fünf Stunden waren vergangen, seit ich gesehen hatte, wie er samt Teetasse und Untertasse durch die Tür des Gemeinschaftszimmers verschwand.

– Meine Großeltern waren gekommen, um sich um mich zu kümmern. Sie waren weggezogen, nach Arizona, aber sie kamen zurück, um mich zu versorgen. Einmal haben sie mich mitgenommen, als sie ihn besuchten. Da muß es ihm schon besser gegangen sein. Er durfte das Zimmer verlassen und sich mit mir auf den Rasen setzen. Das Haus lag in einem schönen Anwesen, daran erinnere ich mich. Es sah aus wie ein Park. Davor hat man mir nicht erlaubt, ihn zu besuchen.

– Ein Krankenhaus? Er war im Krankenhaus?

– Natürlich. Wußtest du das nicht? Er war sehr lange dort.

– Wie lange?

– Ich weiß nicht. Ich war noch ein Kind, neun. Vielleicht war es gar nicht so lange, aber mir kam es damals so vor. Das war, als meine Mutter gestorben war.

Sie schwieg kurz, ihre Lippen bewegten sich leise, als würde sie ein vertrauliches Selbstgespräch führen.

– Er hat sie so geliebt. Mein Vater hat meine Mutter so geliebt. Letzten Endes war der viele Streit bedeutungslos. Er hat sie so geliebt.

– Deine Eltern haben sich gestritten?

– Mmm. Eigentlich meine Mutter. Ich hab immer gehört, wie sie geschrien hat und …

– Was?

– Geweint. Er war immer still, während sie schrie und schrie, und dann weinte sie. Ich habe nie gehört, daß er etwas entgegnet

hätte. Und als sie starb ... Und dann war er fort, an diesem Ort. Als er nach Hause kam, war es auch schrecklich. Meine Großeltern wohnten weiter bei uns, noch bis nach meinem dreizehnten Geburtstag. Er war völlig unfähig, sich allein zu versorgen, mich sowieso nicht. Ich weiß nicht, ob man ihn mit Elektroschocks behandelt hat. Ich habe mich das gefragt, wegen der vielen Lücken in seinem Gedächtnis.

– Ihn hast du nie gefragt?

– Wir haben über jene Zeit nie geredet. Aber ich glaube nicht. Ich glaube nicht, daß er je in eine Elektroschocktherapie eingewilligt hätte. Er hätte viel zu viel Angst davor gehabt, daß sie seine Denkfähigkeit beeinträchtigen könnte, seine Fähigkeit, Physik zu machen. Aber natürlich hat er starke Medikamente bekommen. Er nimmt sie immer noch. Er muß sie für den Rest seines Lebens nehmen. Vielleicht waren es die vielen Tabletten, die ihn so gemacht haben, wie er war, als er nach Hause kam.

– Wie war er denn?

– Das kann ich kaum beschreiben. Er war leer. Er war völlig leer. Immer wenn ich mitten in der Nacht nach unten ging, saß er hier und starrte vor sich hin, mit den Augen eines Toten. O Gott! Ich könnte es nicht ertragen, wenn ich jemals wieder diesen Blick sehen müßte, Justin. Ich könnte es nicht ertragen.

Sie stand auf, ging auf und ab.

– Wie konnte ich nur zulassen, daß du das machst? Es ist alles meine Schuld. Ich bin die einzige, die das wahre Risiko dabei kannte. O Justin, wie konnte ich nur zulassen, daß du das tust? Was habe ich mir bloß dabei gedacht? Wie konnte ich mich so einlullen lassen, so unsensibel werden, daß ich ihn nicht beschützte, als ich es hätte tun können? Ich werde mir nie verzeihen, niemals!

Genau in diesem Moment hörten wir den Schlüssel in der Tür, und Dana lief los, um sie aufzureißen.

– Daddy!

Ich konnte das leise Murmeln ihrer Stimmen hören, es ging

eine lange Zeit, während ich in ihrer Bibliothek saß und wartete, ihre Stimmen wurden schwächer, und ich saß da und starrte auf das Bild der eitlen und bedeutungslosen Frau, die Mallach an den Abgrund gebracht und ihn dann hinuntergestoßen und ihre Tochter im Alter von neun Jahren mutterlos gemacht hatte.

Welcher Kreis der Hölle war ihrer, fragte ich mich, welcher Kreis der Hölle war für Carlotta? Ich starrte zu ihr hoch, versuchte, ihre Wahrheit zu erkennen. Ich hörte die Stimmen, sie kamen aus dem hinteren Zimmer, in dem wir immer arbeiteten, und ich starrte hoch zu der verräterischen Frau und Mutter.

– *Es war noch jemand in dem Auto.*

– *Wer? Du?*

– *Nein, nein, nicht ich und nicht mein Vater. Jemand anders. Ich weiß nicht, wer. Ein Mann.*

Plötzlich sah ich sie: diese lange, brutale Narbe des Mannes, den sie ihren Onkel Dietrich genannt hatte.

– *Es ist alles in Ordnung, Justin.*

Sie kam wieder in die Bibliothek, ihr Gesicht und ihre Stimme wieder gut, ihre Welt und meine wieder gut.

– *Jetzt ist alles in Ordnung.*

Und sie lachte fast.

– *Daddy war wütend, natürlich, aber das ist nur gute, gesunde, gerechtfertigte Wut. Er sagte, er würde uns beide morgen früh ordentlich versohlen. Er hat seine Tabletten genommen und ist zu Bett gegangen, und ich glaube, es wird wie durch ein Wunder alles gutgehen.*

Und jetzt lachte sie, von Herzen und fröhlich, ihre Welt und meine sofort wieder im Gleichgewicht.

Über ihrem Kopf Carlottas starrer Blick. Eine neue Andeutung von Furcht hatte sich leise in diesen Blick gestohlen ... denn ich war ihr auf die Schliche gekommen.

XXIII

Nur die Erinnerung an das Licht kann es jetzt hierherlocken; von Liebe gelähmt, saugt es Erinnerungen an lange vergangenes Licht.

Es drückt sich fest an das stumpfe Glas, das vor zuviel Dunkelheit undurchsichtig geworden ist. Zerdrück es, und es wird augenblicklich zu Asche, unermeßliche Sehnsucht enthalten in verschmierter Asche.

Selbst als es einen Körper hatte, war es ein Wesen, das kaum die metaphysischen Bewegungen der Liebe aushalten konnte, die Seligkeiten und die Schrecken. Wie kann es jetzt Liebe in einer Form wie dieser ertragen?

Was für ein Wesen bin ich, was für ein Wesen?

Ich habe geantwortet, Gott sei mir gnädig, ich habe geantwortet.

Ich bin ein Wesen, das liebt.

XXIV

– Ich glaube, es wird wie durch ein Wunder alles gutgehen!

Eng umschlungen gingen wir die geschwungene Treppe hinauf und den langen unbeleuchteten Korridor entlang, der zu Danas Zimmer führte.

– Er ist schlafen gegangen. Er hat seine Tabletten genommen und ist schlafen gegangen. Er will morgen früh mit dir reden.

– Glaubst du, daß er mich anschreien wird?

– O Justin. Du bist ein solcher Kindskopf. Justin, das Kind, der Kronprinz der Quantenmechanik.

– Und du bist die Prinzessin.

– Und er ist der König. Mein Vater ist der König!

Sie hatte gesagt, ich sei ein Kind, aber ich fand, daß sie das Kind war, und daß sie so jung war wie ich erwachsen. Ich wußte etwas über ihr Leben, eine versteckte Variable, die sie nicht beobachtet haben konnte und niemals schlußfolgern würde, und ich würde es ihr nicht sagen. Er hatte es ihr nicht gesagt, also wußte ich, daß es richtig war, es ihr nicht zu sagen.

Es war richtig, ihr die Liebe zu ihrer törichten Mutter zu lassen, selbst diese irrtümliche, irrationale, wütendmachende Liebe, weil es ihre Mutter war, die einzige, die sie je haben würde. Das sagte ich mir immer wieder, als wäre es eine grundlegende Wahrheit, denn es war eine.

Vor der Tür ihres Zimmers blieb ich stehen.

– Vielleicht sollte ich nicht über Nacht bleiben. Wenn er noch wütend auf mich ist, sollte ich vielleicht heute abend lieber gehen.

– Sei nicht albern, Justin. Du weißt, daß er nichts dagegen hat, wenn du bleibst.

– Das ist es, was er will. Das ist es, was er will, oder?

– Mmm.

– Das ist sonderbar.

– Sonderbar, ja. Das ist sonderbar.

Sie lächelte mich an, langsam, langsam kam das Strahlen. Sie streckte sich auf dem Bett lang aus und seufzte.

Ich stand da und sah sie an, die Verzauberin der Welt, schlank wie ein Lotusstengel, das Strahlen kam langsam. Ich brauchte nur zuzusehen, wie sie sich lang ausstreckte und seufzte und ihre Hand ausstreckte, Handfläche nach oben, um zu spüren, wie das Strahlen kam.

Das war es, was er gemeint hatte.

– *Sonderbar, ja. Es ist sonderbar.*

– *Ich verstehe es aber.*

– *Was verstehst du, Justin-Kind?*

Jetzt ging ich auf sie zu und küßte ihre Handfläche, legte den Mund auf jenen anderen Mund, der zur Seligkeit führt. Das war es, was er gemeint hatte, diese Suche, und dies: die schaudern machende Erkenntnis.

– *Was verstehst du?*

Nach langer Liebe lagen wir ruhig da, ineinander verschlungen in den Minuten vor Tagesanbruch.

– *Was verstehst du, Justin?*

Sie sagte es leise, kaum hörbar, an meiner Schulter, das leichte Zischen deutlicher, wie so oft, wenn sie müde war, ihre Beine waren um meine geschlungen, so daß ich nicht wußte, welche ihre waren und welche meine. Unsere Welt war uns wiedergegeben worden und hatte sich neu konfiguriert, etwas Fundamentales darin hatte sich jetzt fundamental verändert. Vielleicht, so dachte ich über die Quantenbedingung des Kollapses, der uns verzehrte: vielleicht war es jetzt nicht einmal mehr von Bedeutung, überhaupt die Frage nach unseren verschiedenen Psis zu stellen.

– *Sag mir, was du verstehst.*

Sie sagte es mit leisem Nachdruck. Ich rückte ab, um sie anzusehen. Sie war weicher durch unsere Liebe, alles an ihr war weich, ihre Augen schliefen halb und waren bereit für ihre Träume, und ich würde wach liegen und sie ansehen, während sie schlief. War sie noch so schön wie zuvor? Ich konnte es nicht mehr sagen. Ich liebte sie viel zu sehr. Viel zu sehr. Nur das Psi unserer Vereinigung ist jetzt klar definiert, dachte ich, im freien Fall in die Poesie, in Metaphern und Träume, werde ich endlich zum Physik-für-Poeten-Anhänger, ich liebte sie viel zu sehr, und deshalb erzählte ich es ihr.

– An jenem Nachmittag im letzten Winter, als er und ich spazierengingen und du zu Hause geblieben bist. Das war der Tag, an dem wir die bizarre Wirksamkeit der Erkenntnis bewiesen haben.

– Mmm.

Sie hob das Kinn mit einer Geste, die mich aufforderte, weiterzureden.

– Er hat mir von Erwin Schrödinger erzählt und daß dessen Wellenmechanik Ausfluß einer glühenden Liebesgeschichte gewesen sei, aus einem heimlichen Weihnachtsrendezvous mit einer Frau, deren Identität nie herausgekommen ist. Er glaubt, daß eine Liebe wie die unsere ein Feuer in unser Wissen bringen kann, Dana. Hast du das gewußt? Hast du gewußt, daß er das denkt? Hast du gewußt, daß er denkt, ich mache hier, in deinem Bett, Physik? Er will die Physik aus mir herausbekommen!

Ich wollte, glaube ich, lachen, als ich das sagte, aber mein Ton hätte vom Lachhaften nicht weiter entfernt sein können. Ich sagte die letzten Worte mit einer Aufregung, die mich selbst überraschte, erkannte erst, als ich es endlich vor ihr aussprach, wie stolz ich darauf war: die großartige Kette der Erkenntnis, die von Gott durch Galileo und Newton und Einstein und Schrödinger und Mallach und mich lief.

Sie wandte die Augen ab, aber nicht, bevor ich ihren Ausdruck gesehen hatte.

– Sag es mir, Dana!

Sie hatte sich zur Wand gedreht, die Knie bis unters Kinn gezogen. Ich nahm ihre Knie und wirbelte sie so blitzschnell herum, daß ich das protestierende Knacken ihrer Gelenke hörte und ihr restlicher Körper sich unnatürlich hinterherdrehte.

– Sag es mir! Du weißt, daß du es nicht vor mir verbergen kannst!

Sie starrte zu mir hoch, ihre Augen waren nicht mehr weich,

sondern leuchteten hell, hellblau, ein Blau, wie ich es nie gesehen hatte bis zu jenem Herbstnachmittag auf dem Treppenabsatz, als ich, mit der Gewißheit eines gut entwickelten Instinkts, Angst empfunden hatte.

Sie sagte es leise, aber deutlich und mit Nachdruck:

– Aus mir, Justin … aus mir will er die Physik herausbekommen!

XXV

»Mallach, sagten Sie? Mallach? Habe ich richtig verstanden, junge Dame, Ihr Name ist Dr. Mallach?«

Wir sind auf der Weihnachtsfeier des Olympia College, die in dem Raum stattfindet, den sie Turmzimmer nennen. Es ist die erste Universitäts-Weihnachtsfeier, an der Dana teilnimmt in all diesen Jahren und all den vielen Orten, kreuz und quer durch das Land, an denen sie gelehrt hat.

Es ist einer der schönsten Räume im ganzen College, den man über eine Wendeltreppe vom Religionswissenschaftlichen Institut aus erreicht.

Das bescheidene Olympia ist recht stolz auf sein Turmzimmer, dessen Proportionen herrschaftlich sind, wie Miss Wyndham sagen würde, mit prachtvollen mahagonigetäfelten Wänden, Stühlen und Sofas aus grünem Leder, die mit Polsternägeln aus Messing verziert sind. Und wir haben Miss Wyndhams zurückgenommene Eleganz, dezent unterstrichen von etlichen Orientteppichen sowie Lampenschirmen aus Pergament und Bleiglasfenstern, die nach Westen gehen. Der Sonnenuntergang in dieser Jahreszeit der frühen Dämmerung färbt die Scheiben wie Kirchenfenster, es verleiht dem Clubraum einen ekklesiastischen Hauch, alle sind beschwingt vom Eierpunsch, so daß niemand ihr unauffälliges Eintreten bemerkt.

Sie hat einige lange Minuten einfach in der Tür gestanden, versucht, ihren Atem zu beruhigen, und gewartet, daß der Raum aufhört, sich zu drehen. Ihr Hinken ist in den letzten Monaten stärker geworden, und das Ersteigen der Wendeltreppe war mit Schmerzen verbunden. Dreimal ist sie stehengeblieben, dreimal ist sie zusammengezuckt.

Sie trägt kniehohe Stiefel, eine lange Wollhose und zwei Pullover übereinander und darüber einen langen grauen Mantel mit einem adretten schwarzen Samtkragen, und sie denkt, daß ihr nie wieder warm werden wird.

Seit vier Wochen liegt Olympia unter einer Schneedecke, die Straße, die zum Campus hochführt, wird täglich dreimal geräumt. Unten an der Straße, in der begrabenen kleinen Stadt, hängen Eiszapfen wie große Krokodilzähne an dem Haus, das unten weiß ist und oben mit grünen ungleichmäßigen Schindeln bedeckt. Und neben dem Golfplatz, in einem noch winzigeren Haus, das aussieht, als wäre es aus Pfefferkuchen, greift eine Dichterin und Physikertochter gierig nach den wenigen kurzen Stunden, die ihr uralter Vater auf dem Universitäts-Weihnachtsfest sein wird, und spielt auf dem Cello Mozart. Ihr Kopf ist so tief gesenkt, daß ihr langes, von breiten weißen Streifen durchzogenes Haar über das Instrument fällt, dessen Musik ganz wie das Spiel des Lichts auf dem Wasser ist.

Seit Anbruch des Winters hat Dana das Gefühl, daß sie kaum noch die Erinnerung an Wärme behalten kann, und sie weiß, daß ihr nie wieder warm werden wird. Sie hat mindestens zehn Minuten an der Tür gestanden, von keinem der beschwipsten Dozenten bemerkt, und nach Atem gerungen, der ihr beim Ersteigen der bösartig gewundenen Treppe knapp geworden war, die sengenden Stiche waren wieder in ihrer Brust erwacht, dort, wo die mörderischen Motten lautlos in dem Knoten schwärmen, der in ihrer rechten Brust wächst.

Sie weiß, daß sie schwärmen, und sieht weg. Sie ist im Moment entschlossen, wegzusehen. Es ist ihr bewußt, daß jeder, der von ihrem kalten Entschluß wüßte, denken würde, daß sie verrückt ist, aber sie hat bei der Entscheidung, wegzusehen, überhaupt nicht überlegen müssen.

Sie stand im Turmzimmer neben der Tür, wartete ruhig, bis sie wieder zu Atem kam, darauf, daß das heftige Drehen der Welt langsam aufhörte, und als es schließlich soweit war, konnte sie einige beruhigend vertraute Gesichter ausmachen, und Wiedererkennen glitt über ihr Gesicht.

Dort hinten an der Wand waren zwei Physiker aus ihrem Institut, einer davon ihr besonderer Freund, Wallace Low, der mit einem Ingenieur und mehreren Chemikern plauderte, sie bildeten einen wissenschaftlichen Cluster in dem vollen Turmzimmer. Die Olympier stehen institutsweise zusammen, trinken Eierpunsch aus Plastikbechern und beschwipsen sich mit Würde.

Der Cluster ihrer Freunde beugte sich über ein kleines Wesen, das auf einem großen Ohrensessel aus grünem Leder sehr wenig Platz einnahm. Man hätte noch eine ausgewachsene Person danebensetzen können.

Im ersten Augenblick sah es aus wie ein Kind, das seine schweren schwarzen Schuhe fest auf den gemusterten Teppich gestellt hatte. Im Vergleich zu dem winzigen Körper scheint der Kopf monströs groß zu sein, das Haar einst gelb, dann weiß, jetzt wieder gelblich. Es ist ganz und gar kein Kind, sondern ein alter Mann, und ich weiß seinen Namen:

Das ist Professor Kikeriki. Das ist Kikeriki, er kräht immer noch, jedenfalls atmet er. Seine tiefliegenden Augen, riesig hinter den Brillengläsern, ruhen auf den darunterliegenden hängenden Fleischkissen, und seine Wangen sind wie die Faltenröcke, die Cynthia immer sorgfältig mit ihren plumpen, aber geschickten Händen gebügelt hat. Über das Bügelbrett geneigt, sah sie hoch, wenn ich die Küche betrat, und lächelte, so wie Josiah Krebs jetzt zum anderen Ende des Raums blickt, mich direkt ansieht und mir mit der verschwörerischen Vergnügtheit eines Gnoms zulächelt.

Die anderen bückten sich tief zu ihm hinunter, versuchten eine unbeholfene Konversation in Gang zu halten, richteten sich aber auf, als Dana, immer noch bis ins Mark verfroren – nie wieder wird ihr warm werden –, näher trat. Wallace Low streckte die Hand aus, um ihre zu nehmen, die eiskalt und zittrig war, und zog sie in den Kreis, machte ein ziemlich albernes Getöse, als er sie als neuestes Mitglied des Instituts vorstellte.

»Rasend erfolgreich, ihre Seminare sind immer überbelegt. Wir haben tatsächlich einige Studenten – oder sollte ich sagen, Opfer? – dazu gebracht, Physik als Hauptfach zu wählen.«

Die anderen waren schon vom Eierpunsch hinüber, so daß sie brüllend lachten, alle bis auf den plötzlich hellwachen Gnom.

»Mallach, sagten Sie? Mallach? Habe ich richtig verstanden, junge Dame, Ihr Name ist Dr. Mallach?«

Seine Augen, glasig hinter den flaschendicken Gläsern, leuchten unheimlich, und Dana versucht immer noch, ihr Zittern zu unterdrücken. Wallace Low, der besorgt und verliebt aussieht, ist losgerannt, um ihr einen Eierpunsch zu holen, und sie stürzt ihn dankbar hinunter.

»Schreiben Sie es M-A-L-L-A-C-H?«

Sie nickt, bestätigt die Schreibweise ihres Namens, ist immer noch abgelenkt, so daß ihr die seltsame Reaktion nicht auffällt, die sie in dem uralten Mann hervorgerufen hat, der in dem grünen Ohrensessel kauert.

Seine Füße in den orthopädischen Schuhen strampeln vor und zurück, und er starrt wie ein Verliebter oder ein Verrückter nach oben, in Danas blutleeres Gesicht.

»Wissen Sie, junge Dame, das ist ein sehr verheißungsvoller Name für eine Physikerin. M-A-L-L-A-C-H.« Wieder buchstabiert er laut.

Dana richtet ihre Aufmerksamkeit von dem Eierpunsch, den sie so schnell wie möglich versucht hat auszutrinken, auf den Mann mit der fleckigen Haut, der mit seinen großen Fliegenaugen zu ihr hochstarrt. Sie beugt sich in ihrem langen grauen Mantel, den abzulegen sie nicht über sich bringen konnte, trotz des galanten Versuchs von Wallace Low, zu ihm hinunter. Low hatte ihre freie Hand zwischen seine großen warmen Handflächen genommen, versuchte sie zu wärmen, aber jetzt muß er sie loslassen, als sie sich jäh zu dem verschrumpelten Mann der Wissenschaft hinunterbeugt, der so unwahrscheinlicherweise am Leben ist, und ihr schmales, kreideweißes Gesicht ganz nah an seines bringt, ungeachtet des Altmänneratems, ihre Augen plötzlich voller verwunderter Aufmerksamkeit.

»Ich kenne noch einen Physiker, der Mallach hieß, dieselbe Schreibweise. Aus irgendeinem Grund hat ihm niemand viel Beachtung geschenkt. Er schrieb eine großartige Arbeit über die Quantenmechanik. Außer mir scheint niemand sie gelesen zu haben. Es war eine bedeutende Sache, die er da vollbracht hat. Er ging darin auf alle meine Zweifel ein, und ich hatte einige, wenn ich mich richtig erinnere. Ich kann mich jetzt nicht mehr an alle Einzelheiten erinnern, aber Sie sollten sie sich mal selbst ansehen. Schließlich, junge Dame, ist es auch Ihr Name.«

Ach – und ihr Lächeln! Es zerreißt einem das Herz, sie so lächeln zu sehen, ihr ganzer Zauber ist mit einem Schlag wieder aufgelebt durch die vagen Lobesworte eines Mannes, dessen größter Stolz die Legefähigkeit seiner Rhode-Island-Reds-Hennen und die Musik seiner elfengleichen Tochter gewesen waren.

Es zerreißt einen vor Mitleid, das Licht zu sehen, das ihr Gesicht erhellt, wieder ist sie das wie Feuer leuchtende Mädchen, wieder ist sie ein unglaublich hinreißender Anblick.

XXVI

Und hingerissen, zu sehen, wie ihre Augenlider im Traum zucken.

Ich bewegte nie einen Muskel, während sie schlief, ihr Schlaf war so leicht zu stören. Wie auf ein rätselhaftes Signal hin rührte sie sich dann, setzte sich auf, wurde sofort wach.

– Justin Childs.

Jetzt sitzt sie aufrecht im Bett.

Und hingerissen bewege ich mich zu ihr hin, sie sieht mich an, sie wendet sich nicht ab.

Die Mysterien der Elementarteilchen und Wellen, die gnostischen Felder des Wissens, die jedes mit jedem verbinden: alles muß in Einsteins Wahrheit aufgehen, in der immensen Struktur der verschmolzenen Symmetrie, aber wer kann es sehen, und wer sieht, wie?

Unendlichkeiten tauchen auf, wo sie ausdrücklich unerwünscht sind, und so kämpft sie gegen unendliche Größen, die nicht verschwinden. Es sind die ungezähmten unendlichen Größen, die den letzten Teil des formidablen Problems bergen, die Verschmelzung der Mysterien der Nichtlokalität und der weiten Stille der objektiven Zeit.

Ich hatte ihnen beiden versichert, daß meine Mathematik die infiniten Größen an ihrem Platz halten würde, daß ich die Formel lokalisiert hätte, die sich der Dichte ihrer Vision anpassen würde. Wenn wir es hätten ausarbeiten können, so daß es schön geworden wäre, so daß es transparent und leuchtend gewesen wäre, dann hätten wir es gewußt. Und dann hätten wir es der erstaunten Welt mitgeteilt.

Und hingerissen rücke ich näher zu ihr.

Irgendeiner der Physiker verlangte immer von mir, ihm das reine Feuer der Mathematik herunterzutragen, es in die kalte Substanz seiner Wissenschaft zu plazieren, obwohl Dana wegen meiner Abstraktionen oft ungeduldig wurde, mit der Hand wedelte und sich abwandte.

– Ich muß die Physik hier in mir drin spüren, in meinen Muskeln. Mein Vater war genauso und Einstein auch. Hat er dir das erzählt?

– Ja. Wir sind um einen zugefrorenen kleinen See gegangen, und er hat die Physik für mich getanzt. Es war ein Tanz der Ekstase, den er vollführte, an dem Tag, an dem wir die bizarre Wirksamkeit der Erkenntnis bewiesen. So hast du es genannt.

– Der Erkennende und das Erkannte, immer empfänglich für die gegenseitige Beeinflussung.

– Er hat mir erzählt, daß du als junges Mädchen die Präzession des Gyroskops getanzt hast. Nicht Bohr oder Planck oder Born, Pauli, Dirac oder Heisenberg. Nicht mal Schrödinger. Keiner von ihnen hat es genauso gespürt. Dana spürt es auch, sagte er, das wissen Sie, und ich sagte ja.

– Ja.

Und hingerissen rücke ich näher.

Sie sitzt aufrecht im Bett, auf dem Nachttisch die Schlaftropfen und die Teetassen mit den Kräuterresten, die halbherzigen Gesten, die sie gegen die mörderischen Verwüstungen macht, die in ihrer Brust am Werk sind.

Wir alle tragen unser eigenes vorherbestimmtes Ende in uns, unser ureigener Tod reift in seiner eigenen Geschwindigkeit in uns heran. Wir tragen ihn in uns wie eine dunkler werdende Frucht. Sie öffnet sich und läuft aus, und das ist der Tod.

Sie schiebt die Bettdecken zur Seite, die Daunendecken, die sie jede Nacht über sich häuft, um die Grausamkeiten der Kälte abzuwehren, und als wäre sie wieder die junge Dana Mallach, Jugend und Schönheit in ihren Gliedern bewahrt, springt sie leicht auf die nackten Füße und hebt mir langsam ihre Handflächen entgegen, während ich, hingerissen, mich auf sie zubewege und sie mir entgegenkommt.

Und man muß ihr Gesicht so gut wie ich kennen, man muß ein fortgeschrittener Student ihrer Gesichtszüge über Jahre hinweg sein, um das Erstaunliche zu sehen, das in den Mysterien der Transformation liegt, ihre geläuterte Schönheit, zu rein und zu hell, um jetzt sichtbar zu sein für irgendein Auge außer meinem, ihr Körper so angefüllt mit der Schönheit der Gleichungen, daß in ihm kein Platz mehr für sie selbst ist.

Sie seufzt, dann bewegt sie sich, eine ausgreifende und versteckte Bewegung, eine Verschiebung tief in ihrem eigenen Körper, wie zwei ekstatische Tänzer, die nur noch den Tanz spüren, nicht wissen, wo die eigene Seele aufhört und die des anderen beginnt, sie tanzt das, von dem sie immer wußte, daß es da war, die Wahrheit des Geistes, der in den letzten Gleichungen liegt, alle Unendlichkeiten besiegt.

Sie tanzt mit erhobenen Handflächen, und ich tanze, gottähnlich, in ihren Gliedern.

XXVII

Sie arbeiteten unablässig jeden Tag, hielten nur inne, wenn sich scheu das Wild näherte.

Es war ein Oktober voller langer, heißer sommerlicher Tage, obwohl die Erde sich gedreht hatte und die Bäume ihre dramatischen Färbungen angenommen hatten. Aus den lodernden Farben trat das Wild heraus, um die Äpfel zu fressen, die Dana ihm täglich auf die Erde legte. Ihr Vater liebte diese Geschöpfe, liebte es, wenn sie herankamen. Sie beobachteten das lautlose Mahl durch die großen Fenster, die auf die bewaldete Rückseite hinaus gingen.

Als die Nachricht kam, verspürte er ein ahnungsvolles Gefühl der Panik. Justin Childs kam aus seiner Vorlesung, das Stück Kreide noch in der Hand, ließ seine paar Studenten mit offenem Mund stehen, denn auf den Fluren erklang die Nachricht aus Stockholm, und die Nachricht lautete »Spencer«.

Er kam heraus und hörte, daß es Spencer und Zweifel waren, für ihre Arbeit über die Hintergrundstrahlung von vor zehn Jahren, die fertiggestellt wurde, als er, Justin Childs, noch in seinem Nebel nichtsahnender Sicherheit lebte und Wahrheitstabellen zur Logik erster Ordnung konstruiert hatte, die ihm unantastbar vollständig vorgekommen waren.

Die Nachricht aus Stockholm besagte, daß Spencers und Zweifels Herumstolpern in der Dunkelheit zu einem größeren Wissen über das kosmische Spektakel geführt habe, das die ganze Welt geboren hatte, und die Nachricht hallte durch die Flure des Instituts, die Stimmen waren triumphierend oder bekümmert, Geld wechselte den Besitzer, denn fast alle waren Wetten eingegangen, vom kleinsten sich abplagenden Erstsemester bis hin zu den anderen beiden Nobelpreisträgern.

Es bestand nach Justins verzweifelten Berechnungen eine ziemlich große Wahrscheinlichkeit, daß Mallach die Nachricht aus Stockholm gar nicht erfahren würde. Seit jenem kurzen Besuch der nachmittäglichen Teestunde floh er nach seinen Vorlesungen noch schneller als sonst vom Campus.

Aber noch ehe Dana die Tür aufriß, wußte er, daß sich alles verändert hatte, daß die Welt eine völlig andere geworden war.

»Nicht jetzt, Justin. Bleib weg.«

Sie flüsterte es, ein leises, wütendes Geräusch, das Zischen unverhüllt, und ihr Gesicht erkannte er kaum wieder, die Form ihres Mundes war grausam.

»Laß uns in Ruhe. Geh weg und laß uns in Ruhe.«

Sie versuchte, ihm die Tür vor der Nase zuzuschlagen, aber er hielt sie mit seinem Körper auf. Hätte er das doch nie getan.

Mallach tauchte von hinten auf, mit einer Stimme im hohen Tremolo seiner auswendig gelernten Gedichte.

»Falscher Freund, falscher Freund!«

Es war ein anderer Mallach, wie ein Racheengel mit unversöhnlich schlagenden Feuerflügeln. Sie verbreiteten einen Haß, der die ganze Welt verdüstern konnte, und der hohe gestelzte Ton seiner Stimme paßte so scheußlich wenig zu der großartigen Feierlichkeit seiner Pose, daß Justin gemeinerweise nicht wußte, ob er lachen oder weinen sollte.

»Mußt du mich verfolgen, so wie Gott mich verfolgt? Bedenke dich und tu mir kein weiteres Unrecht an!«

Und immer noch konnte Justin kaum den wahnsinnigen Drang zu lachen unterdrücken, das Verlangen stieg durch die Kehle hoch, drohte ihn auseinanderzureißen, obwohl er den zerstörenden Atem jener großen Feuerflügel fühlen konnte, und Danas Gesicht erschien ihm wie eine Maske, ihr Kummer und ihre Wut malten über ihre Züge eine furchterregende Fremde.

»Mein ganzes Leben lang bin ich verraten worden, und du, falscher Freund, bist der Letzte, und du bist der Schlimmste, aber wenigstens bist du der Letzte!«

Gegen das schreckliche Schlagen dieser weltverdüsternden Flügel klingt die Stimme der Vernunft wie ein mitleiderregendes Winseln, und so kam es, daß Justin winselte mit der dünnen Stimme der Vernunft.

»Ich habe Sie nie verraten. Jede Arbeit, die ich ohne Sie gemacht habe, war ein Nichts! Es war oberflächliche Arbeit, vollkommen oberflächlich!«

Mallach machte das freudlose Geräusch, das sein Lachen war. »Oberflächlichkeit ist die Eigenschaft, die die Welt am meisten liebt. Sei oberflächlich, und die Welt wird dich lieben.«

Diese Bitterkeit, mit der er diese Wort sagte, diese Bitterkeit, als Justin sie hörte, schrie er auf. Er hatte gedacht, daß er vielleicht lachen müßte, aber statt dessen stieg aus den Tiefen, diesen fürchterlichen Tiefen, ein schrecklicher Schrei des Mitleids, er schrie laut auf vor Mitleid, weil er die genaue Gestalt der Bitterkeit erkannte, die die ganze Zeit Mallachs Verrücktheit genährt hatte, die seiner Krankheit zu ihrem ewigen Leben verholfen hatte.

Wie sehr mußte Mallach die Liebe der Welt begehrt haben, mit welch fürchterlicher Leidenschaft, um die Gleichgültigkeit der Welt mit einer solchen Bitterkeit zu beantworten. Er mußte die Welt wie wahnsinnig, wahnsinnig, geliebt haben. Er mußte sie die ganze Zeit geliebt haben, sich immer verzweifelt danach gesehnt haben, daß die Welt ihn wiederliebte.

Dann war sein Wahnsinn der Wahnsinn der Liebe, und das ist immer ein schrecklicher Wahnsinn.

Er hatte genug getan, um die Liebe der gleichgültigen Welt zu verdienen, er hatte mehr als genug getan. Doch hier stand er nun, ein Wahnsinniger, der seine Physik für Poeten verächtlichen Kindern vortrug und den Campus mit der schrecklichen Eile eines Wahnsinnigen floh, damit er nicht mit einem weiteren Zeichen konfrontiert würde, daß die Welt niemals den Besseren lieben, ihre Liebe nur an den Geringeren verschwenden würde.

Nichtswürdige Welt, aber dennoch: die einzige, die wir haben. Es ist die einzige Welt, die wir haben.

Justin sah Mallachs Bitterkeit und weinte um ihn, während Dana mit ihrer Maske einer Fremden *Daddy!* flüsterte und wie ein Kleinkind an seinem Arm zupfte, obwohl er das nicht zu bemerken schien, seine Augen und seine Flügel unversöhnlich. Und würde Dana wissen, würde Dana je wissen, daß es Daddy war, um den Justin weinte, und nicht er selbst?

Und dennoch, die alte jammernde Angewohnheit der Vernunft ließ sich nicht abschütteln, und deshalb versuchte Justin auch, obwohl er weinte, in dem uralten Winseln zu argumentieren.

»Der Preis ist für die Arbeit, die Spencer vor zehn Jahren geleistet hat. Ich hatte nichts damit zu tun, daß Spencer den Nobelpreis bekommen hat. Ich war vierzehn Jahre alt, als Spencer diese Arbeit beendete!«

»Spencer! Spencer! Spencer!«

Diese Stimme war Justin völlig fremd, es war die Stimme des zornigen Engels, die donnernd von weit oben kam, und lediglich Sekunden ehe sie erklang, hatte er an Danas angstvollen Augen erkannt, daß Spencers Name nicht hätte erwähnt werden dürfen. Justin hatte ihn dreimal ausgesprochen, und jetzt hatte der Engel ihn dreimal herausgebrüllt, mit furchtbar glühenden Augen.

»Seht das Krokodil!« schrie Mallach donnernd. *»Es ist das Kind der Mühle Gottes, gezeugt, um der Tyrann zu sein für seine Mitgeschöpfe, denn es nimmt die Herde von den Hügeln als Beute und zermalmt zwischen seinen Kiefern all die Tiere der Wildnis!«*

Justin zitterte, sein Grauen angesichts dieser Wut trocknete seine Tränen, Dana zupfte und flüsterte ihr flehendes *Daddy!*

»Gott hat mich übergeben dem Ungerechten und hat mich in die Hände der Gottlosen kommen lassen!«

Dann das Schweigen des Engels, kein gesprochenes Wort mehr, nur das Geräusch des grauenhaften Feuers der Augen. Justin hatte das Gefühl, als könnte er ihre fauchende Glut hören.

Als Mallach schließlich wieder sprach, war es nicht mit der schrecklichen Stimme aus dem Wirbelsturm, sondern mit der Stimme von Samuel Mallach, der bitteren Stimme seiner alten Wut.

»Ich habe den Verrat Jahr um Jahr studiert, und ich dachte, ich hätte das Thema Verrat bis auf den Grund erkannt, aber nein,

nein, ich hatte nicht alle vorstellbaren Umstände mitbedacht. Ich hatte den Fall Justin Childs nicht bedacht.«

Es war der verbitterte alte Mann und nicht der flammende Engel, der jetzt sprach. Justin hätte es vielleicht besser ertragen können, Gottes schrecklichen Boten seinen Namen aussprechen zu hören, als jetzt Samuel Mallach, mit diesem geballten Haß.

Justin schrie nicht auf, nicht laut, er glaubte nicht, daß er aufschrie.

Und trotz allem klammerte er sich an das, was er wußte, klammerte sich an: *Jede Aussage ist entweder wahr oder falsch, und keine Aussage ist beides!* Und so machte er weiter, wurde waghalsig durch seine Kenntnis der unwiderlegbaren Logik.

»Wie kann denn die Entscheidung der Schwedischen Akademie der Wissenschaften beeinträchtigen, was ich bereits getan habe? Wie kann ihre Entscheidung mich im nachhinein in ein Monstrum verwandeln?«

»Stärke wohnt im Hals des Krokodils, und Schrecken tanzt ihm voran!« Es waren die Worte des Engels, aber die Stimme war es nicht. Die Worte kamen farblos wie Rauch heraus.

»Sie haben mir früher vergeben«, sagte Justin weinerlich, winselnd. »Sie haben mir nie meine Arbeit mit anderen, nicht mal die mit ihm, vorgehalten. Warum ist das plötzlich der absolute Verrat?«

»Daddy, Daddy, Daddy...«

»Wieso ist das, was ich gemacht habe, anders geworden durch das, was man in Stockholm beschlossen hat? Wie kann das irgendeine Auswirkung auf das haben, was bereits *getan war?«*

»Die Pfeile des Allmächtigen finden ihr Ziel in mir, und ihr vergifteter Geist tränkt meinen Geist.«

»Das ergibt keinen Sinn!«

»Jeder Schrecken, der mich verfolgte, hat mich eingeholt, was ich gefürchtet habe, ist über mich gekommen.«

Diese letzten wirren Worte wurden in seiner alten, dünner gewordenen Stimme gesprochen, der zornige Engel hatte sich ganz verabschiedet, dem Gemurmel gelang es kaum, die Grenze zum Hörbaren zu durchbrechen, und Justin konnte jetzt sehen, wie beängstigend bleich der alte Mann geworden war, Dana zupfte an seinem Ärmel, und er, auf einmal fügsam, ging hinter ihr her, die Tür in der Bagatelle Road blieb sperrangelweit offen, wie vergessen, als wäre die gesamte Außenwelt endlich vergessen, Justin blieb auf der Schwelle zurück, weder drinnen noch draußen, weder tot noch lebendig, aber er sah den beiden eine Ewigkeit nach, als sie langsam die Treppe hinaufgingen.

XXVIII

Es war die nächtliche Reise, die sie geprobt hatte, seit sie ein kleines Mädchen war.

Sie schreckte im Bett auf, einen Moment bevor es kam, so daß sie, als es kam, hellwach war.

Sie stieg aus dem Bett und ging auf ihren eiskalten nackten Füßen durchs Haus, das mitleiderregende Zittern ihres Körpers war nicht stärker als in all jenen anderen schlaflosen Nächten, aber jetzt ging sie nicht mehr, sie rannte, und sie wußte genau, wo sie hinmußte, sie rannte direkt dorthin, wo er lag.

Er war schon tot, als sie ihn fand. Daran bestand kein Zweifel. Er hatte den Revolver an seine linke Schläfe gehalten und dann den Abzug gedrückt.

Ein splitterndes Geräusch riß die Nacht weit auf und ließ sie blutend auf der anderen Seite der Scheibe zurück, zwischen den Resten der Früchte, die sie für das Wild ausgelegt hatten: der Tod, der in all den Jahren in Samuel Mallach herangereift war.

XXIX

Die Nachricht aus Stockholm hatte ein Fenster des Instituts weit aufgestoßen, und die Außenwelt kam hereingeströmt.

Kamerateams schwärmten durch die Flure, Männer und Frauen mit gezückten Stiften und Notizblöcken stellten Physiker, um sie zu ein paar griffigen Sätzen über die wahre Bedeutung der Arbeit des eben unsterblich gewordenen Dietrich Spencer anzustacheln. Justin kam aus seinem Büro und rannte in eine junge Frau von kratziger Schönheit in einem knapp geschnittenen leuchtendroten Kostüm, dessen Rock pulsbeschleunigend hoch an ihren Schenkeln endete. Sie warf einen Blick auf das Namensschild an der Tür und fragte den überraschend attraktiven jungen Mann, ob er Professor Childs sei oder nur ein Student.

»Ich bin Professor Childs«, sagte er.

»Sie sehen so jung aus für jemand, der so wichtig ist.« Sie lächelte, zeigte makellose Zähne, während sie gleichzeitig dem Kameramann kurz zunickte, so daß ein kleines rotes Licht an seiner Videokamera aufleuchtete.

»Könnten Sie mir sagen, Professor Childs, ob Sie zustimmen, daß Dietrich Spencers Entdeckungen in der Physik ein Licht auf die Existenz Gottes werfen, wie viele behaupten?«

Justin starrte auf die erstaunliche junge Frau hinunter, die mit herzlicher Aufmunterung zu ihm aufsah, und er war verwirrt. Das warme vertrauensvolle Nicken zog ihn zu ihr hin, und sie erschien ihm nicht so spröde wie noch vor einem Moment, sondern viel klarer und genauso schön. Er wollte ihr so gern auf eine Weise antworten, die ihr gefallen würde, wenn er nur verstanden hätte, was sie wissen wollte.

»Gottes Existenz?« fragte er zögernd. »Wer sagt das?«

»Nun, Sie offenbar nicht«, gab sie zurück, ihr warmes Lächeln ging gleichzeitig mit dem kleinen roten Licht an der Kamera aus, und ihr Gesicht verschloß sich wieder. Justin sah ihr nach, als sie inmitten ihrer technischen Crew den Flur hinunterging und vor der Tür von Ledoute Halt machte, der sofort herausschoß und fabelhaft aufs Stichwort loslegte.

Die Mitglieder des Instituts zeigten zum größten Teil gedämpfte Freude über das Eindringen dieser Zerstreuungen in ihre Hallen. Natürlich sonnte sich niemand so offen darin wie Dietrich Spencer selbst, der so meisterhaft in das Licht der Welt trat, daß man meinen könnte, er hätte sich sein ganzes Leben lang darauf vorbereitet. Der systematische Charme, den er seit Jahren in der akademischen Gemeinde trainiert hatte, wurde jetzt noch um zwei, drei Grade aufgedreht und mit einem starken Scheinwerfer ausgestattet, mit Rücksicht auf das weniger feinsinnige Publikum, aus dem die Welt größtenteils bestand. Wenn schöne junge Reporterinnen von ihm verlangten, sich eloquent über das Thema Urknall und Gott auszulassen, dann würde er sich, weiß Gott, darüber auslassen, allerdings achteten die Kameraleute darauf, die fingerschnippende linke Hand aus dem Bild zu lassen.

»Am Anfang war der Urknall, ein Moment unendlicher Einzigartigkeit, den wir nicht erforschen können. Unser Wissen beginnt bei zehn hoch minus dreiundvierzig Sekunden nach Null, erst dann können wir den dichten Schleier lüften und dahinterspähen. Alle Momente vor diesem entziehen sich dem wissenschaftlichen Blick, und ich will es anderen überlassen, sich vorzustellen, was hinter dem kognitiven Vorhang liegt: ob sich dort möglicherweise Gottes Hand unsichtbar regt.«

Des Mannes komprimierte Energie war unleugbar erotisch, prickelnd telegen. Er schaffte es, sich sowohl als weise wie auch spitzbübisch darzustellen, besonders vor der Kamera, und das war alles herrlich wirkungsvoll. Wenn er, wie bei einem ausführlichen Interview für BBC 1, über die Milliarden Celsiusgrade redete, die theoretisch als Temperatur des ganz jungen Universums angenommen werden, »viel heißer als das Innere jedes Sterns«, deutete er irgendwie an, daß etwas grundlegend Triebhaftes in der kosmologischen Situation lag, so daß eine zuschauende Akademikerin und Oxforder Koryphäe dazu bewogen wurde, in ihren knarrenden Männerschuhen zu ihrem Bücherregal zu trotten und dort nach einer Bemerkung zu suchen, die Thomas Hobbes über die *libido sciendi* gemacht hat:

»Die Lust des Geistes übertrifft durch die Beharrlichkeit ihres Entzückens über die immerwährende und unermüdliche Hervorbringung von Wissen den kurzen Ansturm fleischlicher Freude.«

Genau.

Justin hatte Spencer, seit die Nachricht über sie hereingebrochen war und den Preisträger auf der überschäumenden Wellenmechanik des Ruhms hinwegschwemmte, nicht mehr zu Gesicht bekommen. Eine Woche lang wurden zu den Teestunden des Instituts Champagnerflaschen hingestellt, aber Dietrich hatte nur Zeit für einen einzigen stürmischen Auftritt dort gehabt, am Tag, an dem die Nachricht aus Stockholm herniedergekommen war. Justin war an jenem Tag nicht im Gemeinschaftszimmer gewesen, da er sofort in die Bagatelle Road gegangen war, und seitdem hatte er sich zurückgezogen, er hielt seine Vorlesungen und floh dann vom Campus.

Tatsächlich war Justin in den zehn oder mehr Tagen, die seit dem Einbruch der Außenwelt vergangen waren, Spencer noch am nächsten gekommen, als er eines Morgens mit Spencers Sekretärin Della im Fahrstuhl nach oben fuhr. Sie wirkte herausgeputzt und selbstgefällig, wie eine auf den Mann stolze Ehefrau, und nahm gnädig Armladungen blumiger Komplimente für ihren Ersatzehemann entgegen. Ihr Haar sah irgendwie anders aus – vielleicht war es vorher nicht rot gewesen? – und Justin meinte sich zu erinnern, daß sie vor Spencers Aufstieg eine Brille getragen hatte.

»Ziemliche Aufregung, was?« Sie grinste Justin an, der es (verdrossen) versäumt hatte, zu kommentieren, wie doch die Welt sich entschieden neu konfiguriert hatte.

Justin hatte wie betäubt genickt, denn er war inzwischen permanent wie betäubt, und sie zuckte die Achseln und entfernte sich eilig, sobald sich die Fahrstuhltür geöffnet hatte, nun eine Feindin fürs Leben.

Und so geschah es, daß Justin ganz unvorbereitet war, als eines

Spätnachmittags im Spätherbst der Preisträger höchstselbst an die Tür seines kleinen Büros klopfte.

Justin hatte mit dem Rücken zur Tür gestanden und aus seinem Fenster auf die neugotische Architektur gestarrt, die sich unter ihm ausbreitete. Ein Übertragungswagen des Fernsehens, der in einer kleinen Seitenstraße geparkt hatte, fuhr gerade langsam weg, und etwas weiter unten in derselben Straße verschwand ein Wagen der Stadtpolizei um die Ecke. An der schwarzen Tafel standen die Gleichungen, an denen Justin gearbeitet hatte, als die Nachricht aus Stockholm gekommen war, mit einem kleinen Hinweis für das Reinigungspersonal, eingerahmt in der rechten Ecke: NICHT ABWISCHEN!

Heute würde er wieder an die unterbrochene Arbeit gehen. Er spürte etwas wie Erleichterung in der eisigen Stille seiner Gedanken, zögernd fing das Leben wieder an zu fließen, verhieß das Feuer, das nicht weit entfernt war.

Es war jetzt so nah daran, ihm zu gehören, ihm und Dana und Mallach. Er würde heute zu der schwierigen Mathematik zurückkehren, er würde sie knacken und die endgültige Formel darin finden, transparent und leuchtend und unwiderstehlich, so daß Dana und ihr Vater besänftigt sein würden.

Er hatte keine andere Möglichkeit, ihre unvernünftige Wut zu beschwichtigen. Logik stieß bei ihnen auf taube Ohren. Er mußte für sie ins Feuer springen, springen wie der Wahnsinnige in der Antike, alles einsetzen, was er in sich hatte, und sogar mehr. Bereits jetzt sammelte er seine Stärke für diese Aufgabe, versuchte sich selbst zu überzeugen, daß die Lösung höchstwahrscheinlich dort versteckt war, wo er sie vermutete. Denn solange er sicher sein konnte, daß es eine Antwort gab, wußte er, daß er sich auf sein Gehirn verlassen konnte, um sie zu finden. Und dann würden sie ihn lieben, sie würden ihn wieder aufnehmen, sie drei würden zufrieden und mit sich im Reinen sein, wie früher.

Spencer war hereingekommen und hatte die Tür leise hinter

sich geschlossen. Justin hatte sich vom Fenster umgewandt, um ihn anzusehen, keiner der Männer sagte etwas. Justin nahm an, daß Dietrich, so wie Della, darauf wartete, daß Justin die angemessenen lobenden Worte äußerte. Vielleicht sollte er Dietrich beglückwünschen, daß er Gott entdeckt hatte?

»Ich fürchte, ich komme mit einer schlechten Nachricht.«

Justin hatte diese Worte schon einmal gehört, und er wußte genau, was sie besagten: die dämonische Logik des Kontrafaktischen war wieder losgelassen worden.

Er dachte nicht daran, sich zu fragen, wieso Dietrich Spencer ausgerechnet ihn im Institut als Empfänger der schlechten Botschaft ausgewählt hatte. Wieder sah er den Wagen der Stadtpolizei, der in der kleinen Seitenstraße verschwand.

Es sind alle beide, dachte er. Wieder sind es alle beide.

»Samuel Mallach ist tot. Er hat sich gestern nacht erschossen. Die Polizei war gerade hier, um es mir mitzuteilen.«

Seine Gedanken erfroren um den ersten Satz herum. Er registrierte, daß Mallach gestorben war. Nur das. Der zweite Satz drang überhaupt nicht in sein Bewußtsein. Er nahm automatisch an, daß es sich um einen Autounfall handelte, das war das Bild in seinem Kopf. Dana hatte ein Auto, obwohl ihr Vater selten mitfuhr. Er ging zu Fuß zur Universität, um seine Vorlesungen zu halten, und wieder zurück in die Bagatelle Road. Er brauchte an die siebzehn Minuten für eine Strecke, wenn es schnell ging, die Augen waren stets gesenkt, sein Gang wirkte seltsam ungleichmäßig, als hätte sich ein Sprachstottern in seine Beine übertragen, eine Extrasilbe vor jedem Schritt, aber es gelang ihm immer, sich mit relativer Schnelligkeit zu bewegen, er tauchte auf und verschwand wie die Spur kondensierten Dampfs in der Nebelkammer.

»Nur er?«

»Was?«

»Seine Tochter?«

»Richtig. Er hat eine Tochter.«

– Wer sind Sie?

– Dana Mallach.

– Seine Tochter also.

– Ja, seine Tochter, ja.

»Ich habe sie nicht mehr gesehen, seit sie ein Kind war. Sie kennen sie natürlich.«

Justin nickte, begriff an der Zeitform von Spencers Verb, daß sie noch lebte. Er akzeptierte dieses Wissen ohne jede weitere Reaktion. Er wußte: Samuel Mallach war gestorben und Dana nicht. Er kam nicht einmal auf die Idee, nach der Quelle und dem Umfang von Spencers offensichtlicher Kenntnis seiner Verbindung zu den Mallachs zu fragen.

Spencer drehte langsam den narbigen, massiven Kopf auf dem kräftigen Hals hin und her. Plötzlich wandte er sich zur Tafel.

»Sie arbeiten mit ihm?«

»Ja.«

»Ich begreife nichts von dem, was Sie hier angeschrieben haben.«

»Nein, es ist sehr neu.«

»Es ist unsäglich, monströs.«

Dietrich sagte dies mit einem explosiven Nachdruck, so daß Justin für einen Moment verwirrt war, bis ihm dämmerte, daß nicht seine Gleichungen gemeint waren, sondern Mallachs Tod.

»Ist Dana gefahren?«

»Gefahren? Gefahren, wann?«

»Als er starb.«

»Er ist in seinem Haus gestorben. Er hat sich in seinem Haus erschossen. Genauer gesagt, draußen, direkt hinter dem Haus.«

Diesmal drangen die Worte zu ihm durch.

»Mit einem Revolver?«

»Offenbar.«

»Wieso hatte er einen Revolver?«

»Anscheinend hatte er einen, so unglaublich es erscheint. Es sah Sam nicht ähnlich, so praktisch zu sein. Wer hätte je geglaubt, daß er überhaupt wußte, wie man ihn lädt? Er wußte noch nicht mal, wo sich in seinem Haus der Sicherungskasten befand.« Wieder schüttelte er den Kopf auf seinem gedrungenen Hals. »Ich würde gern mit ihr sprechen, mit Dana Mallach. Ich kann aber nicht hingehen. Ich habe ihm versprochen, nie wieder einen Fuß in sein Haus zu setzen.«

Spencer starrte Justin mehrere Augenblicke an, seine Augen bohrten sich in Justins, obwohl diese immer wieder zu der langen hellen Narbe schweiften. Spencer wartete mehrere lange Augenblicke, gab Justin vielleicht die Chance, eine Frage zu stellen, wie es ein guter Professor tut, wenn er etwas gesagt hat, das der Klärung bedarf. Als Justin weiter schwieg, fuhr Spencer fort.

»Ich würde mich gern mit ihr treffen. Ich möchte bei der Beisetzung sprechen. Das gehört sich so für den Leiter seines Instituts, und ich habe Gründe, die noch darüber hinaus gehen. Aber zuerst muß ich mit ihr sprechen.« Wieder starrte er in Justins Augen. »Fragen Sie sie, ob sie kommen würde. Kommen Sie mit ihr zu mir nach Hause. Haben Sie ein Auto, Justin?«

»Nein, aber Dana. Dana hat ein Auto.«

»Aber nur wenn Sie sie nicht fahren lassen, Justin. Sie wird zu durcheinander sein, um selber zu fahren.« Es dauerte einige orientierungslose Momente, ehe Justin das unerträglich vertraute Geräusch als das leise Schnippen von Dietrichs Fingern identifizierte. »Ich hätte Carlotta an jenem Abend nie ans Steuer lassen dürfen.«

Da war sie also, dachte Justin: die letzte Bestätigung, die inzwischen fast überflüssig war. Justin war durch diesen empirischen Beweis ebenso ungerührt wie es von Einstein berichtet wird, als man ihm die Daten vorlegte, die während einer Sonnenfinsternis aufgezeichnet worden waren und die zeigten, daß die Ablenkung des Sternenlichts beim Passieren der Sonne genau in dem Winkel erfolgt, der von der allgemeinen Relativitätstheorie vorausgesagt wurde. Einstein hatte es bereits gewußt, und Justin ebenso. Die tatsächliche Verfinsterung der Sonne war unnötig, als sie eintrat. Er hatte es gewußt, ohne daß man es ihm gesagt hatte, und er hatte es verstanden, sein Wissen für sich zu behalten, weil Carlotta Mallach, mochte sie auch so unwürdig gewesen sein wie er es im tiefsten Herzensgrund immer gewußt hatte, die einzige Mutter war, die Dana Mallach je haben würde.

»Ich muß etwas von Ihnen wissen, Justin, ehe ich sie treffe. Ich muß wissen, ob sie von ihrer Mutter und mir weiß.«

»Das glaube ich nicht. Nein, ich bin mir fast sicher, daß sie es nicht weiß.«

»Aber Sie wissen es. Hat er es Ihnen gesagt?«

»Nein. Nie.«

»Dann, woher?«

»Eine Schlußfolgerung. Die beste mögliche Erklärung.«

Dietrich Spencer lächelte grimmig.

»Sie sind ein guter Wissenschaftler, Justin. Ebenso gut in empirischen Schlußfolgerungen wie in mathematischen Ableitungen. Ich glaube, manche unterschätzen Sie.« Sein Lächeln verflog, die Grimmigkeit blieb. »Und schließt Ihre Schlußfolgerung, Ihre beste mögliche Erklärung, die Tatsache mit ein, daß Carlotta und ich Sam an jenem Abend mitteilten, daß sie ihn verlassen würde? Wir wollten am nächsten Vormittag wiederkommen, um das kleine Mädchen zu holen. Wir hatten ihn zurückgelassen, waren fast wieder bei meinem Haus angekommen, als Carlotta plötzlich wütend auf mich losging. Das war völlig irrational. Die ganze Szene war unlogisch, surreal. Sie stellte es so dar, als ob, wenn ich nicht gewesen wäre, sie und Sam bis ans Ende ihrer Tage glücklich geblieben wären. Es waren wohl Schuldgefühle, die aus ihr sprachen. Sie merkte plötzlich, daß sie die Last ihrer Entscheidung nicht tragen konnte, Carlotta war kein starker Mensch. Hinter all ihren Posen war ihre innere Wahrheit eine ganz andere. Ich glaube nicht, daß mir das wirklich klar war, bis zu jenem Abend.«

Dietrich Spencer sah Justin unentwegt an. Justin konnte sich nicht vorstellen, was der Mann von ihm wollte, denn er schien ihn um irgend etwas zu bitten. Es war schwer, diesem Blick standzuhalten, sich zu bezwingen, nicht auf diese schreckliche Narbe zu blicken. Es war unmöglich.

Justin wich Dietrich Spencers unverwandtem Blick aus. Er sah zur Tafel, ging plötzlich hin, nahm ein Stück Kreide und fügte ein Minuszeichen ein, das unerklärlicherweise weggewischt worden war.

XXX

– Wie kannst du es wagen, mich so anzusehen!

Im Kamin brennt ein lautes Feuer, seine Melodie von Wärme und Wohlbehagen spielt unpassend im Hintergrund, und über dem Sims hängt das Porträt der Mutter mit dem Kind, signiert von einem betrügerischen *génie mal.*

– Du glaubst, du kannst mit uns allen Gott spielen! Du glaubst, deine Selbstsucht ist das höchste Gesetz!

Der Maler des Porträts, das einen knappen Meter über ihr hängt, hat ihr ziemlich schamlos geschmeichelt, indem er ihr einen Anstrich von Substanz und Bedeutung gab, ein ruhiges Leuchten der Selbstbeherrschung, so daß die echte Frau wie eine armselige erste Skizze des Porträts wirkt, das über ihr hängt. Die Schlußfolgerungen aus dem Abbild vermitteln ein völlig falsches Bild von ihr, indem sie ihr die Autorität imaginärer Kräfte unterstellen, ganz falsch.

Blond wie die Tochter, blonder als das Porträt, mit aufgestecktem Haar, ähnelt sie, Zug für Zug, der Frau, zu der ihre Tochter werden wird, obwohl sie eine ausgeprägtere Weiblichkeit besitzt, sinnlicher, fast wollüstig die Haltung, die sie in ihren hochhackigen schwarzen Schuhen einnimmt, auf den dünnen Riemchen um die Knöchel funkeln winzige Steine, dasselbe Funkeln an ihren baumelnden Ohrringen, eine Hüfte vorgeschoben in dem engen Samtrock, und oben eine in allen Farben des Wintersonnenuntergangs bestickte durchsichtige Bluse, die an der Brust tief ausgeschnitten ist, sie atmet schwer.

Sie ist schön, aber nicht so schön wie meine Dana, weder im Geist noch im Äußeren. Doch ja, die Mutter ist schön und auch anrührend, sie rührt mich, so verführerisch und verängstigt tapfer, Carlotta Mallach.

– Wie kannst du es wagen, den betrogenen Ehemann zu spielen. Wie kannst du es wagen!

Und wer hätte je aus der gelassenen Selbstsicherheit dieses Porträts auf das Pathos ihrer dünn zitternden Stimme, auf die vertikalen Linien der Frustration auf der Stirn und das Beben ihrer grell bemalten Unterlippe geschlossen?

Der Künstler war höchst unwahrhaftig bei der Wiedergabe ihrer Augen, die mehr Benommenheit als Tiefe haben, obwohl sie vielleicht sehr betrunken ist, vielleicht kommen die Benommenheit und der wäßrige Blick und sogar die dünne Stimme vom Trinken, denn man merkt es jetzt, daß sie sehr betrunken ist, und die Modulation ihrer Stimme hat die schrille Sprödigkeit, nach der die Willensschwachen greifen, wenn sie sich zu ungewohntem Trotz zwingen müssen. So daß sie sogar jetzt, auf dem Höhepunkt ihres anklagenden Dramas, sich eher nach Klimpern als nach Schmettern anhört, und ihre Augen flitzen umher und flattern wie Motten, die gekommen sind, um an der Scheibe zu sterben.

– Du hast gedacht, daß wir beide uns niemals trauen würden, irgend etwas eigenes zu empfinden, irgend etwas, das nicht nützlich für dich wäre.

– Carlotta, bitte.

Dietrich Spencer sitzt auf einem Stuhl mit hoher Lehne, der neben dem Kamin steht, er sieht so ungemein elend aus, daß er wie eine zerknüllte Version seiner selbst wirkt, seine blassen Augen drücken beredt den Wunsch aus, überall zu sein, nur nicht hier.

– Carlotta, bitte. Wir müssen es nicht noch schlimmer machen, als es schon ist.

– Ich mache es nicht schlimmer. Oder vielleicht doch. Gut. Bon. Bonbon.

Sie lacht und klatscht in die Hände, ihre Affektiertheit, die sich als schaurige Fröhlichkeit äußert, verstärkt den tiefen Abscheu in dem Gesicht des einen Mannes, als müßte er Galle speien, er senkt wieder die Augen und beugt den Kopf leicht vor, so daß der Schein des Feuers auf seinem kahlen Schädel flackert, während der andere unbeweglich wie ein Krokodil dasitzt, seine Augen sind wie Steine, sein Kopf befindet sich mehrere Zentimeter höher als Dietrichs und außerhalb des Feuerscheins. Er sitzt in dem zweiten Stuhl mit hoher Lehne, der in vollkommener Symmetrie auf der anderen Seit des Kamins steht, ein Bein ordentlich über das andere gelegt, um das er die Arme geschlungen hat, mit ruhig verflochtenen Fingern, der Rücken gerade wie ein Stock. Und in dieser unbequemen Haltung verharrt er bewegungslos und starrt sie unbewegt an, sein Mund ist zu einem Strich zusammengepreßt und schweigt zu Traurigkeit und Verzweiflung und allen anderen Schatten auf der Seele, ungetrübt und unbewegt, unheimlich bewegungslos.

– *Wenn ich die Dinge schlimmer mache, mache ich sie wenigstens anders, und das ist ja schon aufregend für mich. Es gibt mir fast das Gefühl, als würde ich existieren.*

– *Carlotta, bitte.*

– *Nein, Dietrich! Nein! Sieh, wie er mich ansieht! Sieh ihn an!*

– *Was genau, Carlotta, soll ich sehen? Was soll ich sehen?*

– *Sieh doch! Sieh!*

Ihre Stimme hat jetzt die Tonhöhe der Raserei erreicht, das ist alles sehr schwer mit anzuhören, und mit sichtlichem Schmerz dreht Spencer ein wenig den Kopf, so daß er den anderen sehen kann, der ihn nicht ansieht, sondern vollkommen regungslos bleibt, der emotionslose Ausdruck festgefroren auf seinem Gesicht. Eine unermeßliche Wut liegt in seiner Starre.

Spencer kann ihm nicht in die Augen sehen, so wie Carlotta und ich ihm in die Augen sehen können.

Spencer sieht den Ehemann nur kurz, so lange er es ertragen kann, von der Seite an, denn er ist sich seiner schändlichen Rolle hier furchtbar bewußt, und seine Augen senken sich unter dem Gewicht seiner unwürdigen Lage, ehe er schließlich wieder Carlotta ansieht.

– *Er sieht traurig aus, Carlotta. Für mich sieht er aus wie ein Mann, der traurig ist, daß er seine Frau an jemanden verliert, von dem er glaubte, er sei sein Freund.*

Dietrichs Stimme ist ebenso gedrückt wie sein Äußeres zerknautscht ist, so daß, ob mit Absicht oder nicht, seine charakteristische Kraft verborgen ist.

– Oh, Dietrich, Dietrich, er ist überhaupt nicht traurig, er weiß gar nicht, wie man traurig ist, nur wütend!

Plötzlich lächelt sie Dietrich an, verändert ganz leicht die Neigung ihres Kopfes, sie dreht ihn kokett, nicht subtil, aber sehr hübsch, und Spencer nimmt die Neigung ihres Kopfes wahr, woraufhin er ihr wieder mehr Wärme entgegenbringt, obwohl er sich immer noch unwohl fühlt und der andere genauso passiv dasitzt wie vorher.

– Komm, Carlotta, das reicht. Wir haben jetzt genug gesagt.

– Nein, ich möchte, daß du es einsiehst, ich möchte, daß du siehst, daß er zu Trauer gar nicht fähig ist, daß es nur Wut ist, weil er nicht seinen Willen bekommt.

– Carlotta, hat er nicht ein gewisses Recht, wütend zu sein? Wirklich, Carlotta, hat er nicht das Recht darauf?

Spencers Stimme ist ins Bittende umgeschlagen, die weinerliche Stimme der Vernunft.

– Welches Recht? Er *hat mir doch gesagt, daß ich deine Geliebte werden sollte, daß ich meine eigenen Liebhaber haben sollte, so wie er seine hatte, seine dummen kleinen Mädchen. Und Dora, unsere eigene Haushälterin! Wirklich, Samuel, Dora! Und jetzt spielt er den betrogenen Ehemann, weil ich ihn verlassen werde! Jetzt will er, daß ich mich schuldig fühle, Dietrich, weil ich es nicht mehr ertragen kann, länger mit ihm zusammenzusein, weil ich es nicht ertragen kann, mich an die Spielregeln seiner absoluten Selbstsucht zu halten, weil ich schon seinen Anblick nicht ertragen kann! Ach, Samuel, wenn du nur wüßtest, wie tief ich dich verabscheue!*

– Carlotta, das reicht.

Matte, matte Töne von Spencer, man würde nicht vermuten, welche Kraft er im Innern zurückhält.

– Nein, das reicht nicht, weil – sieh ihn an! Sieh ihn an! Dietrich, kannst du ihn nicht sehen? Für uns gibt es überhaupt keine Hoffnung, wenn du ihn nicht sehen kannst.

– Ich finde, er sieht nur traurig aus, Carlotta.

An Dietrichs Ton kann es keinen Zweifel geben. Er klingt geradezu elegisch.

– Traurig? Nie. Niemals! Frag ihn!

Spencer schüttelt nur den Kopf, die Augen niedergeschlagen.

– Also gut, dann werde ich ihn fragen. Bist du traurig, Samuel? Bist du traurig, daß ich unsere Tochter morgen abholen werde, daß ich dich wegen Dietrich verlasse? Oder habe ich meinen Zweck für dich bereits ausreichend erfüllt? Hast du genug Wissenschaft aus all dem Elend und all der Verwirrung gezogen?

– Carlotta, bitte.

– Und wenn du das hast, Samuel, dann möchte ich wissen, dann möchte ich wirklich wissen, war es das wert?

Dietrich Spencer sieht für eine Sekunde zu Mallach hinüber und dann wieder nach unten, auf das schimmernde dunkle Holz des Fußbodens, beleuchtet von der reflektierten Helligkeit des Feuers. Was für eine unrühmliche Rolle er in der wenig begeisternden Geometrie des dreiseitigen Polygons spielen muß.

– Sam, bitte.

Carlottas Stimme hat auf einmal ihre ganze Schärfe verloren, und ihr Flehen macht sie schwach, man sieht, mit wieviel Anstrengung sie die Pose von vorhin aufgebaut hat, mit wieviel Anstrengung und mit wie vielen Drinks, und sie spricht leise und drängend.

– Bitte, Sam, bitte. Du weißt, daß ich es nicht so gemeint habe, als ich sagte, ich verabscheue dich. Ich wünsche mir nur, daß ich dich verabscheuen könnte! Aber ich muß gehen, du mußt mich verstehen, ich muß mich selbst retten!

Sie ist unendlich erbarmungswürdig, und es ist unendlich schwer, das zu begreifen, denn sie ist die Sorte von Frau, die meine Mutter verabscheut und in ihrer mädchenhaften Stimme mit Obszönitäten belegt hat, wobei sie sogar kalt das Wort verwendete, das den tiefsten atavistischen Widerwillen hervorruft. Ein bedeutungsloses Nichts, das dick überstäubt ist mit den Verführungen der Schönheit, dem die Wahrnehmungsfähigkeit fehlt für die Feinheiten des Kosmos, die die inneren Sphären der unschönen Cynthia bewegt hatten, und das dennoch einen Mann vom Rang Samuel Mallachs dazu brachte, Zusammenhangloses an einem zugefrorenen Teich zu deklamieren. Die Ungerechtigkeit war unerträglich schmerzlich gewesen, so daß meine Mutter Schönheit in jeder Form verehrte, mit Ausnahme der weiblichen.

Mallachs Augen wenden sich endlich von der jämmerlichen Gestalt seiner Frau ab, er blickt Dietrich Spencer an, der erst jetzt sehen kann, was in Mallachs Augen steht, das kalte Engelsfeuer. Zwischen ihnen fällt kein einziges Wort mehr, und Samuel Mallach bleibt dort sitzen, das Feuer knackt weiter, es ist angenehm warm und behaglich. Es macht eine geisterhafte Musik in dem gefrierenden Schweigen im Zimmer.

– *Und war es das wert, Samuel Mallach?*

– *Du kennst die Antwort darauf genausogut wie ich, Justin Childs.*

– *Wir haben wirklich nie irgend etwas gewußt.*

– *Nichts, gar nichts.*

– *Und die wesentliche Tatsache?*

Endlich trifft sein Blick meinen, und in der Klarheit seiner lichtdurchfluteten Augen kann ich endlich die Raserei der Leidenschaften entwirren, die zu leben uns auferlegt ist.

Die Botschaft des einen Auges enthält den im Denken eingeschlossenen Eros, der sein Feuer in unsere Sehnsucht nach Erkenntnis gießt, und in dem anderen steht das Wissen, das aus der Liebe kommt. Wir sind Wesen, die wissen wollen, und wir sind Wesen, die lieben wollen, und, oh, wie verschränkt ist das, wie verschmolzen und feurig und für immer und ewig in unseren verschränkten Leidenschaften.

– *Natürlich, Justin, natürlich die wesentliche Tatsache.*

XXXI

Sie wirkte so außergewöhnlich ruhig, daß er kaum wußte, was er denken sollte.

Als er sie am Haus in der Bagatelle Road abholte, kam sie gelassen heraus, redete ruhig und gefaßt mit ihm, drehte sich um und schloß sorgfältig die Tür hinter sich ab, behielt das Schlüsselbund in der Hand.

»Ich werde fahren«, sagte sie, und er willigte schnell ein.

Er hatte eine Fahrerlaubnis, das war Voraussetzung, um an der Ionia County High School den Abschluß zu machen, aber er war in seinem ganzen Leben kaum je gefahren, so daß er das Gaspedal nicht von der Bremse hätte unterscheiden können, und sie war außerordentlich ruhig, er kannte ihre Stimmungen so gut, und sie war ruhig.

Sie wollten zu Dietrich Spencer fahren. Er hatte sie gebeten, ihn zu besuchen. Er wohnte ein paar Meilen außerhalb der Stadt, und Dana kannte den Weg, sagte sie. Sie sagte, sie wüßte genau, wie sie fahren müßte.

»Du warst es, der ihn zerstört hat«, sagte sie, doch sie sagte es ruhig, wandte nicht die Augen von der Straße.

Aber ihre Ruhe, das sah er jetzt, war von einer neuen Art und voller versteckter Gefahren. Justin erkannte, daß ihre Trauer in Wahnsinn umgeschlagen war, so wie bei ihrem Vater, und er fühlte die Übelkeit der Furcht, denn er hatte gelernt, daß man mit einem trauernden Wahnsinnigen nicht argumentieren konnte.

Er kannte nur einen Weg, um den Wahnsinn der Mallachs zu kurieren. Ihre Augen hatten die seinen gesucht, hatten ihn angefleht, der Bitterkeit in der Seele ihres Vaters etwas entgegenzusetzen, den Beschuldigungen, die aus ihm herausströmten und ihn und alles in seiner Nähe mit der Farbe von schwarzer Galle und dem Gestank alter Verzweiflung überzogen. Und so hatte er in jener Nacht von dem formidablen Problem gesprochen, das vor ihnen lag wie der feuerspeiende Ätna der Antike: ein Sprung in die Lava, der sie rein und hell wie Götter wieder entsteigen würden, um ewig weiterzuleben.

Sie würden ewig leben.

Er erinnerte sich daran, daß in dem Moment, als Samuel Mallach so redete, von seinem Haß und seinem Versagen vor der Welt, das Glück aus ihrem Gesicht geschwunden war, alle warmen Farben waren aus ihrem Gesicht gewichen, und ihre Augen hatten flehentlich die seinen gesucht, in einer Sprache ohne Worte, es war, als hätte er sie direkt zu seinem Bewußtsein sprechen hören, und er hatte ihr geantwortet und beobachtet, wie ihr ganzer Zauber ihr augenblicklich wiedergegeben wurde, es fiel ihm ganz genau wieder ein, auf welche Weise er einmal fähig gewesen war, den Wahnsinn der Mallachs abzuwehren, das weltverdunkelnde Schlagen ihrer schrecklichen Flügel, *die Welt, wie sie letztendlich wirklich ist, die Welt, wie sie wirklich ist,* er hatte es mit sicherem Instinkt gewußt, so daß er, als sie ihre beschwörenden Augen auf ihn richtete, von den unermeßlichen Möglichkeiten gesprochen hatte: der Entschleierung der komplexen Ordnung, die alle unversöhnlichen Wahrheiten des Universums beherbergen konnte, mit allen Dingen, die in der weiten und unbewegten Geometrie des Lichts schweben.

Er begriff also, und so nahm er all seine geistigen Fähigkeiten zusammen, um vielleicht zu erkennen, wie er das sagen mußte, was er zu ihr sagen mußte, als sie an diesem Nachmittag neben ihm saß, den Wagen mit leichter Hand durch die Kurven der baumbestandenen Straße lenkte und ruhig den Katalog von Gründen für ihren immerwährenden Haß aufzählte.

»Du warst es, der ihn am Ende zerstört hat. Nicht meine Mutter, nicht Dietrich Spencer. Du warst derjenige, der das Leben für ihn schließlich unmöglich gemacht hat. Nur du, Justin Childs.«

»Dana, hör mir zu. Hör mir genau zu. Wir sind sehr dicht dran. Siehst du nicht, wie dicht dran wir sind?«

»An was?« Sie drehte sich nach rechts, um ihn anzusehen. »An was sind wir dicht dran, Justin?«

»Wir haben es fast gelöst, wir sind im Grunde da. Die Mathematik ist immer noch ein Durcheinander, aber es wird sich für uns jetzt sehr, sehr bald alles zusammenfügen. Wir sind so nah dran, daß ich das Feuer schon fühlen kann. Morgen, Liebling, oder übermorgen. Irgendein morgen, bald. Es waren immer du und ich, Dana. Dein Vater hat es nicht mehr richtig hinbekommen. Seine Tage als großer Wissenschaftler waren vorbei. Er wußte es, und wir auch. Wir waren es, du und ich, Dana, wir haben es gegenseitig aus uns herausgezogen, die Physik gegenseitig aus uns herausgezogen, so wie er immer gehofft hat.«

»Wie kannst du es wagen, Justin Childs.« Sie sagte es ruhig, obwohl das Zischen dabei tödlich war, der Klang meines Namens angefüllt mit einem ungesunden Äther. »Erst tötest du ihn, und jetzt erzählst du mir, daß er entbehrlich war. Wie kannst du es wagen. Du bist abscheulicher, als ich es mir je träumen ließ. Abscheulich.«

»Denk nach, Dana. Versuch, logisch zu denken.«

»Wie kannst du es wagen.«

»Sei vernünftig, Dana!«

»Du bist ein Mörder, schlicht und einfach.«

»Du nennst mich seinen Mörder?«

»Seinen Mörder, ja. Seinen falschen Freund, so hat er dich selber genannt. Es war deine Falschheit, die ihn dazu getrieben hat.«

»Wie kannst *du* es wagen, Dana? Wie kannst *du* es wagen? Ich liebte ihn! Dana, ich liebte ihn!«

Das schreckliche Aufsteigen der Liebe zu ihm, zu Samuel Mallach, denn wenn es Väter in der Wissenschaft gab, dann gab es auch Söhne, und ich war seiner.

»Ob du ihn geliebt hast oder nicht, du hast es geschafft, ihn zu töten. Du hast ihn selbst gehört. ›Mein ganzes Leben lang bin ich verraten worden, und du, falscher Freund, bist der Letzte, und du bist der Schlimmste, aber wenigstens bist du der Letzte.‹«

»Ich bin derjenige gewesen, der ihn wieder zum Leben erweckt hat. Das konntest du in all diesen Jahren nicht schaffen, obwohl du es versucht hast. Ich war derjenige, der ihn an all das erinnert hat, was er verloren hat, an alles, was er wieder zurückgewinnen konnte. Ich war das, Dana!«

»Ja, das warst du, Justin. Das warst du. Er war lebendig, er war lebendig, wenn auch nicht so, wie er es einmal gewesen war, er war lebendig, und jetzt ist er tot, und du warst es, der ihn getötet hat.«

»Nein, das war ich nicht, Dana. Jemand hat deinen Vater getötet, aber das war nicht ich.«

»Was redest du da? Wen willst du jetzt beschuldigen? Abscheulich.« Das Zischen, so tödlich.

»Du kannst einem leid tun. Du bist wie ein kleines Kind. Du hast ja keine Ahnung. Überhaupt keine Ahnung, was wirklich passiert ist. In der Nacht, als deine Mutter starb, haben sie und ihr Liebhaber, dein Onkel Dietrich, deinem Vater gesagt, daß sie ihn verlassen würde. Sie wollten am nächsten Morgen zurückkommen, um dich zu holen. Das war es, was deinen Vater zu dem Verrückten gemacht hat, der er war. Jeder wußte, daß er wahnsinnig war. Es war eine Freundlichkeit des Instituts, ihn nicht zu feuern.«

Sie wandte sich um und sah ihn an, und einen ganz kurzen Moment durchlief sie ein Schauer und verzerrte ihr Gesicht, so daß sie einen Augenblick wie eine gespenstisch häßliche Frau aussah. Nicht wie die panisch wirkende Fremde, die ihren Vater am Arm gezupft hatte. Diese Frau war erkennbar Dana Mallach, aber sie war häßlich.

Das ging vorbei, und sie war wieder sie selbst, obwohl sie ihn immer noch anstarrte, ihre Hände nicht am Steuer, sondern in ihrem Schoß, sie lagen dort ganz bewußt, gelöst und vollkommen ruhig, die langen, spitz zulaufenden Finger ihrer Hände friedlich in ihrem Schoß.

Er sah ihre Hände dort ruhen und wußte, daß etwas grundlegend Wichtiges nicht stimmte, ein paar Sekunden lang, schien ihm, und dann zerriß die Welt in Wellen von Krach und übelkeiterregender Bewegung, der Wagen überschlug sich einmal und noch einmal, und Schreie kamen aus allen Richtungen der Welt.

Und dann hörte alles auf, die endlosen Wellen kollabierten und der Wagen schaukelte langsam vor und zurück, eine sanft wiegende Bewegung und der Singsang eines sanften Geräuschs. Das Auto lag auf dem Dach, alles kam wieder zur Ruhe, obwohl Dana seltsamerweise von seiner Seite verschwunden war, und er roch die Dämpfe von Batteriesäure, soviel Stille nach soviel Lärm und Bewegung.

Und dann plötzlich eine ungeheure Explosion entfesselter Stimmen, menschlicher und unmenschlicher Stimmen, jede einzelne Flamme kreischte, Paradoxa im Überfluß noch im Tod, denn obwohl er brannte und brannte, spürte er, wie er gefror, daß er sich, obwohl er schwarz wurde, in Eis verwandelte. Sie war aus dem Wrack geschleudert worden, und er war eingeklemmt, sein Bein irgendwo in zerfetztem Metall zerquetscht, sie rührte sich nicht, er sah ihre vollkommene Ruhe mit seinen sterbenden Augen, ihre Augen gnadenlos klar, ohne jede liebende Wärme, unbeweglich, kalt, starrend.

– Um Gottes willen, um Gottes willen, warum kannst du kein Mitleid mit mir haben, so wie ich Mitleid mit dir hätte?

– Aber das hatte ich, Justin Childs. Ich hatte Mitleid mit dir. Ich hatte solches Mitleid mit dir!

– Du hast dich nicht gerührt. Du hast mich ungerührt angesehen.

– Ich dachte, ich sei tot. Ich dachte, ich sei gestorben.

– Weil du sterben wolltest.

– Ich wollte sterben und dachte, ich sei gestorben.

– Und mich wolltest du auch töten.

– Nein. Meine Absicht galt nur für mich. Ich wollte ihm folgen.

– Den geliebten Toten folgen: Ich kenne dieses Verlangen.

– Ich wollte schon vor diesem Moment zu ihm gehen. Aber dann, als ich dich hörte –

– Die schrecklichen Dinge, die ich sagte –

– Ich konnte an nichts anderes denken: bloß weg von dir und hin zu ihm. Ich habe nicht an deinen Tod gedacht, sondern nur an meinen.

– Du hast dich ins Feuer gestürzt. Du bist zurückgekrochen und hast deine Arme hineingestreckt, um mich herauszuholen.

– Zu spät.

Es gibt wenige Worte, die die ganze Dimension unserer sterblichen Traurigkeit in sich bergen, aber diese beiden können es, und so ausgesprochen, wie sie sie jetzt ausspricht, tun sie es.

– Ich erinnere mich an das Geräusch deiner aufeinanderschlagenden Zähne, als du neben mir im Gras hocktest.

– Ich erinnere mich, wie sich deine Augen mit Leere füllten. Nicht länger ein Spiegel der Welt.

– Ich sah dein Gesicht das erste Mal in einem Spiegel.

– Und ich sah dich in demselben Spiegel.

– Ich dache, du wärst nicht echt.

– Du dachtest, ich wäre ein Gemälde. Ich dachte, du wärst ein Geist.

– Du glaubst an Geister, Dana Mallach.

– Ich glaube an dich, Justin Childs.

XXXII

Nicht weit vom Golfplatz wohnt Professor Kikeriki mit seiner unverheirateten Tochter.

»Ein Golfplatz, praktisch direkt hinter unserem Haus. Das sagte Dorothea, als sie mich dazu bringen wollte, dieses kleine Haus zu kaufen. Ich verstand es wirklich nicht, war doch die Universität gewillt, uns ein Haus oben auf dem Hügel zur Verfügung zu stellen. Aber Dorothea hat sich durchgesetzt. Yes Sir, das hat sie. Ein Golfplatz, praktisch direkt hinter unserem Haus. Komische Sache. Ich habe mir aus Golf nie viel gemacht. War nicht mein Sport.«

Es ist das sechste Mal, daß er die Geschichte von Dorotheas Durchsetzungsvermögen und seinem fehlenden Interesse für Golf einer immer matter werdenden Dana erzählt. Sie sitzen nebeneinander auf der grün-rot karierten Couch, ein elektrischer Heizlüfter im Kamin gibt leise Zischlaute von sich, und obwohl das kleine Zimmer vor Hitze dampft, hat er sich unter einer dicken braunen Decke vergraben, und als er Dana eine Ecke davon anbietet, nimmt sie dankbar an.

Die Tochter hat Kakao mit Marshmallowcreme gebracht, ihr Lieblingsgetränk. Ihre Vorliebe für Süßes ist im mittleren Alter immer noch unersättlich. Ihre Liebe zu Leckereien hat ihre schmale Gestalt aufgebläht, die Knöpfe ihrer dunkelroten Wollweste spannen, und ein Schaumflaum, den sie nicht sieht, ziert ihre Oberlippe. Sie betrachtet ihr Gesicht nie. Ihr langes, dunkles, von breiten weißen Streifen durchzogenes Haar ist mit grünen Plastikhäschen zurückgesteckt, Eitelkeit kennt sie nicht.

Aber sie weiß, was Poesie ist. Oben, in dem kleinen Schülerpult aus Preßholz, befindet sich ein Stapel wunderbarer Gedichte, die sie im Lauf der Jahre vervollkommnet hat, bis sie zum reinen Erstaunen geworden sind.

Die Doctores Krebs und Mallach sitzen Seite an Seite, teilen sich die braune Decke, während die Tochter ihnen gegenüber auf einem Stuhl sitzt, aber so dicht bei ihnen, daß sie sich alle an den Händen fassen könnten, wenn sie sich vorbeugen würden. Zwischen ihnen ist ein niedriger Tisch, auf dem die Kakaotassen stehen, nur die Tochter hat ihre ausgetrunken, und neben dem Kakao liegen mit Gleichungen verzierte Papiere.

Sie hat versucht, es Professor Kikeriki zu erklären, und er hat ruhig zugehört, hin und wieder mit dem gewaltigen Kopf genickt, was sie hoffnungsvoll als Verständnis deutet. Sie hat versucht, Josiah Krebs nur das Wesentliche davon zu erklären, und seine Augen sind hell hinter den flaschendicken Brillengläsern, sie scheinen zu leuchten wie bei einem Zwerg Allwissend, so daß sie Mut faßt, irgendwoher Inspiration nimmt, und sie spricht brillant über die endgültige Formel, transparent und leuchtend und unwiderstehlich, ihre Kraft hält durch bis fast zum Schluß, bis jetzt, zum Ende, die Physik ist tief innen in ihr, eine Verdrängung in ihren Körper hinein.

– *Kein einziger von ihnen hat es genauso gefühlt. Dana spürt es auch, natürlich. Sie wissen das.*

– *Ja.*

Und dann ist es weg, das Glück aus ihrem Gesicht verschwunden, all die warmen Farben aus ihrem Gesicht gewichen, und sie kollabiert, überläßt sich passiver Schlaffheit, wartet auf das letzte Wort, was immer von dem kleinen alten Mann der Wissenschaften kommen mag.

»Am liebsten mochte ich den Golfplatz im Winter, wenn Dorothea und ich unsere Schneeschuhe anzogen und direkt von der Hintertür aus losgingen. Komisch. Ich habe mir aus Golf nie viel gemacht. War nicht mein Sport.«

»Es ist sehr bedeutend, was Sie da gelöst haben. Es ist wirklich großartig, nicht wahr?«

Es ist die Tochter, die fragt, ihre Stimme ist entschieden unpoetisch, fast schroff, mit rauhen Kanten. Man würde von dieser Stimme nie auf die Empfindsamkeiten und Möglichkeiten, die sie in sich birgt, schließen, niemals auf das reine Erstaunen, das oben in einer Schublade liegt.

Sie hat in ruhiger Verzückung dagesessen, und Dana, ganz auf unsere Gleichungen konzentriert, hat kaum die Anwesenheit des düsteren Gesichts wahrgenommen, das von undeutbaren Gefühlen bewegt ist.

Bei der Frage wendet Dana sich der Tochter zu und sieht die Augen hinter der schwarzgerahmten Brille leuchten.

»Ja, es ist großartig. Es war aber eine gemeinsame Anstrengung. Ich habe das nicht allein gelöst. Ich habe die Arbeit an ein paar führende Fachzeitschriften geschickt, aber ich habe nicht viel Hoffnung, daß sie sie nehmen. Der Ansatz ist so konträr zur orthodoxen Sichtweise, sie werden sie als unmöglich verwerfen, glaube ich.«

»Das Unmögliche neigt dazu, sich unbemerkt unter uns zu bewegen.«

»Deshalb wollte ich es heute Ihrem Vater erklären. Ich wollte sicher sein, daß noch jemand außer mir es versteht.«

»Ah ja«, sagt die Tochter, schweigt einen Moment. Nur das Zischen des Heizgeräts ist zu hören. »Und wer sind die anderen Mitarbeiter, wenn ich fragen darf?«

»Samuel Mallach, er war mein Vater.« Und da ist sie noch, in ihrem aufleuchtenden Lächeln, in ihrer Stimme. Sie kann seinen Namen nicht sagen, ohne daß ihre unendliche Liebe zu ihm zutage tritt. »Ihr Vater kennt ihn.«

»Samuel Mallach, sagen Sie?« Der tief unter seinen Decken versunkene Josiah Krebs schüttelt entschieden den gesenkten Kopf. »Nein, ich kann mich an einen solchen Namen nicht erinnern. War es jemand aus Olympia?«

»Nein, nicht aus Olympia.«

»Dann habe ich ihn nicht gekannt. Ich habe mein ganzes Berufsleben hier verbracht, junge Dame. Wenn er nicht aus Olympia war, dann kann ich ihn auch nicht gekannt haben.«

Und sie lächelt immer noch, zufrieden, ein sanftes Lächeln für jede Drehung der Achse.

»Es muß wundervoll gewesen sein, mit dem eigenen Vater arbeiten zu können«, sagt die Tochter, beugt sich in ihren ausgebeulten Hosen vor. Sie sieht aus wie die Frauen, die man an

Bushaltestellen und anderen grausamen Orten warten sieht, teigig im Neonlicht, erschöpft vom Warten, bis auf ihre Augen, die ihre Farbe behalten haben, ihr Leben, ihr Licht, ihre Sehkraft.

»Ja, das war es.«

– Ich habe nachgedacht –

– Ja?

– Die Wellenfunktion –

– Ja, Dana, was?

»Es gab noch einen weiteren Mitarbeiter. Justin Childs. Die Formel für die Lösung ist ganz und gar seine. Sie stammt im wesentlichen von ihm. Deshalb habe ich sie unter seinem Namen verschickt.«

»Und es ist Ihnen ganz gleichgültig, ob Ihr Name im Zusammenhang mit einer so bedeutenden Arbeit bekannt wird?«

»Justin Childs«, sagt Josiah Krebs, ehe Dana noch antworten kann, obwohl ich genau weiß, wie ihre Antwort lauten würde. Aber Josiah ist auf einmal zu bebender Wachsamkeit erwacht, sein großer gelblicher Kopf hat sich ruckartig aufgerichtet, und er lächelt mich mit seinem verschwörerischsten, vergnügtesten Lächeln quer durch das Zimmer an.

»Wollen Sie wirklich da hinaus? Es ist so unmenschlich kalt. Sie könnten die Nacht hier verbringen, wissen Sie? Wir würden uns beide sehr freuen.«

Die Tochter sagt es schüchtern an der Haustür, als Dana sich, immer noch lächelnd, zum Gehen anschickt. Sie hat sich hinuntergebeugt und die alten Wangen geküßt, ihre zärtliche Ader ist geöffnet, und er, einen Augenblick von der lockeren Vielfalt seiner Zerstreutheit aufgestört, fixiert sie mit einem harten und prüfenden Blick.

»Mmm. Ich komme gut zurecht. Vielen Dank. Ich komme zurecht.«

Die beiden Physikertöchter umarmen sich – bei der einen ist die zärtliche Ader geöffnet worden, die andere verströmt immer

Zärtlichkeit –, sie sind unbeholfen in ihrer dicken Kleidung und in ihren nicht geplanten Bewegungen, so daß der Dichterin die schwarzgerahmte Brille von der Nase fliegt.

Die dichtende Tochter steht in der offenen Tür, vergewissert sich, daß Dana sicher ihr Auto erreicht, und erst dann geht sie wieder zu ihrem Vater zurück, der immer noch heiter vor sich hin lächelt, ohne sich über die starke Zugluft wegen der offenen Türen zu beschweren, und sie schüttelt verwundert den Kopf, während Dana hinkend an ihrem Wagen vorbeigeht, schnurstracks zum Golfplatz.

Der hohe Nachthimmel ist strahlend klar, das Licht der Sterne fällt dicht und unsichtbar auf den Schnee.

Sie hat die Augen gesenkt, hinkt langsam über den gefrorenen Boden, bis sie einen halb begrabenen Ast findet und ihn herauszieht. Und mit dem gezackt abgebrochenen Stück Holz schreibt sie die Leitgleichung ihres Vater hin und meine und ihre daneben. Sie schreibt die Physik in den unzerstörten Schnee und denkt, sie hat getan, was sie kann, sie hat mehr getan, sie hat sie an den olympischen Physiker weitergegeben und an die geachteten wissenschaftlichen Redakteure, und vielleicht befindet sich unter ihnen einer, der verstehen wird.

Vielleicht, kommt es ihr plötzlich in den Sinn, mit einem letzten Anflug grundloser Hoffnung, wird es sogar die Tochter des Physikers sein. Ihr Anblick fällt Dana jetzt wieder ein, die gefesselte, hingerissene Aufmerksamkeit. Da war das Leuchten einer Erkenntnis in ihren Augen gewesen, vielleicht war es eine wissenschaftliche gewesen, warum nicht hoffen, ein letztes Mal, daß es eine wissenschaftliche gewesen war?

Aber wenn nicht die Tochter, dann vielleicht der Vater oder ein gelehrter Redakteur, und wenn keiner von ihnen, dann steht es zumindest hier, eingeschrieben in die Partikel des schimmernden Schnees.

– Da stehen die acht Sterne der Zauberleiter aus dem Haar des Mädchens aus dem Märchen.

Es ist Cynthia Rosenthal Childs, die da leise murmelt.

– *Und da sind die Sterne, die die Dornen in den Augen ihres Liebsten waren.*

Es ist Jake Childs, ihr Mann, der neben ihr auf die schwach leuchtenden Sterne im nördlichsten Quadranten des Winterhimmels von Olympia zeigt.

– *Das Herz im Herzen des Herzens ist voller Mitleid. In den Gleichungen ist immer Mitleid.*

Es ist Carlotta Mallach, die sanft den Schnee von den blauen Wangen ihrer Tochter streicht, welche immer noch lächelt, zufrieden.

Wir sind alle hier, liegen neben ihr unter dem weiten Nachthimmel, reden leise miteinander und vernetzen die Sterne.

– *Im Griechischen bedeutet das Wort für Universum auch Schönheit.*

– *Kosmos.*

– *Und was soll ich studieren?*

– *Das gleiche.*

Paradoxa im Überfluß, die grausame Schärfe der Kälte läßt nach, während wir im Schnee zu den Sternen starren, die grausame Schärfe zieht sich weit von ihr und von mir zurück: die Erinnerung einer Erinnerung, die zerbrochen aus der Zeit gefallen ist.

Sie atmet leise aus ... und ein, immer langsamer, sie atmet ein und ... aus, dazwischen ganze Minuten, die Unendlichkeiten besiegt. Wir liegen zusammen, wir flüstern leise auf dem Golfplatz, sternsüchtig und geläutert.

– *Kommt, Kinder, wir wollen spazierengehen. Laßt uns schnell einen Spaziergang machen, so lange draußen noch ein wenig Licht ist.*

Das ist Samuel Mallach, er lacht leise, kollidierende Wellen glückseligen Gelächters schicken einen weichen Duft durch die strahlende Helligkeit der klaren Nacht.

Und mit meinen Lichtfingern, denselben, mit denen ich die

Dunkelheit von den Blättern wischte und zitternd das versteckte Anderssein der Dinge zum Vorschein zu bringen versuchte, beruhige ich den angstvollen Schauder ihres Übertritts.

Sie streckt mir ihre Hände entgegen und kommt. Sie kommt, schlank wie ein Lotusstengel, ihre Augen wundersam klar.

Nachwort

1952 stellte der junge Princetoner Physiker David Bohm eine Formulierung der Quantenmechanik vor, die sogenannten »versteckten Variablen«. Aus verschiedenen Gründen, keiner davon überzeugend, wurde über die Formel – und über David Bohm – hinweggegangen. J. Robert Oppenheimer war Bohms Mentor gewesen, aber er war, vielleicht mehr als jeder andere Physiker, verantwortlich dafür, daß Bohm lebendig begraben wurde. Er wurde mit dem Ausspruch zitiert, »wenn wir Bohm nicht widerlegen können, dann müssen wir ihn gemeinsam ignorieren.«

Samuel Mallach ist eine von Bohm inspirierte Figur, bei der eigentlich alle Tatsachen von Bohms Leben verändert wurden, bis auf sein deterministisches Modell für die Quantenmechanik und den späteren abgrundtiefen Verrat an ihm durch die Physikergemeinde. Bohm, der 1992 starb, hatte keine Tochter, er hatte gar keine Kinder. Und seine Witwe ist keine beschwipste Suchende, sondern eine nüchterne Engländerin, die viele Jahre ihres Lebens ihrem Mann gewidmet hat. Obwohl Einstein persönlich Bohm früh zu seinem Nachfolger erklärt hatte, verbrachte Bohm den Großteil seines Lebens in verbitterter Zurückgezogenheit und lebte in seinen letzten Jahren in England, wo er in London an einer Abendschule unterrichtete. In einem privaten Brief schrieb er: »Ich habe nur noch ein starkes Gefühl übrig, und das ist der Haß auf die Kräfte, die so viele Menschen zerstört haben, auch mich. Denn gemessen an dem, was ich hätte werden können, betrachte ich mich als zerstört.«

Der Wissenschaftsphilosoph Paul Feyerabend, der die Rolle des Provokateurs schätzte und aufzeigte, wie Irrationalität und Kleingeist in die Vorgänge der Wissenschaft eindringen können wie in alles andere, bemerkte einmal, es sei »eine interessante Tatsache, daß Bohms Modell beiseite geschoben wurde, wogegen alle möglichen seltsamen Ideen gediehen, und ich hoffe, daß eines Tages ein Wissenschaftshistoriker oder ein Wissenschaftssoziologe die Angelegenheit genau unter die Lupe nimmt«.

Erst seit relativ kurzer Zeit hat eine wachsende Zahl »respektabler« Physiker angefangen, mit der Bohm-Mechanik zu arbeiten, wie sie sie inzwischen nennen.

Das formidable Problem, die Quantenmechanik mit der allgemeinen Relativitätstheorie zu versöhnen, wartet immer noch auf die Lösung.

Danksagung

Ich danke der Bogliasco Foundation, die es Künstlern und Wissenschaftlern unterschiedlicher Disziplinen ermöglicht, sich für eine Weile am italienischen Gulfo di Paradiso aufzuhalten, wo ein großer Teil dieses Romans konzipiert wurde.

Äußerst dankbar bin ich auch der MacArthur Foundation. Nur ihr schockierend unerwarteter Anruf hat es mir möglich gemacht, wieder zu schreiben.

Seit kurzem bin ich mit einer ungewöhnlich vielfältig talentierten Agentin, Tina Bennett, gesegnet und mit Elaine Pfefferblit, die all das gewesen ist, was man sich von einer Lektorin ersehnen kann.

Wieder einmal muß der Dank an meine Töchter Yael und Danielle gehen, sie sind immer meine ersten und freundlichsten Leserinnen. Dieser Roman entstand aus einer Gutenachtgeschichte, die ich Danielle vor einigen Jahren erzählt habe.

Meine tiefste Dankbarkeit ist für Sheldon Goldstein reserviert, dessen Leidenschaft für die Wissenschaft und Wahrheit mich viel gelehrt und noch mehr inspiriert hat.